花开的声音

殷 雄 著

——至乐斋诗抄（第四部）

北方联合出版传媒（集团）股份有限公司
春风文艺出版社
·沈 阳·

图书在版编目（CIP）数据

　　花开的声音：至乐斋诗抄第四部 / 殷雄著 . — 沈
阳：春风文艺出版社，2021.7（2023.8 重印）
　　ISBN 978-7-5313-6021-6

　　Ⅰ . ①花… Ⅱ . ①殷… Ⅲ . ①诗集—中国—当代
Ⅳ . ① I227

　　中国版本图书馆 CIP 数据核字（2021）第 112972 号

北方联合出版传媒（集团）股份有限公司
春风文艺出版社出版发行
http://www.chunfengwenyi.com
沈阳市和平区十一纬路 25 号　邮编：110003
永清县晔盛亚胶印有限公司印刷

责任编辑：韩　喆		责任校对：于文慧	
装帧设计：杨光玉		幅面尺寸：170mm×240mm	
字　　数：352 千字		印　　张：20	
版　　次：2021 年 7 月第 1 版		印　　次：2023 年 8 月第 2 次	
书　　号：ISBN 978-7-5313-6021-6			
定　　价：58.00 元			

一个静心聆听花开之音的旁观者发出的殷殷低吟
——代序言

李一农

一年前，殷雄老弟就说准备出版《至乐斋诗抄》第四部，并请我作序，起初以为是开玩笑，因我虽然也写诗，但只写现代诗，对旧体诗词几乎一窍不通。但后来他屡次向我提起，我知道他是来真的，不免有些压力。多年好友，又是文友，确不好推辞，只好正色以应。

殷老弟的前三部诗词集，我都翻阅过，但通阅这部《花开的声音》诗稿后，深感与一个勤奋、深刻又有趣的诗词家为兄弟，十分自豪。可以说通过对这部诗集的精读，彻底改变了我对旧体诗词这一艺术形式的一贯观念。那就是：在新时代，这一源远流长的古典诗歌艺术形式，实在应该得到继承、维护并发扬光大，是大有前途的艺术形式。我私下也曾多次与殷老弟聊过新旧诗体的问题，几乎每次我都坚持认为唐诗宋词已达艺术巅峰了，后人无从超越；加上格律平仄等规矩太多，有束缚，让人望而生畏。我总这么说，殷老弟多笑而不语。现在看来，我对当下诗词家们的孜孜以求太不了解了。当然我今天这么说，并非否定现代诗，两种艺术形式对汉语诗歌繁荣的作用都不可或缺。

这部《花开的声音》涵盖面很广，涉及生活、情感和思考的诸方面，同时触及社会和政经的热点或焦点。让我惊讶的是，我虽年长殷老弟几年，但对"诗点"的捕获功夫远不及他。很多诗篇，他几乎信手拈来，隔空抓物一般。当然最让我震撼的还是旧体诗词这一体裁对他而言只是个言说方式，他实质是现代和当下意识极强的诗词家，写的是自己的生活，某几篇写亲情友情的闲适篇什，也如同耍魔术般嵌入鲜活的流行语，但严守韵律，妥妥地操纵了我们的阅读快感。通读全书，我已经找不到一星半点古人抒怀吟唱的风骚倩影，扑面而至的是浓厚的人文精神，鲜活的现实写照，远阔的终极思考。殷老弟的诗词创作实践，对当代语境的尊重甚至是高过诗词传统的承合的，他的诗词虽用典但多不生僻，用词不少就是白话，相较于他的前三部，第四部明显有了"颠覆词语"的审美追求，以及在我看来与"新诗对接"的手法尝试（当然其后续发展路径仍需保持观察）。殷体诗词创作可以说抓住了诗词创新的要害，从语言入手，在立新意和开新局筑基，艰苦卓绝并坚忍地进行了全新尝试，从而成就了新时代的旧体诗，而能够取得如此成就的当代诗词家可谓凤毛麟角。这种诗词的力量，来自传统和现代人的情感与意象的交涉融会，从而造就令人耳目一新的张力和反咀空间，这是纯粹的旧体诗词所不具备的。回到上面我对唐宋诗词高度的恐惧，如何对李白杜甫们做出超越，看来只有此一途，古体诗词或许才能真正焕发新的生机与活力。

当然，诗词的发扬光大和再现辉煌不是以无视传统为代价的，殷体诗词之所以值得推崇并供更多读诗人研究，正是首先非常在意传统，但传统绝不是一张单薄的纸张，也不仅是古人若干脍炙人口的经典诗篇，而是立体的、庞大的、沉重的综合物。但有一点是肯定的，传统一定裹挟着过往的风云和烟气。也就是说，内容要适合于形式，但内容远比形式重要。

殷老弟作为国企高管，又常年从事政经研究，与传统的士大夫无关，与落魄潦倒、一腔怨愤的书生无关，也与参透人生淡泊明志的"伟大"无关，他的诗词根本不明志，连伪装一下言志的姿态都不做。当然他也没有传统才子的绮丽情怀。他只说自己的真切感受，不说假话，不作言不由衷的称颂，不唱高调，不刻意追求所谓高境界，不临空独蹈。做到求真务实这一点反映到诗词创作中着实难能可贵，也是"殷体诗"具有久远文本价值的关键所在。须知，旧体诗词用于献媚或怩怩作态，并不比新体诗困难，甚至更为朗朗上口。他的创作观，我简单概括为：以物证心，以实明言，深切生活，现代审美，关乎生命，平视万物。殷老弟的作品看似即兴而作，实为厚积薄发，这既是功夫，更是境界。

我所知的殷雄先生，虽是理工男，但利用业余时间学贯中西，著作等身，也许诗词创作只是他生活中的调味品，但创作的数量之多，令人惊叹。相信收录到这本集子中的也不是全部。殷老弟的近四分之一诗章是和几个要好的诗友唱和的，但并非应景或礼尚往来。朋友或师长间的赠诗，其情感真而挚，朴而深。怀念父亲的几首也非纯粹追念，而是体现了浩大和苍凉。本部诗集取名为"花开的声音"，源于女儿首场个人音乐会的主题。作者聆听女儿这朵美艳之花即将绽放的声音，这种意向把握的精准和绝妙，令人称奇。本部诗集中作者写给女儿的诗词占一定篇幅，他对爱女绝非简单的鼓励和教诲，而是作为女儿的朋友、一个静心聆听花开之音的旁观者发出的殷殷低吟，读之令人动容，这种艺术效果绝非泛滥的"拟古"之作可比拟，甚至用纯粹的新体诗也未必能达到如此为之落泪的艺术效果。殷诗在表现形式上，俗中含雅，雅中见俗；在表情达意上，大开大合，收放自如，确实使形式与内容相得益彰。所以我想进一步说的是，殷体诗词是深入命运与情感的极度个性化创作，是内容、情感、思想、技法、审美和趣味整体艺术超越性的探索。总之，我认为，殷诗自成一家，并非虚誉，乃实至名归。作为爱诗之人，我应向殷老弟表达由衷祝贺。

当然囿于格律诗词的天然限制，抒发爆炸性或极为隐晦的情感仍有些困难，幸好殷老弟本质上是个平静的人，为人也谦和，做事循规蹈矩，表现出一种不卑不亢的大度和从容，加上他对新体诗从不排斥，而且也写了不少新诗，所以能在如何进一步拓宽诗词表达的领域，驾驭更多题材、更复杂情感上，冲破诗词与生俱来的"潜意识中的禁区"上，继续进行开创性探索，从而在新时代诗词创作上留下更多贡献。

2020 年 4 月 7 日于深圳

目　录

古韵篇 / 155

景物篇 / 169

尾　声 / 287

后　记 / 289

序曲

五律·女儿个人音乐会《花开的声音》

　　今天晚上，女儿举办首场个人音乐会《花开的声音》。她的几位初中、高中老师和音乐老师来现场支持，许多小学、初中和高中的同学也来助兴。这场音乐会，相当于她的成人加冕礼，对她今后的职业发展会产生深远的意义。遂赋诗记怀。

琴弦不自鸣，

天籁系林风。

心静原无欲，

花开却有声。

饮冰庄子意[1]，

饮水纳兰情[2]。

万里丹山路[3]，

前头又一峰。

2018 年 4 月 21 日

---

　　1 《庄子·人间世》："今吾朝受命而夕饮冰，我其内热欤？"唐代姚合《心怀霜》诗："还如饮冰士，励节望知音。"国学大师梁启超将其著作集命名为《饮冰室合集》。

　　2 宋代岳珂《桯史·记龙眠海会图》："如鱼饮水，冷暖自知。"清代词人纳兰容若将其词集命名为《饮水词》，女儿经常翻看。

　　3 唐代李商隐《韩冬郎既席为诗相送因成二绝》诗："桐花万里丹山路，雏凤清于老凤声。"

亲情篇

水调歌头·中秋感怀次韵苏轼同调词（二首）

中秋寄语女儿

今天是中秋节，林田生从微信发来一首《中秋偶感》诗[1]，其中"走不近女儿的灯前"一句，引起我对女儿的强烈关切。读苏轼的《水调歌头》词[2]，依据林君诗意，次韵苏轼同调词和作。

思念深如海，何况又中秋。

不堪骨肉分别，揽镜却添愁。

明月今天圆遂，照亮山村小道，

倦鸟栖沙洲。

管甚诸侯冕，野渡自横舟[3]。

惜朝暮，青春计，腋成裘[4]。

大雁高飞万里，旧穴或空留。

我以诗词酬和，雏凤终将慰我，

雅志解烦忧。

做事先修德，清气润闺楼。

1　林田生原诗："又逢中秋／长了思念／短了岁月／花间那壶老酒／芳香了千载／仍邀不下明月共饮／千里万里／婵娟徘徊／深切走不近女儿的灯前／贝多芬的月光曲／又弹起先贤的思想碎片／饮尽千愁／垒起孤独／总也打捞不起／水中的月亮。"

2　苏轼原词："安石在东海，从事鬓惊秋。中年亲友难别，丝竹缓离愁。一旦功成名遂，准拟东还海道，扶病入西州。雅志困轩冕，遗恨寄沧洲。　岁云暮，须早计，要褐裘。故乡归去千里，佳处辄迟留。我醉歌时君和，醉倒须君扶我，惟酒可忘忧。一任刘玄德，相对卧高楼。"

3　唐代韦应物《滁州西涧》诗："春潮带雨晚来急，野渡无人舟自横。"

4　《慎子·知忠》："故廊庙之材，盖非一木之枝也；粹白之裘，盖非一狐之皮也。"

中秋思父

迁客寄南海，塞北又深秋。

痛心去岁离别，思父几多愁。

遗恨无言难遂，行走村头小道，

恍惚忘神州。

箱底旧衣冕[1]，河畔古沙洲[2]。

将年暮，休算计，老皮裘。

落叶归根故里，决断勿停留。

我与友朋相和，姐弟闲时伴我，

何苦杞人忧。

追忆先君德，明月挂琼楼。

2016 年 9 月 15 日

八声甘州·国庆节思亲

　　翻看宋代柳永的作品，看到一首《八声甘州》词[3]。我本来就思念父亲，读此词，思念之情更烈，遂次韵填词记怀。

　　1　父亲去世后，姐姐收拾遗物，衣箱底部整整齐齐地叠放着父亲生前舍不得穿的衣服。我分了两件，放入家中的衣柜中，以作纪念。

　　2　少时村东有一条小溪流，夏秋山洪暴发时，会将上游河床的沙子冲刷下来，水退后便形成一些小沙洲。

　　3　柳永原词："对潇潇暮雨洒江天，一番洗清秋。渐霜风凄紧，关河冷落，残照当楼。是处红衰翠减，苒苒物华休。惟有长江水，无语东流。　不忍登高临远，望故乡渺邈，归思难收。叹年来踪迹，何事苦淹留。想佳人、妆楼颙望，误几回、天际识归舟。争知我，倚阑干处，正恁凝愁！"

看白云片片罩南天，塞北又深秋。

正相思趋紧，衷情零落，厌上高楼。

漫漫光阴骤减，何事不能休？

遥想兰亭水，觞咏随流[1]。

身影渐行渐远，唯有云汉邈[2]，月色难收。

剩斑斑陈迹，追忆勿停留。

念斯人、举头张望，浪涌回、拍岸荡扁舟。

应怜我，于无声处，甩掉闲愁。

2016 年 10 月 1 日

五律·思父（四首）

一

周振兴从微信发来一首《五律·京畿暑吟》诗[3]。昨天，在家族微信群里看到一张父亲生前在家里的照片，又勾起我的思亲之意，遂次韵和作。

梦中回草原，不改旧容颜。

坡上麦苗嫩，村头老者闲。

思亲增苦绪，处世感凉炎。

傍晚升炊火，痴心盼雁南[4]。

2016 年 7 月 22 日

1　晋代王羲之《兰亭集序》："引以为流觞曲水，列坐其次。虽无丝竹管弦之盛，一觞一咏，亦足以畅叙幽情。"

2　唐代李白《月下独酌》诗（其一）："永结无情游，相期邈云汉。"

3　周振兴原诗："江川漫岭河，夜幕月何颜？曲柳新枝嫩，潇竹旧貌闲。听蝉思故绪，赏雨度今炎。浩野无渔火，嘱心可北南。"

4　《说岳全传》（第三十四回）："几载飘零逐转蓬，年来多难与兄同。雁南燕北分飞久，蓦地相逢似梦中。"

二

读唐代白居易的《初冬早起寄梦得》诗[1]，思念父亲，遂次韵和作。

初冬思旧帽，梦里暖皮裘[2]。

天冷无烧酒，夜长有蜡头。

青山因雪白，游子念亲愁。

形影自相和，回头是并州[3]。

2016 年 11 月 12 日

三

读唐代杜甫的《初冬》诗[4]，思念父亲，遂次韵和作。

山村街巷窄，邻舍老宅深。

患病输盐水，敲门惊鸟林[5]。

生前嫌尔醉[6]，去后向谁吟？

极乐应安息，纸灰儿女心。

2016 年 11 月 12 日

1　白居易原诗："起戴乌纱帽，行披白布裘。炉温先暖酒，手冷未梳头。早起烟霜白，初寒鸟雀愁。诗成遣谁和，还是寄苏州。"

2　小时候，老家的冬天奇冷，只能戴着羊皮、狗皮或兔皮做的帽子，穿羊皮制作的衣裤。

3　唐代刘皂《旅次朔方》诗："客舍并州已十霜，归心日夜忆咸阳。无端更渡桑乾水，却望并州是故乡。"

4　杜甫原诗："垂老戎衣窄，归休寒色深。渔舟上急水，猎火著高林。日有习池醉，愁来梁甫吟。干戈未偃息，出处遂何心。"

5　父亲自学成医，经常给十里八村的乡亲们免费出诊，给病人输液。有时候深夜有人急促敲门时，会惊起房前小树林里鸟窝中的鸟。

6　父亲生前喜欢喝酒，子女们经常提醒他少喝，尤其不要喝醉。

四

上午上坟，为父亲举行去世两周年祭典活动。

坟前落满尘，去岁纸灰痕。

难解相思苦，唯怀教诲深。

心存菩萨念，魂入祖宗门。

欲借来年雨，相陪播种人。

2017 年 5 月 26 日

七律·思父（二首）

一

今天是父亲节，遂赋诗记怀。

塞北青山才送春，江南满眼绿茵茵。

数千里远唯余梦，亿万人中不见君。

粉笔传经犹耗血，银针点穴最舒心[1]。

家族代代无穷已，一代偿还一代恩。

2017 年 6 月 18 日

二

今天是中元节，思念父亲，遂赋诗记怀。

中元时节忆先君，天道人伦俱感恩。

真佛真儒非异类，良医良相是同门。

---

1 父亲的本职工作是教师，业余时间自学成医，经常为乡亲们义务诊病。

凡来华夏皆归汉，自有朝廷便姓殷[1]。

光武推心能置腹[2]，身居堂庙为安民。

2018 年 8 月 25 日

少年游·父亲去世三周年次韵周振兴

　　周振兴发来一首《次韵柳耆卿〈少年游〉[3]兼戊戌仲夏寄怀》词[4]，思及两周前回老家祭典父亲去世三周年，遂次韵和作。

夕阳西下旅途迟，风动掩蝉嘶。

物遗身外，悲从心上，思父泪先垂。

三年转瞬魂无迹，残梦最难期。

老友未疏，旧居已索，何日是归时？

2018 年 6 月 29 日

七言排律·父亲离世三周年祭辞兼和周振兴

　　7 月 5 日晚上，周振兴发来一首七言排律《祭母辞》[5]，思及先君去世已经三年，遂次

1　商朝时，"殷"为国姓。

2　《后汉书·光武帝本纪》："萧王推赤心置人腹中，安得不投死！"

3　柳永原词："长安古道马迟迟，高柳乱蝉栖。夕阳岛外，秋风原上，目断四天垂。　归云一去无踪迹，何处是前期。狎兴生疏，酒徒萧索，不似去年时。"

4　周振兴原词："骄阳正照碧空迟，焦土热声嘶。断云际外，辉光天上，似见汉河垂。　难寻盛夏清凉迹，心冷却如期！飞放退疏，逐驱羁索，且醉独闲时。"

5　周振兴原诗："彻骨阴风四月时，清明鬼魅乱云滋。太行山舞铺天雪，拒马河呼动地悲。本是春华当盛季，却如冬朔断鲜枝。京畿古道寒冰路，紫陌危楼冻户居。萱台羸弱伤心骨，不孝无

韵和作。

三年流逝祭翁时，岭上坟头荒草滋。

春节河冰都化雪，清明凄雨尽含悲。

山花开放催新季，柳絮飞扬别旧枝。

瘦马拉车攀险路，土坯支瓦做蜗居。

一生凄苦伤筋骨，万世伦常管盛衰。

忠孝家传犹醒目，谦诚自授最称奇。

仁心习得回春术[1]，拙性修来正寝期。

每到深秋阴雨暗，原来盛夏彩云知。

银针盒里盛白日，本草经中载赤芝[2]。

君子谦谦藏勇毅，庸夫泛泛阻情思。

贫穷富贵无须重，喜乐忧愁都在斯。

沽酒轻财交益友，诲人不倦做良师。

口碑有信存乡里，方剂无偿换锦旗。

世道难欺家再计，人心思古国堪宜。

为医母病收才气，常训子顽写药诗[3]。

宽厚悬壶情早具，严明执教性偏慈。

锅中无米月先顾，灶下有灰泪即垂。

能救母衰。万唤干王睁亮目，千寻坤主贡新奇。跪求扁鹊前行术，祈祷阎公展寿期。乌烟顿盖浑寰暗，白昼倾翻往梦知。少小艰难挣苦日，菁年颖慧越兰芝。教书育后刚强毅，训诫培英谨慎思。勤劳一世持家重，节俭终生继祖斯。秉信谦诚常聚友，待人德着总为师。淑良懿范传邻里，通达标昭树美旗。筹谋微细从长计，策划宏宽统大宜。仁义彰扬华卷气，表仪洽隐雅芳诗。虽非贵秀同生具，但共清怀与众慈。修来圣意多怜顾，感动神灵厚爱垂。佑护儿孙成正业，相帮子女敬先祠。平民百姓当其乐，草芥愚夫享有司。冥冥得惠源头命，亮亮辉光本体资。汩汩涓溪常涌念，巍巍崩岭久尊碑。呜呼痛哉哀声啸，祭我高堂泪尽辞！"

1 回春，比喻将快死的人救活。常指医生医术高明。

2 赤芝，泛指中药材。

3 在我上小学二年级时，父亲常常把《汤头歌》写在烟盒纸的背面，让我背诵。

勤勉遗风精学业，淡泊雅志祀宗祠。

英才施教享三乐[1]，正义通行胜百司。

佛教因缘归宿命，先君事迹作谈资。

留名莫比千人念，立石何如无字碑。

心底哀声如虎啸，天堂也应感其辞！

2018 年 7 月 14 日

念奴娇·祭奠四叔

前天，周振兴发来一首《念奴娇·甲子抒怀》词[2]，适逢四叔的忌日，思念之情与日俱增，遂次韵和作祭悼。

失群孤雁，路途远、栖息他乡林樾。

换了人寰，犹记取、骨肉分离惨烈[3]。

水饮生津，辞通会意，依旧儿时月。

爹娘居处，朔风吹卷残雪。

明灭油浸灰灯，似神灵话语，难除服阕[4]。

痛彻扪心，思墓苑、老树能生新叶。

---

1 《孟子·尽心上》："君子有三乐，而王天下不与存焉。父母俱存，兄弟无故，一乐也；仰不愧于天，俯不怍于人，二乐也；得天下英才而教育之，三乐也。"

2 周振兴原词："一思离雁，半湖烟。浩浩萧楼残樾。满目苍寰，该忘了。翠桠娇枝曾烈。彩色迷津，娟华乱意，已是当年月。身安何处？好风须引兰雪。　还自秉烛充灯，埋头会卷语，填词联阕。偶萌蝶心，飞梦苑。醉里眠花休叶。折断时光，且留今世酒，伴我常惬。暮山尤峻，凛然青岭崖接。"

3 四叔出生后，爷爷奶奶家境贫苦，遂将其送人。四叔生前，我有一次问他是否怨恨爷爷奶奶，他淡然说道："不恨！家穷，养不活，没办法。"

4 服阕，古代三年之丧满，除掉丧服。

假我时光，招魂重祭酒，夙愿终惬[1]。

东山虽峻，会将遗志收接。

2017 年 11 月 28 日

西江月·祭奠四叔

前天，周振兴发来一首《西江月·戊戌开年抒怀》词[2]。我这几天总是怀念四叔，正月十五还要为他进行去世百日祭奠，遂次韵和作。

还是门前老树，却无灶下樵苏。

春联难替护身符，魂魄归于何处？

遥忆当年英气，远离此刻江湖。

纸灰聊解眼前孤，默默西梁日暮。

2018 年 2 月 20 日

七律·寄语女儿（五首）

十五岁生日

今天，在从沙头角回来的路上，想起周一晚上给女儿过生日的情景，遂赋诗寄语。

出水芙蓉何用雕，青春靓丽自然娇[3]。

1　四叔生前有一个心愿，就是百年之后归葬祖坟，由于堂兄弟们的反对而未能如愿。将来有合适的机会，我再了却四叔的遗愿吧。

2　周振兴原词："昨日寒阳老树，枯枝早见微苏。旧桃已换满新符，间巷碎红深处。　且渡习风清气，更兼善水平湖。有情常忆别时孤，兀自独吟朝暮。"

3　唐代李白《经乱离后天恩流夜郎忆旧游书怀赠江夏韦太守良宰》诗："清水出芙蓉，天然

老爹精力又衰减，小女个头频长高。

班里排名休顾虑，体能晋级要抓牢[1]。

锋芒初试直升卷，期待他年弄海潮。

2016 年 4 月 8 日

音乐节演出成功

女儿在学校的音乐节上表演了吉他弹唱《同桌的你》。我希望通过这次活动，女儿的自信心会有所增强，遂赋诗记怀。

怀念青春寻印痕，新年演绎旧时音。

多愁善感堪成梦，重义轻财不坏身。

贫眼所惊唯器服[2]，高人常重是精神。

手中吉他心中愿，一曲轻歌值万金[3]。

2016 年 12 月 3 日

阶段性考试进步

女儿这次段考成绩不错，突破了她自己的心理障碍，应该找回了以前的自信，睡眠问题也会自然解决。这就是所谓的"破茧"吧。遂次上回音乐节演出诗韵赋诗记怀。

惊涛骇浪去无痕，心静可闻天籁音。

陶冶情操才有梦，钻研功课勿伤身。

担当庶事[4]须超物，放下虚名莫费神。

去雕饰。"

1　此两句意在劝女儿不要太看重考试成绩，而要积极参加学校的"阳光体育"运动，锻炼好身体。

2　宋代沈括《梦溪笔谈》："唐人作富贵诗，多记其奉养器服之盛，乃贫眼所惊耳。"

3　唐代张籍《酬朱庆馀》诗："齐纨未足人间贵，一曲菱歌敌万金。"

4　唐代沈千运《山中作》诗："迩来归山林，庶事皆吾身。"

稊米可酬当日愿[1]，人生经历赛黄金。

2016 年 12 月 14 日

钢琴曲《秋风词》

女儿给李白的《秋风词》谱写了一首钢琴曲，遂赋诗记怀。

秋风起处日光斜，游子潸潸对冷茶。

宋玉悲秋愁谪客[2]，欧阳作赋厌刑枷[3]。

春风十里不如你，秋月千年还是她。

过隙白驹真一瞬[4]，焉将浩气换荣华。

2017 年 8 月 5 日

作文大赛获奖

周振兴昨天发来一首《七律·次韵杜工部〈蜀相〉并香港狭居一夜寄思》诗[5]。我正阅读女儿去年参加第十五届"叶圣陶杯"全国中学生新作文大赛获得优胜奖的作文《此生心在何处》，遂次韵和作。

此生何处苦追寻，足下延长探远森。

纤笔千言唯本色，高歌一曲是佳音。

坚持梦想无他计，承继前贤在己心。

自古身躯皆会死，文章不朽泪沾襟。

2017 年 11 月 29 日

---

1 《庄子·秋水》："计中国之在海内，不似稊米之在太仓乎。"宋代曾巩《分宁县云峰院记》："其间利害不能以稊米。"宋代辛弃疾《哨遍·秋水观》词："喻此理，何言泰山毫末，从来天地一稊米。"

2 《楚辞·九辩》："悲哉！秋之为气也。萧瑟兮，草木摇落而变衰。"唐代杜甫《登高》诗："万里悲秋常作客，百年多病独登台。"

3 宋代欧阳修《秋声赋》："夫秋，刑官也，于时为阴；又兵象也，于行用金。"

4 《庄子·知北游》："人生天地之间，若白驹之过隙，忽然而已。"

5 周振兴原诗："老厦危楼遍处寻，斜光照碧浪丛森。喧声闹市充杂色，急语匆流寡静音。逼仄谁思舒目计？宏辽独忖自膺心。天规地律钳生死，沲雨含风放远襟。"

少年游·寄语女儿

昨天晚上读宋代柳永的《少年游》词[1]，遂次韵和作一首赠女儿，勉励她努力加强修养，健康成长。

愚贤不在慧根迟，骐骥向天嘶。

钟声尘外，心情云上，鹏鸟翼先垂[2]。

他年回首寻陈迹，思念渺无期。

花尽梅疏[3]，草枯风索，莫负少年时。

2016 年 10 月 3 日

诉衷情·女儿吉他弹唱感怀

昨天听了女儿的两首吉他弹唱英文歌曲，遂填词寄语。

娇儿妩媚月儿新，惹我忆初心。

指间错落舒缓，激动眼前人。

披雨意，借琴音，远家门。

纷繁思绪，化作乡愁，寄与青云。

2016 年 12 月 30 日

---

1 柳永原词："长安古道马迟迟，高柳乱蝉栖。夕阳岛外，秋风原上，目断四天垂。 归云一去无踪迹，何处是前期。狎兴生疏，酒徒萧索，不似去年时。"

2 《庄子·逍遥游》："鹏之背，不知其几千里也，怒而飞，其翼若垂天之云。"明代高启《望海》诗："安得击水游，图南附鹏翼。"

3 南朝梁萧绎《望春》诗："叶浓知柳密，花尽觉梅疏。"

临江仙·思女儿

今天在回家的路上读苏东坡的《临江仙》词[1]。晚上很晚才入睡，不由得想起女儿，遂次韵和作。

> 无酒也能如酒醉，夜深忘记何更。
>
> 难眠反侧耳间鸣。
>
> 女儿心感应，词曲寄天声。
>
> 枷锁解除如大有，终于不用营营。
>
> 钟情翰墨寸心平。
>
> 时光流水逝，从此自由身！

2017 年 3 月 10 日

唐多令·寄语女儿

女儿在其《有故事的青春：无寻处，唯有少年心》一文中引用了一句"欲买桂花同载酒，终不似，少年游"，出自南宋诗人刘过的《唐多令·芦叶满汀洲》词[2]。遂次韵和作。

> 故土小沙洲，当初伴水流[3]。

1　苏轼原词："夜饮东坡醒复醉，归来仿佛三更。家童鼻息已雷鸣。敲门都不应，倚杖听江声。　长恨此身非我有，何时忘却营营？夜阑风静縠纹平。小舟从此逝，江海寄余生。"

2　刘过原词："芦叶满汀洲，寒沙带浅流。二十年重过南楼。柳下系船犹未稳，能几日，又中秋。　黄鹤断矶头，故人曾到否？旧江山浑是新愁。欲买桂花同载酒，终不似，少年游。"

3　小时候，老家村子东边有一条小溪流，夏秋山洪暴发时，会将上游河床的沙石冲刷成一些小沙丘。

忆旧年更上层楼。

月色朦胧云不稳，待红日，计春秋。

嫩叶绿枝头，施肥有用否？

欲登山先忘闲愁。

桃李芬芳浓过酒，谁与似？杏坛游[1]。

2017 年 3 月 12 日

七律·偶感

　　女儿妈妈在微信中写道："晚饭时谈起破'我执'，回来后有点感悟，整理出来几句[2]，不知过后还写不写得出来。"联想到最近几年的风风雨雨，许多事情确实应该"放下"而不应该"我执"，遂次韵和作。

枝繁叶茂必深根，养分源渊出地心。

行路若长能越境，吟诗唯乐可除尘。

菩提树下无非客，名利场中尽是人。

休论悬壶才济世[3]，餐和履顺保天真[4]。

2016 年 12 月 29 日

　　1　杏坛，传说孔子当年讲学的地方。2012 年 8 月 20 日，带女儿到山东旅游，去孔庙参观了杏坛。

　　2　女儿妈妈原诗："繁华锦色乱识根，夜诵金经探本心。几度魂游窥幻境，终究梦醉落红尘。南来北往春秋客，海角天涯渡渡人。纵使轮回千百世，菩提树下总归真。"

　　3　壶，指药葫芦。医者仁心，以医技普济众生，世人称之为悬壶济世。

　　4　《晋书·阮籍嵇康等传论》："其进也，抚俗同尘，不居名利；其退也，餐和履顺，以保天真。"

七律·己亥中秋寄语女儿兼和周振兴

周振兴发来一首《七律·己亥中秋节吟怀》诗[1]。今年的中秋，是一个重要的起点。前天，女儿的大学举行新生开学典礼，在众多师长和优秀学兄学姐的祝福和祈盼声中，女儿经受了一次特殊的心灵洗礼，同时也是一个难忘的成人礼。第一次离开家，第一次在外过节，第一次有了独立的空间……今后还会有许许多多的人生第一次。收到老友的中秋吟怀诗，逐次韵和作，寄语女儿，以今秋为起点，向着心目中的理想进发。

今宵明月正中秋，把酒无言懒举头。

闲置管彤凝墨咽，放飞雏凤引离愁。

全班折桂[2]酬京阙，只影思亲望海楼。

词话人间三境界，阑珊灯火满幽州。

2019 年 9 月 14 日

七律·平安夜酬表弟

今天是西方的平安夜，当兵的表弟昨天在微信上发了一段话："平安夜，不是你吃个苹果就会平安。是他们不分昼夜地站岗换来的平安，没人去感谢那些站在岗哨的战士，却一个个抱着苹果乞求保佑……"这段话讲得很好，遂赋诗点赞！

戎装相伴走千山，三尺钢枪扛在肩。

也有深情也有爱，不求厚禄不求官。

江南微雨随云落，塞北强风送雪寒。

战士披星巡哨位，何关苹果保平安。

2016 年 12 月 24 日

1　周振兴原诗："皓月清辉又一秋，寒宫玉阁冷从头。迎风竹曳箫声咽，沐雨荷摇败叶愁。怎把星河连帝阙，难将天烛照王楼。谁张炬目穷三界，我共飞鸿瞭九州。"

2　女儿的英语摸底考试成绩全班第一。

师生篇

五律·次韵聂文钰先生

高中语文老师聂文钰先生从微信上发来一首诗[1]，前面有一小序："想到4号应学生邀请参加聚会，接殷雄电话及其微信所传之诗，有所感慨，遂依其韵以回应。"遂次韵和作。

先生常有信，驻跸蓬莱宫。

容貌神仙看，德行往圣同。

尊师由肺腑，求教忌虚空。

垂手[2]休推托，传承文字中。

2016年3月9日

七律·次韵聂文钰先生（三首）

一

聂文钰先生从微信上发来一首《学微信有感》诗[3]，今天在从汕尾回深圳的路上次韵和作。

孺子当初受启蒙，作文诀窍但勤耕[4]。

---

1 聂文钰原诗："耄耋学微信，有如上天宫。老眼昏花看，步履蹒跚行。老骥伏枥时，天马可行空。白首有寄托，精神家园中。"

2 垂手，表示恭敬。唐代韩愈《泷吏》诗："泷吏垂手笑，官何问之愚。"

3 聂文钰原诗："接触微信才学步，学生邀我进聊群。五洲四海能见面，万水千山可传情。弟子祝福纷纷至，心里平湖起波纹。音像图文还歌唱，应接不暇喜又惊。教师生涯过去时，与时俱进随门生。"

4 我刚上高中时，聂先生认为我的作文写得好，专门对我进行过作文指导，还让我把他认为写得好的作文抄录送他留存。

千年师道传承义，两代先生教诲情[1]。

异地随俗心未远，家园忆旧梦常惊。

青山顶上云飘过，正是芬芳雪后生。

2016 年 3 月 10 日

二

聂文钰先生从微信上发来一首《再和殷雄》诗[2]，遂次韵和作。

人生最重必修课，陋室鸿儒唯德馨[3]。

分数排名已有数[4]，操行评定戒无行。

芬芳桃李能传代，锦绣文章可耀星。

塞外蓝天云点缀，春回南雁越高峰。

2016 年 3 月 12 日

三

聂文钰先生在微信上发了一首《怀旧》诗[5]，遂步韵和作。

窗前明月眼前灯，每念桑梓即动情。

旧雨[6]音稀传旷野，青萍[7]锈重落征程。

1　聂先生也是家父的老师，因此他是我们父子两代师。

2　聂文钰原诗："忆及当年语文课，教学相长有温馨。作文指导有路数，君之范文总先行。时过境迁新时代，群聊文采有众星。青出于蓝胜于蓝，看在眼里喜在心。"

3　唐代刘禹锡《陋室铭》："斯是陋室，惟吾德馨。……谈笑有鸿儒，往来无白丁。"

4　有一次，学校举行各科竞赛，班里先进行选拔赛。我的语文成绩并不好，但聂先生最后还是决定由我代表班里参加学校的竞赛。我最后获得第二名，算是没有辜负先生的期望。

5　聂文钰原诗："人到老年常怀旧，上了年纪重感情。回忆儿时贪玩耍，更想年轻奔前程。坎坷经历难忘怀，成功业绩记忆新。电影镜头历历过，感叹唏吁此人生。"

6　唐代杜甫《秋述》："常时车马之客，旧，雨来；今，雨不来。"

7　青萍，宝剑名，泛指剑。

乘轩鹤舞谁能战[1]，伏枥马嘶月未明[2]。

秋叶经冬陪雪过，春风一起又吹生[3]。

2017 年 8 月 27 日

五绝·次韵聂文钰先生

聂文钰先生从微信上发来一首《致至乐斋主人》诗[4]，遂次韵和作。

先君[5]德性厚，学养老师高。

责任传承重，深知前路遥。

2016 年 3 月 23 日

七绝·致贺聂文钰先生

聂文钰先生在北京做白内障手术成功后赋诗一首[6]，我也为先生手术成功而高兴，遂次韵和作。

吾爱吾师修炼术，温馨漫步人生边。

心明眼亮盈诗性，安度平常每一年。

2017 年 1 月 30 日

---

1 《左传·闵公二年》："狄人伐卫，卫懿公好鹤，鹤有乘轩者。将战，国人受甲者皆曰：'使鹤，鹤实有禄位，余焉能战！'"

2 三国曹操《龟虽寿》："老骥伏枥，志在千里；烈士暮年，壮心不已。"南朝鲍照《拟古》诗之六："不谓乘轩意，伏枥还至今。"

3 唐代白居易《赋得古原草送别》："野火烧不尽，春风吹又生。"

4 聂文钰原诗："古文底蕴厚，文学素养高。专理兼习文，主人乐逍遥。"

5 已故的父亲。

6 聂文钰原诗："门生关注我手术，深情厚谊含里边。手术成功特高兴，满怀喜悦拜大年。"

水龙吟·丁酉岁寿导师王顺金先生八十华诞

这几天，我一直在回顾从上研究生以来的一些往事，真是历历在目，总想写一点东西表达自己对导师王顺金先生的情感。今天读南宋辛弃疾的《水龙吟·甲辰岁寿韩南涧尚书》词[1]，遂次韵和作。

卅年今又归来，杏坛郁郁重携手。

楼前老树，眼中新景，情怀依旧。

幸甚同门，飞鸿于陆[2]，唯瞻公首。

纵相期万里，萃英[3]风骨，功名事、终将否。

多少满天星斗，惜光阴、夜当明昼。

晨霜铺地，长亭回看，东奔西走。

一路风尘，满山乔木，几杯清酒。

杖朝[4]真烈士[5]，余心未了，愿先生寿。

2017 年 6 月 24 日

1　辛弃疾原词："渡江天马南来，几人真是经纶手。长安父老，新亭风景，可怜依旧。夷甫诸人，神州沉陆，几曾回首。算平戎万里，功名本是，真儒事、君知否。　况有文章山斗。对桐阴、满庭清昼。当年堕地，而今试看，风云奔走。绿野风烟，平泉草木，东山歌酒。待他年，整顿乾坤事了，为先生寿。"

2　《易经·渐卦》："鸿渐于陆，夫征不复。"

3　萃英门，甘肃举院旧址。后来成为清末推行"实业新政"的试验场，辛亥革命后又成为现代化工厂、高等学校、医院、科研机构的所在地，同时又是反对袁世凯称帝，为抗日战争生产枪炮的地方。兰州大学正门口有一个萃英酒店。

4　杖朝之年，意思是 80 岁可拄杖出入朝廷。《礼记·工制》："五十杖于家，六十杖于乡，七十杖于国，八十杖于朝。"

5　曹操《龟虽寿》："老骥伏枥，志在千里。烈士暮年，壮心不已。"

七律·敬赠张茂先生

昨天，初中同学群联系上了初中数学老师张茂和化学老师张亮，我向他们请安。今天看到张茂老师的发帖："我最亲爱的学生们，你们好！夜深人静，我的心稍平静下来一点，只想对你们说，当在微信平台上看到你们问候的时候，我的心情无比激动。眼泪几乎掉下来，内心无声抽泣，仿佛又回到了当年。看见你们一张张天真无邪纯朴的笑脸，仔细想来，光阴流逝，岁月催人老，你们已是一大把年纪的人了。你们是一代有良知的人，勤奋的人，会感恩的人。我为你们骄傲，你们使我欣慰，使我的心得安慰。"张老师还在群里专门对我讲了一段话："雄，你是一个天才。感谢上帝赐给你聪明智慧，当然也有你的勤奋、好学、吃苦、忍耐、节制。愿上帝将属天的福气赐给你。"我看他对许多同学都讲了最后一句话，看来他现在信了基督教。自1984年我与赵鹏到他家见过一面后，再也没有见过了。今年春节期间，听同学讲，他现在身体不好，已经不认人了，心情颇不平静。现在看来，传言不实，他的身体尚好。我读书时，他教我们数学，但他的本行是体育老师，大高个，擅长打篮球。回忆往事，遂赋诗敬赠。

> 年无岁月日无知，只盼人间常少时。
>
> 学友传来沉水信，文章谢罢启蒙师。
>
> 篮球健体身犹健，粉笔痴情性愈痴。
>
> 老茧已随芳草去，春蚕依旧吐新丝。

2018年3月25日

七律·校友同学（十二首）

一

晚上在皇庭广场的大秦小宴聚会，翟亚军、徐清华、高淑丽和另外两位校友（一位无线电物理系，一位数学系）参加，华润银行朱家松后到，他是翟亚军的同乡。席间，大家谈笑风生，气氛十分轻松，遂赋诗记怀。

酒浓恰似感情浓，忙里偷闲赏彩虹。

校友同乡都快乐，大秦小宴最轻松。

表扬靓女堪心跳，打趣孤男也脸红。

感慨时光容易逝，桃花源在梦魂中。

2016 年 4 月 25 日

二

最近几天，大学同学在河南郑州举行毕业 30 周年聚会。今天白天，我承诺同学们要写一首诗，在游览龙门石窟和白马寺的途中一直琢磨句子。晚上，大家本来想外出吃河南特有的面条，但一时找不到合适的地方，于是临时在酒店大堂围起了屏风。吃饭时，我读一句，有人就要喝一杯。

不是猛龙不过江，卅年四面聚八方。

观光助兴看桃木[1]，斟酒撩人怨杜康[2]。

无欲无求新境界，有情有义老同窗。

家和万事都能旺，金玉纷纷洒满堂[3]。

2016 年 8 月 6 日

三

在微信群里，看到几位高中同学（张利平、赵鹏、李云伟、李东、王文华和吴海英）在李文亮家里聚会，有李文亮自养的羊，遂赋诗助兴，将他们几位的尊姓大名都嵌入诗中。

1　我们去洛阳的途中在加油站休息时，陈晓俊参观商店里的桃木雕刻纪念品。大家开玩笑说，桃木很便宜，不如檀木。我解释，桃木有两层含义：一是"桃李满天下"，指大学培养了我们，如今人才济济；二是《诗经》里有"投我以桃，报之以李"的句子，同学之间要相互帮助。

2　杜康是中国古代传说中的"酿酒始祖"，后世将杜康尊为酒神，制酒业则奉杜康为祖师爷。后世多用"杜康"形容酒。此次聚会，同学们喝了当地产的杜康酒。曹操《短歌行》："何以解忧，唯有杜康。"

3　昨天晚上我们吃饭的宴会厅正好叫作"金玉满堂"。

不到中秋月未明，气温虽降草还青。

珍藏野趣李文亮，现炸油糕吴海英。

王氏言柔东少见，张局口大利先平。

三杯下肚无云伟，捣乱寻欢看赵鹏。

2016 年 8 月 26 日

四

师兄韩培刚受聘深圳技术大学能源学院院长，算是从内蒙古回到南方了。晚上，徐清华召集众校友在江苏大厦贵宾楼聚会，为他接风。遂赋诗记怀。

国酒醇香斟满盅，卅年风雨伴征鸿。

精文通理乾坤气，济世安民今古功。

万事无常加减道，三生有幸北南踪。

回头塞外青云漫，正是多情化彩虹。

2017 年 4 月 7 日

五

昨天，几个高中同学（赵国忠、赵鹏和霍绿叶）与聂文钰老师在北京聚会，大家很尽兴。赵鹏从天津赶来，带了两瓶古井贡酒，都喝完了。他说，高铁入口检查很严，如果酒瓶打开，就不允许带。这几天北京天气好。回到酒店，看到聂老师发在微信群中的一首《师生五月聚会有感》诗[1]，前面有一段序言："时逢五月十四日'一带一路'国际合作高峰论坛之际，师生聚会于京城，很受感动。遂赋诗一首，以志纪念。"遂赋诗记怀。

发小同窗挤被单[2]，师生相聚似参禅。

---

1 聂文钰原诗："五月鲜花满京城，姹紫嫣红喜迎宾。高峰会议震世界，师生聚会也感人。学生年超知天命，老师耄耋忘老翁。谈笑风生千杯少，忘年之交感情深。吾本中学教书匠，学生却教研究生。青出于蓝胜于蓝，倍感骄傲与光荣。"

2 我在初中时，与赵国忠同住一个寝室。冬天夜里很冷，我们俩把各自的被子叠成一个被窝，挤在一起睡觉，稍微暖和一些。

灵魂呐喊成诗句¹，岁月蹉跎忆旧毡²。

塞北精华融碧海，江南雨露洗青山。

枝繁叶茂由根固，桃李不言护杏坛³。

2017 年 5 月 15 日

六

从同学微信群中得知，高中同学吴海英女儿结婚，遂赋诗祝贺。

家有娇儿已长成，雏鹰离穴继新生。

寒冬腊月缝棉被，酷夏三秋调素羹。

窗外不闻书本事，心中早计酱油瓶。

前程漫漫才开始，莫忘当初第一声。

2017 年 6 月 25 日

七

昨天在高中同学李文亮的牧场里，吴海英为我拍了一张背影照片，远处有几峰骆驼，很有意境。遂赋诗记怀。

天边隐隐数峰驼，自在悠闲漫草坡。

跋涉归来消倦意，踟蹰去后感烟萝⁴。

车前黄土眼前绿，背影红衣云影多。

唯愿故乡能注力，千山万水也能过。

2017 年 7 月 27 日

1　席间谈起诗词，聂老师说诗词是灵魂的呐喊。

2　我们小时候在冬天穿羊毛毡做成的靴子，俗称"嘎噔"，样子虽然不好看，但比一般的棉鞋保暖。

3　杏坛，传说是孔子讲学的地方，代指学校。

4　唐代李端《寄庐山真上人》诗："更说谢公南座好，烟萝到地几重阴。"宋代苏舜钦《离京后作》诗："脱身离网罟，含笑入烟萝。"

八

今天在呼和浩特市白塔机场的候机厅回忆这几天与家人和同学相处的时光，遂赋诗记怀。

玉兔无由懒上楼，故园难见旧斑鸠。

流云舒卷不胜酒，积雪凝寒可储秋。

快意非关名利场，随心便是乐安侯。

长安道上新丰客，借问何人识马周[1]。

2017 年 7 月 29 日

九

昨天，在微信群里看到高中同学聚会，很是感慨时光易逝，岁月难留。韩耀诚从北京回老家，大家一起去大青山抗日游击根据地的得胜沟游玩，自己做饭，很是快乐。想起少年时的往事，遂赋诗记怀。

塞外青山绿意稠，潺潺溪水伴鱼游。

光阴易逝同窗梦，岁月难留得胜沟。

一寸丹心何处诉，两行清泪此时流。

相期鸿雁回归日，正是村村喜麦收。

2017 年 8 月 12 日

十

晚上在回家的路上，想起一位高中同学谈起自己小时候的经历。其实，每个人都有一段故事，我们对校园生活有一些共同的记忆，比如，每天课间的主要活动就是荡秋千

---

1 《旧唐书·马周传》载，马周早年穷困不得志，初游长安，路过新丰，住于旅店中，受到店主的冷遇。后到京城，住在大将军常何家里，替常何向唐太宗写条陈，为唐太宗赏识，得到破格任用。后因以"新丰客"指怀才不遇、行旅在外遭冷落的人。唐代李贺《致酒行》诗："吾闻马周昔作新丰客，天荒地老无人识。"

和踢毽子。逝去的日子总是那么珍贵，值得回味。遂赋诗记怀。

> 浑身稚气未留痕，不解风情也动人。
>
> 毽子飞扬流汗水，秋千荡起恋青云。
>
> 红蓝交替当时景[1]，远近相思两地春。
>
> 塞北江南同一梦，年年秋尽雨霖霖。

2017 年 12 月 28 日

十一

校友刘白瑜在校友群中发了一首《夜行将抵张掖》诗[2]，颇有意趣，遂次韵和作。

> 几处炊烟几处堤，近乡情怯腹中饥。
>
> 手机短信传新事，脑海微波忆旧题。
>
> 纵使朱颜羞满月，岂将白发唱黄鸡[3]。
>
> 劝君歇脚先除岁，莫要兼程再向西。

2018 年 2 月 14 日

十二

昨天，翟亚军在微信上发了一首诗[4]，前面有一小序："戊戌正月二十日兰大校友聚于深圳湾，分享殷雄同学《从韵律中领略诗词之美》，有感。"遂次韵和作。

> 极目遥看大海湾，不经风浪不知难。
>
> 诗须学养根基厚，字要功夫意趣闲。

1　记忆中该同学有红蓝两件衣服换着穿，在当时也是一道风景。

2　刘白瑜原诗："兰州过站更向西，渐西渐知寒侵肌。西宁灯火明灭处，掌心网路断续时。近乡真似心忐忑，临夕浑觉夜迷离。整顿精神待落地，前驿便是张掖西。"

3　宋代苏轼《浣溪沙·游蕲水清泉寺》词："谁道人生无再少？门前流水尚能西！休将白发唱黄鸡。"

4　翟亚军原诗："春来雅聚深圳湾，殷雄讲课解烦难。平仄韵美积学厚，诗词格高着意闲。梧桐峰青云朵朵，南海鸥白水蓝蓝。格致楼前遥回首，而今放鹿山崖间。"

春色满园非一朵，靛青染草是全蓝。

踟蹰静女堪搔首[1]，启我情思方寸间。

五律·校友同学（十五首）

一

昨天，韩元茗在微信上发了一首《五律·丙申西行有感》诗[2]。我思念母校和同学老师以及辽阔的大西北，遂次韵和作。

大漠云头暗，胡杨缺水凋。

华年思锦瑟[3]，故友聚今宵。

酒满盘空转，情长路总遥。

只因天不老，愿作烂柯樵[4]。

2016 年 8 月 15 日

二

昨晚参加了两场同学聚会，外地的同学很羡慕。遥念未见面的同学，遂赋诗记怀。

过年频聚会，常有未归人。

不惮天涯路，偏揪游子心。

江南送喜雨，塞北报春音。

---

1 《诗经·国风·静女》："静女其姝，俟我于城隅。爱而不见，搔首踟蹰。"

2 韩元茗原诗："日暮天光暗，寒山草木凋。秋深风瑟瑟，夜静雨潇潇。碧水千江转，青灯一梦遥。壮心终不老，犹可唱渔樵。"

3 唐代李商隐《锦瑟》诗："锦瑟无端五十弦，一弦一柱思华年。"

4 烂柯樵，因观棋而忘砍柴的樵夫。宋代陆游《东轩花时将过感怀》诗："还家常恐难全璧，阅世深疑已烂柯。"

陪伴众亲友，强于拜鬼神。

2017 年 2 月 1 日

三

今年春节，在老家陪老母时间最长，老母高兴，病体大为缓解。深感幸福不是高官厚禄，不是花天酒地，而是亲人相伴，内心宁静。几十年来为母访医求药，体会到不是所有的医生都有回春的妙手，只有大自然具有回春的胸襟。一颗慈悲之心，便是人间的灵丹妙药。敬畏大自然，便是接受世间的善意；陪伴父母亲，就是膜拜天地的神灵。今天是正月初七，中国人俗称"人日"，恰逢立春，心中生出喜悦。早晨读唐代贤相张九龄的《立春日晨起对积雪》诗[1]，联想到老家今冬天暖，积雪不多，应是春天来得比往年早的意象，遂次韵抒怀。

立春前化雪，岭上待花开。

塞北和风始，江南微雨回。

笋芽生劲竹，香气浸寒梅。

老母心无所，安详送喜来。

2017 年 2 月 3 日

四

下午，去东莞中控集团参加母校兰州大学深圳校友会第七届理事会，我是理事之一。活动过程中，赋诗助兴。

不惮江湖远，卅年华发生。

初逢校友会，常忆老师情。

咆哮黄河水，呢喃粤海风。

相随好雨后，定是满天星。

2017 年 6 月 17 日

1　张九龄原诗："忽对林亭雪，瑶华处处开。今年迎气始，昨夜伴春回。玉润窗前竹，花繁院里梅。东郊斋祭所，应见五神来。"

五

今天早上，老家下了点小雨，虽然雨小、雨少，但对农作物的生长总会有一点作用。回想昨天晚上高中同学聚会的情景，遂赋诗记怀。

千山万水长，难忘数同窗。

席上农家菜，杯中老窖香[1]。

言谈情厚重，歌曲意悠扬。

喜雨迟迟到，今晨润麦秧。

2017 年 7 月 24 日

六

今天，高中同学张利平带几个朋友去希拉穆仁花海游玩，遂赋诗记怀。

重逢已卅年，珍贵同窗缘。

花海白云下，毡房绿草边。

事繁常燥热，心静最悠闲。

待到秋高日，重回塞北天。

2017 年 7 月 24 日

七

高中同班同学赵秀丽两口子从包头骑自行车远游，秀丽身上披着一件彩色的衣裳，她说要骑到达尔罕茂明安联合旗的红旗牧场，与我们会合。我深为她的勇敢行为而感动，遂赋诗相赠。

展翅恨天低，彩衣身上披。

百灵陪美女，千里走单骑。

1　老窖香，是当地一种酒的名称。

雨少前途净，风轻野草稀。

明朝相聚日，把酒话神奇。

2017 年 7 月 25 日

八

今天收到初中同学李志升发来的一张初中毕业照片，38 年过去了，但自己还是能认出自己的。初中生活历历在目，遂赋诗记怀。

青春容易逝，三十八年前。

少女少男样，一生一世缘。

肚饥思饱饭，天冷恋薄棉[1]。

发小弥珍贵，当时却惘然。

2017 年 11 月 30 日

九

深圳兰州大学校友会书画诗词篆刻摄影学会成立，部分校友推我为会长，只能勉强就任。遂赋诗助兴。

书画本同源，文房七宝[2]全。

丹青须鉴赏，翰墨应钻研。

不做王羲之，更非张大千[3]。

闲来同一处，尽兴忘时间。

2018 年 3 月 18 日

1　初中生活中最难忘的就是忍饥挨饿。

2　文房七宝：纸、墨、笔、砚、镇、尺、刀。

3　书画大师齐白石先生曾经说过："学我者生，像我者死。"此处出于押韵的关系，借另一位书画大师张大千指代齐白石，说明艺术应有独创性，不能刻意模仿别人。

十

学长吴云东院士在校友圈里发了几张她夫人养的兰花，品种是石斛兰，底座是水沉木。他专门对我和刘白瑜说："每株石斛兰与水沉木的结合都是一个艺术品，值得以诗来赞美。"遂赋诗助兴。

天然造化难，接嫁出奇观。

至宝水沉木，殊功石斛兰。

琼枝羞媚骨，躯干傲云杉。

盆景添情趣，书香最养颜。

2018年3月22日

十一

今天收到大学同班同学张玉杰从山东寄来的两幅画，遂赋诗酬谢。

君本厌虚名，心思润画屏。

有山才有树，无雨也无晴。

云水千重远，扁舟一叶轻。

寒江雪满日，还做老渔翁。

2018年3月24日

十二

赵鹏在初中同学群中写了一段很感人的话："同窗两载，温馨如昨，挚情依然萦绕心头；校园岁月，常入梦境，时空无法隔断你我。38年的分别，38年的牵念。在相识40年之际，诚邀您参加'大豆铺中学1978级16和17班同学入学40周年聚会'，去听听久违的声音，来看看久别的面孔，诚恳希望同学们能放下一切事务，抛弃诸多顾虑前来参加，以使大家能有机会敞开心扉，共话沧桑。诚邀尊敬的各位老师都参加本次聚会，给同学们再次聆听您教诲的机会，让弟子们再有课堂回答您的问题。本次聚会将因为您的参加而更加精彩！不管您来与不来，届时老师们和同学们都等候您的到来！"晚上，我躺在床上，回顾初中两年时光中的点点滴滴，遂赋诗记怀。

> 曾是少年郎，最思苦菜香。
>
> 灯昏油总缺[1]，天冷夜偏长。
>
> 吃饭无兼味，解题有备方。
>
> 相思寻梦处，塞北白云乡。

2018年5月16日

十三

昨天，翟亚军与另一位校友潘飞到隐贤山庄游玩，他写了一首《和潘飞师弟隐贤山庄一首》诗[2]，遂次韵和作。

> 徜徉山水间，半日得偷闲。
>
> 悟道非从子，观鱼莫羡仙。
>
> 花香须绽朵，海阔也留湾。
>
> 唯愿人长久，心平天地安。

2018年5月20日

十四

上午随意翻看微信朋友圈，看到大学同学周玉春儿子东东的动漫作品。这个孩子我已经20年没有见过面了，向他要照片。玉春把他们一家三口的合影发我，东东已经长成大小伙子了，现在东京一家动漫公司实习，准备留在那里。遂赋诗相赠。玉春说，东东目前处于一个转折期，本来想在京都的一家公司应聘，结果没有成功，需要鼓励，你的鼓励就到了。我说，他的愿望一定能够实现！

> 廿载未相逢，画龙已点睛。

1　那时晚上10点钟，学校教室里和宿舍里的电灯都熄灭了，如果再想学习，只能点煤油灯，但经常买不到煤油，只好去"偷"学校手扶拖拉机油箱里的柴油。

2　翟亚军原诗："隐于白云间，贤者身常闲。山前问童子，庄里访散仙。怡性花万朵，养心水一湾。福共日月久，地得居之安。"

家风传塞北，技艺出东瀛。

慈母歌喉亮，严君心境平[1]。

人生如动漫，莫要论功名。

2018 年 5 月 27 日

十五

这个暑期，王天民老师在兰州大学组织"先进材料论坛暨兰大材料人年会"，师兄韩培刚提议深圳校友会发一个贺信。校友会秘书写了一个，韩师兄请我修改。我感觉不需要修改，遂赋诗致贺，刘白瑜写成条幅，韩师兄带到学校作为贺礼。

兰大汇嘉宾，校园景色深。

暑期如火热，材料与时新。

格致楼前石，萃英门外尘[2]。

攻关结硕果，还待领军人。

2018 年 7 月 19 日

七绝·观同学合影旧照

晚上，一些同学在高中同学群里发了当年的合影照片。某女同学讽刺我，说我只认得一个人。遂赋诗相答。

当年埋首苦求知，哪管佳人最美时。

天命蹉跎回顾晚，聊将记忆缀成诗。

2016 年 2 月 11 日

1　周玉春夫人喜欢唱歌，尤其擅长民族唱法；他本人性情平和，不喜不怒，任何时候都波澜不惊。

2　母校物理楼后来命名为"格致楼"，校门外的酒店命名为"萃英酒店"。

蝶恋花·自遣

今天参加高中同学聚会。回到家里，读王国维的《蝶恋花》词[1]，联想到当年求学期间的同学之情，遂次韵和作。

回顾当年思恋苦，鸿雁飞来，尺素[2]因谁许？

纵使挥毫书万语，美人香草都迟暮[3]。

重遇卅年相与诉，把酒贪欢，一曲黄金缕[4]。

积雪成冰舟且驻，明朝系马庭前树。

2017 年 1 月 29 日

诉衷情·自遣

今天晚上在呼市参加了两场同学会。回家后，躺在床上读欧阳修的《诉衷情》词[5]，遂次韵和作。

云薄雾重露成霜，聚会换新妆。

蹉跎岁月遗恨，春梦不嫌长。

1　王国维原词："阅尽天涯离别苦，不道归来，零落花如许。花底相看无一语，绿窗春与天俱暮。　待把相思灯下诉，一缕新欢，旧恨千千缕。最是人间留不住，朱颜辞镜花辞树。"

2　清代纳兰容若《采桑子·九日》词："残更目断传书雁，尺素还稀。一味相思，准拟相看似旧时。"

3　《楚辞·离骚》："惟草木之零落兮，恐美人之迟暮。"

4　黄金缕，又名蝶恋花，词牌名。

5　宋代欧阳修原词："清晨帘幕卷轻霜，呵手试梅妆。都缘自有离恨，画作远山长。　思往事，惜流芳。易成伤。拟歌先敛，欲笑还颦，最断人肠。"

追往事，忆花芳。空怀伤。

旧情收敛，丑女施颦，一样衷肠。

2017 年 1 月 31 日

减字木兰花·故人重遇（二首）

在高中同学朋友圈里，与同住一个宿舍的冯殿君取得了联系。他在我的微信上留了两首《减字木兰花》词[1]，遂次韵和作。

一

当年偶遇，相望天涯诚可惜。

圆缺阴晴，游子常怀故土心。

严冬恒短，塞外春风频送暖。

老树新生，落叶归根更喜人。

二

东山积雪，不改南山青黛色。

云过高峰，徒羡崖边卧老鹰。

翠筠敲竹，弄影疏梅真气质。

长夜将晗，多少光阴付笑谈。

2017 年 2 月 5 日

1　冯殿君原词："故人乍遇，流水高山成惜惜。正月多晴，耳闻目遇皆赏心。　蜉蝣何短？义永情长相暖暖。莫负余生，做个平凡快乐人！""劲风消雪，雪底莳芝方本色。登上青峰，气定神闲看苍鹰。　犹钦松竹，泰山品格普陀质。更念吴晗，中华骨气谈一谈。"

卜算子·戏赠徐清华

校友徐清华在微信上发来一首《卜算子·自嘲》词[1]，作者是丁元英。我在网上查，丁元英是作家豆豆的小说《遥远的救世主》里的男主角，是一个虚构的人物。清华要我为他的新办公室写一首诗或填一首词，而且不要太严肃。遂依韵和作。

闹市有人闻，罗汉床头卧[2]。

只顾斟茶敬客忙，忘了香烟火。

公事最当先，交友须稳妥。

倘若财神不进门，便是苍天错。

2017 年 2 月 23 日

清平乐·寄赠诸同学摘杏

一些高中同学去乌素图摘杏，发过来一些照片。郭全虎要我作诗，而且点名填《清平乐》词。我在网上查到晚唐韦庄的一首《清平乐》词[3]，韵脚还比较合适，遂次韵和作。

坡前青草，覆盖乡间道。

摘杏尝鲜须趁早，管甚年轻年老。

---

1 《卜算子·自嘲》词："本是后山人，偶做前堂客。醉舞经阁半卷书，坐井说天阔。 大志戏功名，海斗量福祸。论到囊中羞涩时，怒指乾坤错。"

2 徐清华的办公室里有一张罗汉床。

3 韦庄原词："野花芳草，寂寞关山道。柳吐金丝莺语早，惆怅香闺暗老。 罗带悔结同心，独凭朱栏思深。梦觉半床斜月，小窗风触鸣琴。"

相逢依旧童心，抚平笑脸纹深。

此刻南天无月，枝头知了弹琴。

2017 年 7 月 9 日

水调歌头·次韵张志亮先生

初中同学转来高中语文老师张志亮先生的《水调歌头·小大辨》词[1]，遂次韵和作。

天地数心大，一念太匆匆。

风幡究竟谁动[2]，无用也无功。

太白谪仙犹可[3]，惊叹庐山飞瀑[4]，

妙笔不从容。

人事有兴替，忽往忽来空。

为何贪？向谁贿？赌吉凶。

愚贤奸佞，青灯黄卷古今通。

既有分赃解罪[5]，也有守身如玉，

碌碌[6]最难同。

1　张志亮原词："千里长堤大，蚁穴使其崩。蛀虫何大，万顷广厦一时空。雨滴微不足道，汇集江河洪瀑，一发不留情。核子何其小，送你游太空。　一个贪（无是非），两个贿（混贤愚），三个发（坏法制），胃口渐大，上上下下都疏通。万里肮脏联网，千条法规无视，磅礴无准绳。言小即是大，种种理由中。"

2　《坛经》："时有风吹幡动。一僧曰风动，一僧曰幡动。议论不已。慧能进曰：'非风动，非幡动，仁者心动。'"

3　唐代孟棨《本事诗·高逸》："李太白初自蜀至京师，舍于逆旅。贺监知章闻其名，首访之。既奇其姿，复请所为文。出《蜀道难》以示之。读未竟，称叹者数四，号为'谪仙'。"

4　唐代李白《望庐山瀑布》诗："飞流直下三千尺，疑是银河落九天。"

5　解罪，旧时苗族巫师作法为死者"解除生前罪孽"，使其超生并保家人平安的丧葬仪典。

6　《史记·酷吏列传论》："九卿碌碌奉其官，救过不赡，何暇论绳墨之外乎！"

莫道凌虚[1]久，总在现实中。

2018 年 2 月 1 日

七绝·次韵张茂先生《砺少年》

初中同学王福梅发来张茂老师写的《七绝·砺少年》诗，前面有一小序："师生聚会之际，读《学子美文》，感慨万千，颂赞学子情怀油然而生。故提笔小作。"我做了一些修改[2]，并次韵和作。

遥忆翩翩美少年，青春畅想彩云间。

人生能有几回聚，感念师恩大过天。

2018 年 5 月 29 日

七律·次韵耿云展先生《话愿》

初中语文老师耿云展先生在同学群中发了两首诗，其中一首题为《话愿》[3]，今天在高铁上次韵和作。

微信多情话旧年，油灯常照五更天。

唯遵师道能开路，只剩行囊岂戍边。

欲展经纶多使劲，如逢忧患应当先。

吾侪有幸生今世，逐浪潮头风满帆。

2018 年 6 月 1 日

1　三国曹植《节游赋》："建三台于前处，飘飞陛以凌虚。"

2　张茂原诗："十载寒窗砺少年，人生半百寸心间。青山有幸青城聚，桃李芬芳洒满天。"

3　耿云展原诗："风雨阔别四十年，庠序新苗已参天。青春浩气歌满路，白发银光泽无边。同学少年挥斥劲，书生意气天下先。河清海晏逢盛世，正待健儿扬风帆。"

水调歌头·初中师生联谊会记怀

初中同学聚会结束后，同学们似乎意犹未尽，每天在微信群中交流。我这几天回顾自己的初中生活，有一些感想，遂填词记怀。

仲夏星火正，犹未到金秋。

少年同学，如约相聚暂停留。

醇酒飘香易醉，白发满头难老，

天上彩云浮。

师生勤询问，都不话封侯。

求学累，环境苦，更无由。

秃头蘸笔[1]，写尽酸楚梦中愁。

夜半偷油继日[2]，周末还家补觉，

逆水也行舟。

回首平常事，谈笑忆风流。

2018 年 6 月 22 日

七律·听郭师母讲述其父抗战历史

中午赶到深航国际酒店，师弟张华开车来接王顺金老师夫妇去深圳技术大学做学术报告。郭师母讲述其父郭勋祺的抗战史。抗战时期，四川派出 350 万人出川抗战，伤亡

1　我上初中期间，由于家境贫寒，买不起钢笔，使用蘸笔，老师经常赞助笔头。

2　晚上熄灯后继续使用自制的煤油灯，由于经常买不到煤油，有时候与同学半夜从学校的手扶拖拉机油箱里偷偷倒柴油。老师看到后并不管，他们也知道，学生是为了学习之用。

60 万人。四川兵占全国兵源 1/5，物资占 2/3。师母收集了大量其父在皖南抗战的照片和资料，讲得极具感染力，令人十分感动。晚饭后在返回深圳的路上，赋诗记怀。

> 天下要安先治川，一生戎马未离鞍。
>
> 土城兄弟阋墙泪[1]，云岭军民御寇篇[2]。
>
> 百姓无求收骸骨，孤魂有幸聚青山。
>
> 先公从不谈家事，大义凝成忠孝观。

2018 年 7 月 11 日

清平乐·高中同学戊戌集宁聚会感怀

下午去集宁，参加部分高中同学聚会。饭后回到酒店，初中同学陈志远招呼几个人到马路对面喝啤酒、吃烧烤。大家回房间后又叙谈了很久。今天碰到与我和赵鹏同村的小学同学王凤英。洗澡后躺在床上，回忆起小时候与他们二人相交的情景，真是百感交集，遂填词记怀。

> 当年发小，共忆青春好。
>
> 拔麦锄禾兼打草，岁月如梭人老。
>
> 重逢不忘乡音，举杯洗尽风尘。
>
> 待到中秋明月，江南塞北同轮。

2018 年 8 月 3 日

1　中国工农红军长征期间，在贵州与四川交界的土城与川军师长郭勋祺的部队作战，损失较大。

2　抗日战争期间，郭勋祺率部在安徽云岭与新四军合作抗日。

友情篇

七律·丙申年正月初五有怀

林田生发来一首《韵和陈公初四有赠》诗[1]并陈万斌先生的《赠建益其二》诗[2]，遂次韵和作。

梅花瑞雪染颜新，暖意深藏暗示人。

李白谪仙缺器用[3]，孔门论语空乏身[4]。

未经市面难还价，常在旅途应染尘。

天地茫茫存小我，无私方寸早逢春。

2016年2月12日

七律·乙未秋日感怀

林田生发来一首《初秋山行》诗[5]，遂依其诗意和作。将诗发周振兴，他也和作一首[6]。

阵阵秋风翻过墙，心脾沁满稻花香。

1　林田生和诗："无情岁月时时新，放眼无求自在人。有才处处堪可用，何须作贱称奴身。桃花因节齐天价，贺喜过后满地尘。佛心慧根开示我，善心长存总是春。"

2　陈万斌原诗："无情岁月一番新，长恨难求自在身。不羡才疏为世用，唯惭福浅作奴人。桃源早是齐天价，稷下还余满地尘。幸有空王开示我，不离寻觅总无春。"

3　汉代王褒《圣主得贤臣颂》："夫贤者，国家之器用也。"宋代范仲淹《上时相议制举书》："国家劝学育材，必求为我器用，辅我风教。"

4　《孟子·告子下》："故天将降大任于斯人也，必先苦其心志，劳其筋骨，饿其体肤，空乏其身，行拂乱其所为，所以动心忍性，曾益其所不能。"

5　林田生原诗："又到了必须沉思的季节／春水逝去，残墙未修／夏梦初醒，画卷待完／溪石被残阳／玩弄得失去棱角／山花终然／仍溢出缕缕清香／但掩饰不住／落红的悲凉／山峰仍然沉默不语／坚毅地注视／曲曲折折的来路／还有迷迷蒙蒙的远方。"

6　周振兴和诗："满目枫竹筑碧墙，兰陵古酒陈年香。经纶日月无欢喜，横纵山河有怆伤。坐看人生观起落，遥舒炬目对存亡。老庄早断机玄梦，不用徒劳熬苦霜！"

046

排云翔鹤刘郎喜[1]，临水登山宋玉伤[2]。

潮涌钱塘成涨落，火烧赤壁铸兴亡。

丈夫何事萦牵梦？背后行囊足底霜。

2016 年 9 月 10 日

江城子·和友人（二首）

一

林田生发来一首《江城子·丙申年登广信楼》词[3]，遂次韵和作。

邀春携酒上城楼，眺峰头，送行舟。

洗尽风尘，何处挂吴钩？

垛口作窗云作盖，千载事，梦中求。

陶公本性爱山丘[4]，理田畴，隐居幽。

柳茂凉生，有种傲王侯[5]。

遥看前川天外水，飞瀑下，紫烟收[6]。

2016 年 2 月 20 日

1　唐代刘禹锡《秋词》诗："晴空一鹤排云上，便引诗情到碧霄。"

2　宋代柳永《戚氏·晚秋天》词："当时宋玉悲感，向此临水与登山。"

3　林田生原词："潇潇春雨岭南楼，矗牛头，渡扁舟。一滚红尘，怀古击沉钩。千古往来穹笼盖，闲等事，复何求。　暮云归鸟塔山丘，草林畴，着清幽。仲节书生，少得状元侯。霞蔚云蒸西贺水，黄昏下，夕烟收。"

4　晋代陶渊明《归园田居》（其一）："少无适俗韵，性本爱丘山。"

5　元代赵孟頫《渔父词》："盟鸥鹭，傲王侯，管甚鲈鱼不上钩。"

6　唐代李白《望庐山瀑布》诗："日照香炉生紫烟，遥看瀑布挂前川。"

二

林田生发来一首《江城子·韵和江口怀古》词[1]，他还做了一个注："陈公，系破解马王堆古地图'封中'，乃广信府第一人。"遂次韵和作。

> 新年元夜又登楼，望人流，月光浮。
>
> 满地铺霜，直到海东头。
>
> 南粤如今非古粤，寻脚印，没沙洲。
>
>
> 桃源世外本难求，课该修，友当酬。
>
> 妙笔生花，不为稻粱谋。
>
> 孔子颜渊相与铸[2]，传正法，绝闲愁。

2016 年 2 月 23 日

七律·次韵韩晓光

昨天，老友韩晓光发来一首《五十四岁自题》诗[3]。我与他通电话，他最近换了工作，职级也有所提升。遂次韵和作。

> 历练中枢识见高，曾经岁月似烟消。
>
> 转蓬睁眼观形势，熬夜勤思苦素毫[4]。

1　林田生原词："伤今未及去登楼，水仍流，两江浮。千载风霜，时刻绕心头。难解封中迷百粤，西汉印，古灵洲。　陈公秉笔曲中求，书已修，志还酬。击鼓传花，吾辈续编谋。决意幽诗斑石铸，唯此法，解乡愁。"

2　《法言·学行》："或曰：'人可铸与？'曰：'孔子铸颜渊矣。'"

3　韩晓光原诗："四十履新胆气高，书生本色不曾消。跋山涉水亲弱势，疾恶守正犯强豪。松挺只缘无媚骨，竹直全凭有节操。悲辛交集知冷暖，抚心整装再南飘。"

4　素毫，毫素的反称，指笔和纸。晓光经常熬夜写文章。

板凳十年陪傲骨，竹帛千载记贤操。

寒冬过尽和风暖，大地回春紫气飘。

2017 年 4 月 28 日

七绝·次韵林田生

林田生从微信发来一首《何况是秋分》诗[1]，遂次韵和作。

漫漫人生前路长，无关世态浸炎凉。

醉心学术周身静，管窥[2]云天觅曙光。

2017 年 9 月 24 日

七律·酬林田生

有感于林田生对我的关心与帮助，遂次韵苏轼《寄子由》（其一）诗[3]而相赠。林田生发来一首和诗[4]，我回复："林公，真君子也。"

乌鸟私情[5]逢早春，苍天还我自由身。

离开闹市偿新债，躲进桃源遇故人。

板凳十年陪傲骨，春秋千载祭元神。

1　林田生原诗："不觉秋分路渐长，海风习习初显凉。忘却炎夏书斋静，抬望秋枫揽霞光。"

2　《庄子·秋水》："是直用管窥天，用锥指地也，不亦小乎？"

3　苏轼原诗："圣主如天万物春，小臣愚暗自亡身。百年未满先偿债，十口无归更累人。是处青山可埋骨，他年夜雨独伤神。与君世世为兄弟，更结人间未了因。"

4　林田生和诗："年年冬去必逢春，天天心宽自由身。心系庙堂忧百姓，红尘更喜遇故人。板凳何惧十年冷，春秋功力见精神。灵魂相通真兄弟，何需来世管鲍因。"

5　晋代李密《陈情表》："乌鸟私情，愿乞终养。"唐代白居易《谢官状》："乌鸟私情，得尽欢于展养；犬马微力，誓效死以酬恩。"

与君今世为兄弟，更结来生管鲍因[1]。

2017 年 11 月 5 日

画堂春·酬林田生

读苏轼《画堂春·寄子由》词[2]，遂次韵和作并赠林田生。

当年数页起风波，君怜字字研磨[3]。

幸亏日月总如梭，旧曲换新歌。

惯看江湖荡漾，修来心境平和。

知音不在应酬多，酳酒又能何？

2017 年 11 月 5 日

渔父词·吴越旧事有怀次韵林田生

林田生发来一首《渔父词·重访南浔古镇小莲庄有感》词[4]，联想吴越旧事，遂次韵和作一首。

范蠡三迁寄小舟，红袖添香有来由。

尝胆苦，卧薪羞，尘起尘消忘公侯。

2018 年 8 月 6 日

---

1 汉代司马迁《史记·管晏列传》："生我者父母，知我者鲍子也。"

2 苏轼原词："柳花飞处麦摇波，晚湖净鉴新磨。小舟飞棹去如梭，齐唱采菱歌。 平野水云溶漾，小楼风日晴和。济南何在暮云多，归去奈愁何。"

3 我曾经写过一篇文章，但当时某负责人责备我在单位内部刊物发表之前，没有经过他同意。林君对此文的评价甚高，认为说出了他和其他一些人想说而没有说出的话。

4 林田生原词："鸥鹭溪上往来舟，退休小榭任自由。曲径幽，夏莲羞，百年风月笑王侯。"

050

七律·次韵董保同

老友董保同在微信上发了一首《读宋湘诗》诗[1]，遂次韵和作。

时代变迁留学府，感恩前辈赋新诗。

督粮船[2]上风波远，电脑桌前锦绣枝。

云岭黎民求阵雨，昆明耋耄咏滇池。

大观楼下长联舞[3]，古往今来吟诵之。

2016年2月13日

五律·次韵董保同

晚上，在五洲宾馆与董保同相逢小聚。我于1988年刚参加工作时，与保同住一个宿舍（还有田培义），我对他说，人的一生中能够住一个宿舍的人，应该是屈指可数的，不会超过两位数。我带了几个小菜、一瓶茅台酒，两人就在他的房间里边喝边聊。其间，他要参加另外一个活动，我就告辞了。回到家里，洗澡后躺在床上翻看保同的微信，看到前几天他写的一首《感怀》诗[4]，遂次韵和作。

别后天涯久，相逢鬓染霜。

青春怀远梦，壮岁赌诗狂。

1　董保同原诗："岭南才俊滇知府，独步三迤老宋诗。疲马自知骐骥远，梧桐更立凤凰枝。民生若望及时雨，清正徐行洗砚池。仰慕先贤心起舞，花开花落两由之。"

2　宋湘（1757—1826），广东嘉应州（今广东梅州市梅县区）人。清代中叶著名诗人、书法家、教育家，政声廉明的清官，被称为"岭南第一才子"。历任翰林院编修、云南曲靖知府、湖北督粮道，曾写诗道："若问老夫今日事，春风扶上督粮船。"

3　云南昆明大观楼长联是乾隆年间名士孙髯翁登大观楼所作，共180字，被称为"天下第一长联"。

4　董保同原诗："江湖飘零久，六载鬓初霜。无愧春城梦，聊发逸士狂。公心行道义，大爱著文章。秋水银鹰起，京华叶正黄。"

051

出仕唯公义，归田循旧章。

酒酣杂念起，何日再牵黄 [1]。

2016 年 11 月 2 日

五律·酬友人赠印玺

河南鹤壁暴志民先生赠我一方印，并请李中令先生雕刻。遂赋诗记怀。

新春念故交，奔走不辞劳。

载道寿山石，雕龙篆刻刀。

填词云梦谷，怀旧水关桥 [2]。

小小印章事，文房尔最高 [3]。

2016 年 3 月 19 日

江城子·酬友人

前几天，初中同学王福梅发来半阕《江城子·贺老同学申春喜得赠印》词。今天次

1　宋代苏轼《江城子·密州出猎》词："老夫聊发少年狂，左牵黄，右擎苍。"

2　2014 年 9 月 6 日，我去河南鹤壁看望刘杰部长时，去云梦山浏览，填了几首有关鬼谷子师徒的《定风波》词；在故都朝歌外城的城门口旁的一幅规划图上，看到宋代苏辙的《登上水关》诗，遂次韵和作一首。

3　我将此诗和印章照片发在微信里，并且补了一段话："李中令先生是河南鹤壁集诗、书、印为一体的当代大家；暴志民先生是卓有成就的企业家、慈善家，也是我多年的挚友。他们合作赠我两方印玺，深为感佩，遂赋诗记怀。"阳江书画家梁炳俊先生评价道："好章！刀法娴熟，结构严谨，尤名字一章，布局更佳，疏可跑马，密不透风，大开大合，更显风采！"李中令老师留言："朱文印把墨法、刀法结合一下，三字属向中心聚式构成，'至'字中间模糊向左重一点是专意的，线不匀是为了整体味丰富一些。"

韵一首，她也将自己的词补充完整[1]。

> 生活满地尽鸡毛[2]。
>
> 友朋交，话休滔。
>
> 毕竟言轻，分量仅微毫。
>
> 漫道文房新五宝[3]，凭印记，领风骚。
>
> 老庄智慧乐逍遥。
>
> 凤凰骄，路途迢。
>
> 海上鲲鹏，垂冀若云霄[4]。
>
> 秋水梧桐[5]蝴蝶梦[6]，人未老，仰天高。

2016 年 3 月 22 日

诉衷情·次韵冯兆平

湛江书画家冯兆平先生在微信上发了一首《诉衷情》词[7]，遂次韵和作。

---

1 王福梅原词："泰山不应笑鸿毛。比邻交，若滔滔。妙手文章，弄墨正挥毫。至乐斋中全是宝，量史记，度离骚。 翱翔何惧路途遥。凤姿骄，浴火超。秋水梧桐，彩翼舞清箫。琴瑟青竹频入梦，夕照老，愧言高。"

2 刘震云的小说《一地鸡毛》，反映了大多数中国人在二十世纪八九十年代的日常生活和生存状态。

3 "纸、墨、笔、砚"俗称为"文房四宝"，加上印章，就变成了"五宝"。

4 《庄子·逍遥游》："北冥有鱼，其名为鲲。鲲之大，不知其几千里也。化而为鸟，其名为鹏。鹏之背，不知其几千里也，怒而飞，其翼若垂天之云。"

5 《庄子·秋水》："夫鹓雏发于南海而飞于北海，非梧桐不止，非练实不食，非醴泉不饮。"

6 《庄子·齐物论》："昔者庄周梦为胡蝶，栩栩然胡蝶也，自喻适志与，不知周也。俄然觉，则蘧蘧然周也。不知周之梦为胡蝶与，胡蝶之梦为周与？周与胡蝶，则必有分矣。此之谓物化。"宋代陆游《睡觉作》诗（之一）："但解消摇化蝴蝶，不须富贵慕蚍蜉。"

7 冯兆平原词："风和日暖海风清，相聚诉离情。细听潮声依旧，往事恨飘零。 悲白发，倦游程，梦难成。心如止水，潮退波平，鸥鹭声声。"

先生出手画风清，渔网锁幽情。

纵然帆影依旧，作品总归零。

留鹤发，忘回程，靠天成。

常观潮水，早已心平，耳畔涛声。

2016 年 3 月 29 日

八声甘州·次韵冯兆平

冯兆平先生在微信上发了一首《八声甘州》词[1]，遂次韵和作。

借劲风一缕系孤帆，碧水映苍天。

怪波涛多语，形同枷锁，何止千年。

四海偏能空眼[2]，忍泪梦魂牵。

此去归程远，回首家山[3]。

家事真如国事[4]，忆先君神韵，颤动心弦。

酒酹邀明月，唯有痛相连。

纵佳人、巾红袖翠[5]，怎能堪、桃李已难言。

1　冯兆平原词："看东风万里送征帆，秋水接长天。问扁舟无语，深烟雾锁，归路何年？红树凝愁望眼，潮浪把情牵。曲岸沙鸥远，心系关山。　记得红船旧事，听南音粤韵，声断琴弦。叹疯狂岁月，斑竹泪涟涟。长眠地、短松苍翠，望湘江、呜咽竟无言。梦回处、风霜两鬓，难认婵娟。"

2　明代李贽《答耿司寇书》："渠眼空四海，而又肯随人脚跟走乎？"

3　唐代王贞白《晓发萧关》诗："归程不可问，几日到家山。"

4　明代东林党首领、无锡人顾宪成撰写过一副名联：风声雨声读书声，声声入耳；家事国事天下事，事事关心。

5　宋代辛弃疾《水龙吟·登建康赏心亭》词："倩何人，唤取红巾翠袖，揾英雄泪。"

相思意、化为霜鬓，夜色娟娟。

2016 年 5 月 15 日

七律·次韵周振兴（十一首）

一

周振兴发来一首《七律·观花杂咏》诗[1]，遂次韵和作。

不思争宠伴幽兰，天下归心人静闲。

缅甸字同称郭貌[2]，扶桑[3]俗异懂曾颜[4]。

夜空常有一轮月，血脉已凝数世缘。

任尔秦风与汉绪[5]，无声春讯在花间。

2016 年 4 月 10 日

二

周振兴发来一首《七律·江南行感怀》诗[6]，遂次韵和作。

一行春雁正离南，背后祥云化紫烟。

1　周振兴原诗："家中无欲养梅兰，细水轻肥莫等闲。剪叶疏枝成古貌，凝神注爱竟新颜。悄陪尔寂迎弦月，暗送幽香度翰缘。每伫芹园思万绪，结人不若醉花间。"

2　缅甸人有名无姓，通常在自己的名字前面加一冠词，以示性别、年龄、身份和地位。青年男子自称"貌"（意为弟弟），表示谦虚，对平辈或兄长则称"郭"（意为哥哥），对长辈或有地位的人则称"吴"（意为叔伯）。

3　指日本。

4　曾参和颜回，都是孔子的弟子，以德行著称。唐代王维《为人祭李舍人文》："行比曾颜，才兼文史。"

5　汉绪，意为汉代的业绩。汉代班固《东都赋》："系唐统，接汉绪，茂育群生，恢复疆宇。"

6　周振兴原诗："行云流水看江南，半是黄花半是烟。雨打千村侵翠碧，风吹万陌接青蓝。欲寻古意乡间趣，苦觅诗香野户闲。才子佳人成过去，悠幽雅韵已昨天。"

身影空投山谷碧，鸣声回响水波蓝。

抛开琐事多寻趣，调养精神莫负闲。

君看当年黄鹤去[1]，抬头还是旧时天。

2016 年 4 月 16 日

三

昨天，周振兴发来一首《七律·再行温哥华印象》诗[2]，遂次韵和作。

垢面蓬头非素颜[3]，甘霖能洗旧时天。

积知储宝邀明月，酌理富才问早安[4]。

千岁神龟宁尾曳[5]，一身贱骨守王闲[6]。

域民不以封疆界[7]，放眼周边山外山。

2016 年 5 月 17 日

四

周振兴从微信发来一首《七律·因须赶赴深圳开会于首都机场航班全面延误，候航路无雷电方放行，无期无奈无脾气》诗[8]，遂次韵和作。

闲情酒后纵闲游，莫把通州作广州。

1　唐代崔颢《黄鹤楼》诗："黄鹤一去不复返，白云千载空悠悠。"

2　周振兴原诗："人间景色竞娇颜，跨海巡洋渡碧天。北美明珠和日月，西方宝典定宁安。云镶净宇心旌曳，雪镀青崖气韵741。眩目休疑别世界，骋怀不误品江山。"

3　《魏书·封轨传》："君子正其衣冠，尊其瞻视，何必蓬头垢面，然后为贤？"

4　南朝梁刘勰《文心雕龙·神思》："积学以储宝，酌理以富才。"

5　《庄子·秋水》："吾闻楚有神龟，死已三千岁矣，王巾笥而藏之庙堂之上。此龟者，宁其死为留骨而贵乎，宁其生而曳尾涂中乎？"

6　《周礼·夏官·虎贲氏》："舍则守王闲，王在国则守王宫，国有大故则守王门。"

7　《孟子·公孙丑下》："域民不以封疆之界，固国不以山溪之险，威天下不以兵革之利。"

8　周振兴原诗："昔人乘鹤纵逍游，不管风雷遍九州。任意云中来往渡，随心雨里起伏休。而今有水封银翼，但日无缰乐自由。慨叹三声徒向壁，屈眉且待盼清秋！"

天上彩虹犹可渡，南方乔木或思休¹。

尚贤有眼充王翼²，好勇无人过仲由³。

遥忆周公图破壁⁴，樱花陌上⁵待新秋。

2016 年 7 月 20 日

五

周振兴从微信发来一首《七律·无题》诗⁶，遂次韵和作。

浩渺长空不见云，流星飞过夜深沉。

望穿秋水盈盈目，蹙损春山淡淡心⁷。

强盗折腰旗帜黯，专家投票噪声湮。

惊天巨响沙丘老，无字丰碑壮士魂。

2016 年 8 月 15 日

六

周振兴发来一首《七律·二十四小时往返京深开三小时会有感》诗⁸，遂次韵和作。

诗书翰墨藏真趣，恰似林泉滴水声。

意气不投人不爽，痴心难改事难明。

江湖路远须常走，拂晓霜浓趁早行。

---

1 《诗经·国风·汉广》："南有乔木，不可休思。"

2 先秦姜尚《六韬》："王者帅师，必有股肱羽翼，以成威神。"

3 仲由，字子路。以政事见称，为人优直，好勇力，跟随孔子周游列国，孔门七十二贤之一。

4 周恩来《无题》诗："面壁十年图破壁，难酬蹈海亦英雄。"

5 周恩来《春日偶成》诗："樱花红陌上，柳叶绿池边。燕子声声里，相思又一年。"

6 周振兴原诗："秋初夏末乱飞云，潜水华龙意气沉。横槊无诗空放目，行舟多浪岂安心。支离南粤风光黯，破碎英伦美梦湮。落叶萧萧催树老，长江滚滚荡沙魂。"

7 元代王实甫《西厢记》(第三本第二折)："望穿他盈盈秋水，蹙损他淡淡春山。"

8 周振兴原诗："匆飞粤岭无新趣，雨夜听蚊伴噪声。热浪尽淹秋气爽，湿风更障目光明。一天往返追星走，整日来回迫月行。怎奈当差随调遣，休言意愿不关情。"

往圣因何多获谴，弄獐伏猎[1]造悲情。

2016 年 9 月 9 日

七

周振兴从微信发来一首《七律·深秋候雨》诗[2]，遂次韵和作。

休讥宋玉总悲秋[3]，草色枯黄暮色愁。

风劲吹翻杨柳絮，街稠挤满轿车流。

微躯狼虎丛中立[4]，宿愿桃花源里收。

寒气将来飞雨燕，越州北望是通州。

2016 年 9 月 26 日

八

国庆节当天，周振兴在微信上发了一首《七律·读赵子昂诸帖有感》诗[5]。这一段时间，我在李宝光老人家的督促下，每天有时间也写几个字，稍有一点感悟，遂次韵和作。

东床坦腹[6]闻于晋，纸上春秋载盛唐。

---

1 《旧唐书·李林甫传》："太常少卿姜度，林甫舅子。度妻诞子，林甫手书庆之曰：'闻有弄獐之庆。'客视之掩口。"《旧唐书·严挺之传》："客次有《礼记》，萧炅读之曰：'蒸尝伏猎。'炅早从官，无学术，不识'伏腊'之意，误读之。挺之问，炅对如初。挺之白九龄曰：'省中岂有伏猎侍郎？'"宋代苏轼《贺陈述古弟章生子》诗："甚欲去为汤饼客，惟愁错写弄獐书。"清代洪亮吉《北江诗话》（卷三）："弄獐宰相，伏猎侍郎，不闻有诗文传世，职是故耳。"

2 周振兴原诗："晨风拂竹曳清秋，水上萍黄叶色愁。片刻白云成乱絮，忽然皓日隐乌流。寒崖寂寂萧然立，深谷幽幽肃穆收。待雨宁声停过燕，闻雷震响彻京州。"

3 先秦宋玉《九辩》："悲哉！秋之为气也。萧瑟兮，草木摇落而变衰。"

4 五代冯道《偶作》诗："但教方寸无诸恶，狼虎丛中也立身。"

5 周振兴原诗："承宗继法循东晋，韵自羲之媚过唐。真楷成峰标范体，章行立派入贤堂。凝神聚气腾龙虎，濡墨飞毫出凤凰。苦志临池超北海，勤为善悟越先良。"

6 南朝宋刘义庆《世说新语·雅量》："郗太傅在京口，遣门生与王丞相书，求女婿。丞相语郗信：'君往东厢任意选之。'门生归白郗曰：'王家诸郎亦皆可嘉，闻来觅婿，咸自矜持。唯有一郎在东床上坦腹卧，如不闻。'郗公云：'正此好！'访之，乃逸少（王羲之），因嫁女与焉。"

真楷宗师四大体¹，管毫精品三希堂²。

非凡出笔雄如虎，奇巧谋篇媚胜凰。

一入书坛深似海，熙熙也可辨贤良。

2016 年 10 月 4 日

九

周振兴从微信发来一首《七律·丁酉秋与子潇饮酒寄意抒怀》诗³，遂次韵和作并寄语周潇贤侄。

世人教子本无方，任尔秋风频转凉。

出水蛟龙知海阔，冲天雏凤恋云长。

眼前俗务皆余事⁴，身后殊荣寄令郎。

岁月悠悠随意度，墨香盈室伴茶香。

2017 年 10 月 24 日

十

周振兴从微信发来一首《七律·乘高铁自京至石观感》诗⁵，遂次韵和作。

芸芸车站众嘈嚷，漂泊天涯为裹肠。

回首当年何忍认，转身半百却空忙。

1　中国楷书四大家为欧（阳洵）体、颜（真卿）体、柳（公权）体和赵（孟頫）体。

2　三希堂，清高宗弘历即乾隆帝的书房。"三希"，即"士希贤，贤希圣，圣希天"。乾隆十一年（1746 年）间在此收藏了晋代大书法家王羲之的《快雪时晴帖》、王献之的《中秋帖》和王珣的《伯远帖》这三件稀世墨宝。至乾隆十五年（1750 年）时，三希堂还收藏了晋以后历代名家 134 人的作品，包括墨迹 340 件以及拓本 495 种。

3　周振兴原诗："犬子天真憨厚气，不知世态总炎凉。三巡酒后交心阔，数盏醉前晓义长。著老于今无憾事，菁华继久有英郎。殷望岁月休虚度，与父时常品窖香。"

4　元代王奕《和中丞徐容斋贯户维扬》诗："凤池乌府皆余事，急拯苍生作九京。"

5　周振兴原诗："匆来西站挤嚷嚷，喇叭声声吵断肠。万众攒头难辨认，千人接踵易迷茫。疾行华北平川地，尽览燕原古野乡。待遍葱茏妆旧貌，轻云彩碧共新阳。"

磨光老茧量新地，守住初心忆故乡。

未有神离能合貌，栏杆独倚对斜阳。

2018 年 3 月 24 日

十一

昨天，周振兴从微信发来一首《七律·戊戌早春正定古城观感》诗[1]，遂次韵和作。

春生夏长望丰收，足下先登正定楼。

雨顺全凭天保佑，人和莫向佛央求。

葱茏山色合朝气，散漫霞光绘晚秋。

易水如龙腾旷野，源头正是古涿州。

2018 年 3 月 29 日

五绝·杂感兼赠周振兴

周振兴从微信发来一篇谈刘备、诸葛亮的文章。他写了一段话："戏谈之类，大体正确。玄德得卧龙、凤雏而兼之，非但未安天下，反而一死落凤坡，二殁积劳谷，终送西蜀于寿毕。诸葛孔明，奇谋不如奉孝，大睿不及孟德，耐心不胜司马，故充其量一干才耳。满目《出师表》，尽数苍凉言。奇策无一句，安可定江山！"诸葛亮是我心目中的偶像，遂赋诗相赠。

长街立华表[2]，风雨总无言。

心事难成句，休登绝顶山[3]。

2016 年 7 月 9 日

1　周振兴原诗："古颜新貌眼中收，水榭芳亭黛瓦楼。大佛神灵频护佑，小民圣德总无求。千年历史雄浑气，百代风云浩荡秋。厚育蛟龙腾巨野，复兴宏愿统神州。"

2　华表是中国古代一种传统建筑形式，属于古代官殿、陵墓等大型建筑物前面做装饰用的巨大石柱。相传尧时立木牌于交通要道，供人书写谏言，针砭时弊。远古的华表皆为木制，东汉时期开始使用石柱做华表，其作用已经消失了，成为竖立在官殿、桥梁、陵墓等前的大柱。

3　清代林则徐《出老》："海到无边天作岸，山登绝顶我为峰。"

七绝·次韵周振兴（二首）

一

昨天将《七律·开拓韶关售电市场感怀》诗发周振兴，他今天回复一诗[1]，遂次韵和作。

徒羡文思似涌泉，随心所欲不成篇。

手中若有马良笔[2]，点画春风好送帆。

2016 年 7 月 16 日

二

周振兴发来一首《七绝·随吟》诗[3]，遂次韵和作。

雨后新晴映日光，暑消不觉又秋凉。

诗情饱满乘闲月，夜色朦胧洒满江。

2016 年 8 月 15 日

五律·次韵周振兴（八首）

一

周振兴从微信发来一首《五律·无题》诗并序[4]，遂次韵和作。

1　周振兴原诗："信手拈来即似泉，公吐莲花街诗篇。千般万物皆入笔，四海五洋任游帆。"

2　中国童话故事《神笔马良》中描述，马良手中有一支神笔，画的事物都可以成真。

3　周振兴原诗："暮云千树染霞光，寒雪一溪彻谷凉。天籁助诗吟日月，山岚会画映河江。"

4　周振兴原诗："天高任鸟飞，海阔自鱼肥。浩宇无穷尽，微蝇有欲随。平心须静气，冷眼看尘灰。大计千秋立，长谋万代岿。"

微信满天飞，不堪当粪肥。

北风遂水尽，南雁恋云随。

洗净书生气，珍惜柴草灰。

无求腰挺立，极目远峰岿。

2016 年 7 月 17 日

二

今天是中秋节，将《水调歌头·中秋思父》词发在微信朋友圈中，周振兴留诗一首[1]，遂次韵和作。

往圣凌云志，声名震九州。

青山高入暮，天气晚来秋。

唯愿听泉水，岂能作楚囚[2]。

达人遗口德，莫上最高楼[3]。

2016 年 9 月 15 日

三

周振兴从微信发来一首《五律·丙申初冬偶拾》诗[4]，遂次韵和作。

白雪纷纷下，驱寒酒满杓。

兰台神悦悦[5]，云雾状岩岩[6]。

1　周振兴原诗："苏子哀雅志，无奈寄沧洲。殷公何言暮，怎可醉清秋。江洋独肆水，莫累功名囚。不必觅玄德，兀自上高楼。"

2　唐代王昌龄《箜篌引》："九族分离作楚囚，深溪寂寞弦苦幽，草木悲感声飕飕。"

3　袁克文《明志》诗："绝怜高处多风雨，莫到琼楼最上层。"

4　周振兴原诗："朔岭云天下，孤峰向北杓。苍松何惝怳，绝巇更嶙岩。入宇鹓鸾健，凌风虎豹骄。遥张千里目，彻看域中妖！"

5　汉代司马相如《长门赋》："登兰台而遥望兮，神悦悦而外淫。"

6　《文选·张衡》："干云雾而上达，状亭亭以岩岩。"

笃信天行健¹，常疑人戒骄。

一纲张万目²，识破世间妖。

四

周振兴从微信发来一首《五律·感中国当代科技成就寄怀》诗。中国近代科技发展缓慢，有其历史根源，遂次韵和作。

一部文明史，彩陶誉仰韶³。

偶然出巧匠，普遍造官僚。

逐利浮华荡，安贫兴趣寥。

几何原本说，光启作前骁⁴。

2016 年 11 月 21 日

五

周振兴从微信发来一首《五律·为孙女芷湲小照题》诗⁵，遂次韵和作。

书香门第家，翰墨浸桑麻。

高贵行双事⁶，悠闲赏朵花。

1　《易经》："天行健，君子以自强不息；地势坤，君子以厚德载物。"

2　《吕氏春秋·用民》："壹引其纲，万目皆张。"汉代郑玄《诗谱序》："举一纲而万目张，解一卷而众篇明。"

3　仰韶文化是黄河中游地区重要的新石器时代文化，它的持续时间大约在公元前 5000 年至前 3000 年。日用陶器以细泥红陶和夹砂红褐陶为主，主要呈红色。红陶器上常有彩绘的几何形图案或动物形花纹，是仰韶文化的最明显特征，故也称彩陶文化。

4　徐光启，明代著名科学家、政治家。官至崇祯朝礼部尚书兼文渊阁大学士、内阁次辅。毕生致力于数学、天文、历法、水利等方面的研究，勤奋著述，尤精晓农学。明万历三十四年（1606年）开始，与西方传教士利玛窦共同翻译《几何原本》（前六卷），万历三十五年（1607年）完成。

5　周振兴原诗："出于翰墨家，自小看缣麻。一岁非知事，婴时却辩花。熏风当始幼，放手任涂鸦。累积延濡染，经年气必华。"

6　清朝乾隆年间的大学士纪晓岚写过一副对联：一等人忠臣孝子，两件事读书耕田。

顺天则长幼[1]，嗜鼠看鸱鸦[2]。

黄页青灯染，晨光醒露华。

2016 年 11 月 27 日

六、七

前天，周振兴从微信发来《次韵宋之问〈题大庾岭北驿〉兼记戊戌早春》诗[3]和《次韵王湾〈次北固山下〉随笔》诗[4]。回顾今年春节回老家时的一些情景和感受，遂次韵和作。

天远孤寒雁，别家何日回？

泪干情不已，身困梦重来。

晨月随霜落，山花应季开。

残春积雪处，颜色不输梅。

孝亲忙灶下，迎客计樽前。

望海南沙阔，寻空北斗悬。

朔风生子夜，残雪换新年。

雏凤未腾达，栖巢雀鸟边。

2018 年 3 月 17 日

1　《孟子·梁惠王上》："老吾老，以及人之老；幼吾幼，以及人之幼。"明代刘基《沙班子中兴义塾诗》序："幼幼长长，顺天则也。"

2　《庄子·齐物论》："民食刍豢，麋鹿食荐，蝍蛆甘带，鸱鸦嗜鼠，四者孰知正味。"

3　周振兴原诗："千里归孤雁，痴情向北回。寒风犹未已，春雨更迟来。浊暮昏阳落，清曦灿曙开。人生如驿处，切盼寄枝梅。"

4　周振兴原诗："远望燕山下，烽烟易水前。苍茫长野阔，渺杳独鹰悬。梦里断戈夜，欢时醉语年。清风何日达，荡净乱云边。"

八

昨天，周振兴从微信发来一首《五律·次韵岑参〈寄左省杜拾遗〉感怀》诗[1]，遂次韵和作。

布衣登殿陛，卿相也身微。

经国才堪入，守心志所归。

门前花未落，雪后雁将飞。

代谢寻常事，凋零黄叶稀。

2018年3月29日

七律·读《觜远稿丛》有怀

晚上，翻阅周振兴寄来的《觜远稿丛》，感觉宣纸、线装、繁体、竖排的版本，古香古色，遂赋诗记怀。将诗发周振兴，他和作一首《次韵和殷公读〈觜远稿丛〉有怀》诗。

墨香宣纸尚留痕，惴惴难安细细寻。

诗句悠扬追李杜，词章激越比苏辛[2]。

线装最具炎黄韵，繁体犹连华夏根。

百代千年流誉后，始知先辈有斯人[3]。

2018年1月23日

1　周振兴原诗："小吏悲低陛，才高介语微。从云耽梦入，出雾敛思归。与若愁失落，何如任纵飞。心中无欲事，目可薄星稀。"

2　李杜苏辛，指李白、杜甫、苏轼、辛弃疾。

3　清代郭松焘《戏书小象》诗："流传百代千龄后，定识人间有此人。"

七律·戏赠友人

读昨天王伊兰发来的一则微信,讲女人的懂事与"作"(意指装腔作势),我当时回复:"你可以不懂事,但要会煲汤。"她说几年前抽签,将来会嫁给皇帝的腰带,遂赋诗戏赠。

夜深人静正思量,月色如银满地霜。

职业规章须懂事,生活乐趣喜煲汤。

传奇正谱合旋律,腰带渐宽笑帝王。

铸造诗魂与学问,套装脱去换红装。

2016 年 4 月 2 日

虞美人·赠网友

网友"云水禅心"的朋友圈中发了一张与同学一起去苏州、杭州和南京游玩时拍的凭栏照片,遂填词相赠。

亭亭玉立人中秀,却惹梅花瘦[1]。

放空心事任凭栏,白裳红衣乌发俱超凡。

纤纤细手双眸透,闺密同怀旧。

闲愁淡淡恰多情,应是苏杭别后向金陵。

2016 年 4 月 7 日

---

1 宋代卢祖皋《贺新郎》词:"江涵雁影梅花瘦。"宋代程垓《摊破江城子》词:"人瘦也,比梅花,瘦几分。"

七律·赠网友（三首）

一

网友"云水禅心"看到赠她的《虞美人》词，很是欣喜，遂赋诗相赠。

激情岁月总留痕，足迹朝前最累身。

闺蜜同怀能结党，灵魂伴侣可通心。

静观世态炎凉现，细品人生苦乐分。

余下青春多顾念，好教愿望变成真。

2016 年 4 月 7 日

二

这几天贵金属交易亏损严重，缘于分析师对形势的误判。投资有风险，但不交学费就领悟不到。遂赋诗记怀。

世上何人不爱钱，投资风险大无边。

盈亏岂在经营策，跌涨非关操作单。

菜鸟本来盘算浅，行家也会预估偏。

山腰坎坷须坚韧，站到高峰眼界宽。

2016 年 4 月 19 日

三

网友"云水禅心"与我在微信上交流对一篇题为《若要结婚，就要嫁给一个懂这些的男人》的文章的看法，遂赋诗相赠。

塞外山家家恋山，天涯游子最孤单。

豪情壮志凭谁问，云水禅心总自安。

小草迎风吹不倒，真金淬火炼才坚。

如椽大笔丹田气，写就春秋锦绣篇。

2016 年 4 月 20 日

沁园春·赠网友

下午，去网友"云水禅心"的公司办事，她很热心地为我泡茶，我开玩笑说"有禅味"。遂填词相赠。

惊若天人，恰好新朋，最解眼馋。

见壶中水沸，隆隆作响；

舌尖茶淡，久久盘桓。

花正含羞，鱼能处静，偷窥来宾谈笑欢[1]。

相逢晚，羡斯文脉脉，玉骨珊珊。

成真梦想何年？待游学归来心始甘[2]。

欲手书一卷，足行万里；

古贤不弃，今世休耽。

同道神交，知音曲顾[3]，琴瑟和鸣清且闲。

谁堪问？待回眸往事，定展鸿篇。

2016 年 4 月 13 日

1　主人办公室鱼缸中的鱼不怎么游动，似乎在听主客交谈。

2　友人说她的愿望是去国外游学。

3　《三国志·吴书·周瑜传》："瑜少精意于音乐，虽三爵之后，其有阙误，瑜必知之，知之必顾，故时人谣曰：'曲有误，周郎顾。'"

五律·戏赠友人

　　友人董芝芝在微信中说，她下班回家后不久，有人大力敲门，敲了好久，吓得她不敢开门去瞅瞅，在客厅里走路都蹑手蹑脚，一晚上心都在噗噗直跳，搞得胃都有点痛。遂赋诗戏赠。

　　　　　　回家未点灯，奇怪打门声。

　　　　　　恐惧惊方寸，孤单躲客厅。

　　　　　　陌生才少信，熟悉应多情。

　　　　　　共住一楼宇，本该是友朋。

2016 年 4 月 19 日

七律·赠友人（二首）

一

　　友人董芝芝女士在微信中说，她今天去广州陪闺密做产检。我说，够朋友，闺密现在最需要这样的朋友。遂赋诗相赠。

　　　　　　应知天命护身躯，挚友存心策蹇驴。

　　　　　　座上客多容傲慢，樽中酒满浸谦虚[1]。

　　　　　　燕园永记陈寅恪[2]，诗话常提朱庆馀[3]。

　　　　　　红烛因何流眼泪？小乔喜泣嫁周瑜。

2016 年 4 月 22 日

　　1　有一次聚会，芝芝在席间表现得体大方，彬彬有礼，受到大家的好评。

　　2　董芝芝毕业于中山大学，陈寅恪是其先辈。

　　3　朱庆馀，唐代诗人，最有名的诗是《闺意献张水部》："洞房昨夜停红烛，待晓堂前拜舅姑。妆罢低声问夫婿，画眉深浅入时无？"

二

董芝芝在微信圈中发了《我的五一假期囧途之回放》，讲了她的旅途奇遇，个人总结：虽然多费了些时间精力，好在该做的事最终都做了；纵使波折不断，也算是一种体验。得到的教训是：谁也不知道，意外和明天，哪一个先来。遂赋诗相赠。

五一游春被雨淋，航班延误要狂奔。

改签不是难堪事，过站方为可笑人[1]。

兄长结婚应致禧，花蕾绽放正开门。

素颜点缀青春痘，从此宽心莫怕神。

2016 年 5 月 8 日

七绝·次韵刘开新（五首）

一

今天是母亲节。刘开新在微信上发了一首诗[2]，遂次韵和作。

啼哭犹如天籁声，从今长耗母亲身。

针头线脑多劳累，原本无心天下闻。

2016 年 5 月 8 日

二

刘开新在微信上发了一组照片并一首诗[3]，遂次韵和作。

1　毛泽东《七律·吊罗荣桓同志》诗："长征不是难堪日，战锦方为大问题。"

2　刘开新原诗："十月怀胎第一声，百年树人竟终身。青丝白发子女累，含辛茹苦默无闻。"

3　刘开新原诗："东风西雨昨方始，北旱南涝今未休。我劝天公识人意，民丰物阜爱从头。"

君子全终须慎始[1]，南方乔木未思休[2]。

人情纵使随天意，雨骤风狂也仰头。

2016 年 7 月 10 日

三、四

今天是七夕，刘开新在微信上发了两首《七夕》诗[3]，遂次韵和作。

一旦别离难再期，银河漫漫苦相思。

牛郎空望天涯路，云彩飘飘织女衣。

牵牛织女隔阴阳，秋水望穿嫌路长。

人世难闻天上曲，江河浪涌诉衷肠。

2016 年 8 月 9 日

五

刘开新从微信发来一首诗[4]，我在高铁上次韵和作。

冬雪消融都化雨，苍天久障是阴霾。

不关身外烦心事，去岁春风今又来。

2017 年 3 月 23 日

1　《礼记·中庸》："君子戒慎乎其所不睹，恐惧乎其所不闻。莫见乎隐，莫显乎微，故君子慎其独也。"

2　《诗经·周南·汉广》："南有乔木，不可休思。"

3　刘开新原诗："忍将来日当归期，一夕诉尽无限思。迢迢银汉鹊桥路，漫漫苦旅牛郎衣。""织女牵牛送夕阳，临看不觉鹊桥长。最伤今夜离愁曲，遥对天涯愈断肠。"

4　刘开新原诗："京城一夜杏花雨，洗尽满腹堵心霾。参透人生多少事，要借春风呼出来。"

五绝·次韵刘开新（六首）

一

刘开新在微信上发了一组照片并一首诗[1]，遂次韵和作。

风雨随云起，天宽任尔行。

人生观百态，好恶最难平。

2016 年 5 月 10 日

二

刘开新在微信上发了一组他的家乡遭洪灾的照片并一首诗[2]，遂次韵和作。

浪高流水疾，云恶被风摇。

洪涝原非福，愿君心境调。

2016 年 7 月 2 日

三

刘开新在微信上发了一首诗[3]，勾起我的思乡之情，遂次韵和作。

夕阳映晚霞，大漠入黄沙。

渴饮忘情水，他乡当自家。

2016 年 8 月 24 日

四

今天晚上，在燕栖湖纯水岸与刘开新夫妇聚会。吃饭时，开新从微信上发来一首

1　刘开新原诗："一夜惊雷起，改乘高铁行。人生无常态，大福是安平。"

2　刘开新原诗："遥闻洪涝疾，故土竟飘摇。忙祈龙王福，雨顺又风调。"

3　刘开新原诗："悠山醉闲霞，软浪抚柔沙。一湾多情水，此处是吾家。"

诗[1]，我在回家的地铁上，次韵和作。

> 僧俗共江湖，一杯唤醒苏。
>
> 晓风杨柳岸[2]，似有却还无。

2017 年 3 月 18 日

五

今天晚上，游雁凌约几个人在华侨城附近的丹桂轩聚会，为刘开新送行。开新当场作了一首诗[3]，并要我当场和作，遂次韵和作。

> 回头原是岸，帆影入船轩。
>
> 无限夕阳意，交情杯酒间。

2017 年 3 月 31 日

六

刘开新在微信上发了一首《致昨夜的紫月》诗[4]。昨天是戊戌二月十五，张炎廷召集一些人聚会，结束后散步，看到一轮满月，董明声的口哨吹得很好，他自己说有专业水平，给大家带来欢乐。遂次韵和作。

> 明月正当头，和风渐满楼。
>
> 微醺吹小曲，乔木不思休[5]。

2018 年 4 月 1 日

---

1 刘开新原诗："春满燕栖湖，百草入屠苏。人间纯水岸，美景天上无。"
2 宋代柳永《雨霖铃》词："今宵酒醒何处？杨柳岸晓风残月。"
3 刘开新原诗："鱼跃纯水岸，雁凌丹桂轩。董事游子意，艳阳照人间。"
4 刘开新原诗："紫月驻心头，鹍花独西楼。春夜舞一曲，不醉誓不休。"
5 《诗经·国风·汉广》："南有乔木，不可休思；汉有游女，不可求思。"

七律·次韵刘开新（二首）

一

刘开新在微信上发了一首《高考》诗[1]，联想起自己当年高考的情景，遂次韵和作。

争锋独木过桥关[2]，金榜题名[3]在眼前。

一部隋唐科举史，千年仕宦奈何山。

童生偶像独尊孔，书法宗师最数颜[4]。

无数黎明连子夜，离家犹少老时还。

2016年7月8日

二

刘开新从微信发来一首诗[5]，遂次韵和作。

鱼跃龙门[6]入海江，胸怀日月笔如枪。

推敲试卷食无味，陪伴星辰梦散场。

铜镜不留稚子发，竹帛[7]只颂状元郎。

1　刘开新原诗："大比犹如过大关，念念难忘卅载前。铭心刻骨千年史，汗流浃背万仞山。烂熟英文笔有神，锦绣篇章师无颜。大战三日不知夜，连克六科一梦还。"

2　中国高考是普通人改变命运的重要途径，因此参加高考的人数众多，被形容为"千军万马争过独木桥"。

3　唐代的进士及第后，去长安慈恩寺的大雁塔下题名以显其荣耀，所以又把中进士称为"雁塔题名"。考中进士者，都要在黄纸榜文上公布，因此称为"金榜题名"。五代王定保《唐摭言》（第三卷）："金榜题名墨上新，今年依旧去年春。"

4　指唐代书法家颜真卿，其独创的颜体字影响深远。

5　刘开新原诗："千军万马过大江，负轻如重笔作枪。少年早知愁滋味，常把考场当战场。偶尔青丝藏白发，可怜天下读书郎。怎堪回首三十载，买醉含笑再还乡。"

6　《辛氏三秦记》："河津一名龙门，禹凿山开门，阔一里余，黄河自中流下，而岸不通车马。每逢春之际，有黄鲤鱼逆流而上，得过者便化为龙。"

7　《墨子·天志中》："又书其事于竹帛，镂之金石，琢之槃盂，传遗后世子孙。"

诗词数首传千载，聊把天涯作故乡。

2016 年 7 月 9 日

五绝·赠刘开新

刘开新从微信发来一首南朝陆凯的《赠范晔》诗[1]，遂次韵和作相赠。

微信虽能使，何如遇故人。

春花处处有，应是早逢春。

2017 年 3 月 18 日

七律·次韵韩元茗（三首）

一

凌晨，韩元茗从微信发来一首《丙申岁余五十有三酒后感怀》诗[2]，遂次韵和作。

背负行囊上路途，天涯渺渺远京都。

心田满种三周易，世味多余万字书。

归晚荷锄常带月[3]，功遂携美欲平湖[4]。

梦中又在阴山下，鸿雁年年踪迹无。

2016 年 5 月 14 日

1　陆凯原诗："折梅逢驿使，寄与陇头人。江南无所有，聊赠一枝春。"

2　韩元茗原诗："越尽千川是坦途，风云十载度京都。登堂每述文王易，伏案常看邵子书。为有华章追日月，更将豪气向江湖。归来饮马南山下，醉卧松间一梦无。"

3　晋代陶渊明《归园田居》诗（之三）："晨兴理荒秽，带月荷锄归。"

4　《越绝书》："吴亡后，西施复归范蠡，同泛五湖而去。"

075

二

韩元茗在微信上发了一首《茶山论道有感》诗¹，遂次韵和作。

元茗尚品五行茶²，沸水一浇翻浪花。

沉醉常因三酒友，相交不过几邻家。

山深可见坡藏雪，云淡常观日映霞。

世故人情都有味，年年芳草满天涯。

2017 年 4 月 9 日

三

韩元茗从微信发来一首《丁酉年岁末，故友从海外来京，庞各庄置酒小酌有感》诗³，遂次韵和作。

从容处世勿匆匆，君看黄粱一梦中。

智者思维难判断，凡夫运势总趋同。

闲时开卷陪灯盏，醉后失言笑酒盅。

子在岸边观逝水，江河昼夜只流东⁴。

2018 年 1 月 30 日

1　韩元茗原诗："千里深情一盏茶，回眸处处有春花。半生辗转能无友，数日盘桓即是家。登岛谁曾履冰雪，依山或也袖烟霞。只今饮罢清凉味，恍若乘风到海涯。"

2　韩元茗是研究《易经》的专家，对阴阳五行理论非常精通。

3　韩元茗原诗："京华聚散每匆匆，谈笑且来村舍中。海外尘烟今夜断，天涯日月几时同。情怀渐冷如茶盏，志气难消在酒盅。莫道浮生皆似水，凝云飞雪各西东。"

4　《论语·子罕》："子在川上曰：'逝者如斯夫！不舍昼夜。'"

五律·少年山村印象兼和邢涛

邢涛在微信上发了一首《山村》诗[1]，回想起小时候老家的情景，遂次韵和作。

梁头眼界宽，牛马饮河滩。

麦地拾遗穗，闲时推磨盘。

收工余力闹，过节众人欢。

老子盼儿子，要登百尺竿[2]。

2016 年 8 月 28 日

七律·登山有怀兼和邢涛

邢涛在微信上发了一首《七律·转山》诗[3]，遂次韵和作。

仰望白云头顶旋，何如抬腿上峰巅。

青岩垂下千丝瀑，红日掀开五更天。

人沸山喧绝野豕，风调雨顺育良棉。

任尔三山皆可迈，天涯尽处有神仙。

2016 年 10 月 6 日

1　邢涛原诗："过雨涧河宽，沧波十里滩。微风摇谷穗，丽日照葵盘。雀舞丛中闹，蝉鸣叶底欢。老翁呼稚子，赤背钓青竿。"

2　宋代释道原《景德传灯录》（卷十）："百丈竿头不动人，虽然得入未为真。百尺竿头须进步，十方世界是全身。"

3　邢涛原诗："百丈青峰石径旋，长鹰振翅九重巅。光流斜照双龙瀑，壁立中分一线天。绿树林间呼犬豕，白云梯上理梁棉。老翁荷担轻风迈，古道生涯谁羡仙。"

七律·酬游雁凌

　　今天赴上海参加集团年会。在宾馆，看到游雁凌在微信上发了几张上海虹桥机场的照片，并写了一段话："上海虹桥机场，多了一些中年的沉稳，少了一些年轻的靓丽和冲动。稍有亮色的是南航那藏不住的尾巴，总想高高翘起！"我们晚上到外面吃饭，游总开玩笑要我今天晚上把我们俩吃饭的情景写一首诗。回到房间，我重新看了游总的微信，遂赋诗记怀。周振兴在微信上和作一首《七律·步殷公韵哀华南虎灭绝》诗[1]。

> 高高翘起飞机尾，不怒仪容也自威。
>
> 告别南方说旧事，相逢沪上敞心扉[2]。
>
> 刘邦善待三人杰，项羽难留千里骓。
>
> 雁过留声寻印迹，推翻泥塑假丰碑[3]。

2016 年 9 月 18 日

水龙吟·丙申重阳节敬赠游雁凌

　　游雁凌在微信朋友圈中看到我发的《五律·重阳节思父》诗，希望我以他为题，赠他一首诗或词。我问他想要诗还是词，他说平时喜欢宋词，认为"词为长短句，洒脱、自由一些，律诗似过于拘谨"。我在网上查到辛弃疾有一首以重阳节为主题的《水龙吟》词[4]，遂次韵和作相赠。

　　1　周振兴和诗："高高翘起三鞭尾，不怒仪容甚是威。告别岭南哭旧事，相悲绝种闲心扉。曾经百代称雄杰，可叹旬年做古骓。雁过留声天上迹，已亡此物更无碑。"

　　2　我们在吃饭的过程中，游总谈了在南方报业集团以及如何来到中广核集团的一些往事。

　　3　游总写过一本书《推翻那泥塑的丰碑》，描写他在《南方周末》的一些事情。

　　4　宋代辛弃疾原词："只愁风雨重阳，思君不见令人老。行期定否，征车几两，去程多少。有客书来，长安却早，传闻追诏。问归来何日，君家旧事，直须待、为霖了。　从此兰生蕙长，吾谁与、玩兹芳草。自怜拙者，功名相避，去如飞鸟。只有良朋，东阡西陌，安排似巧。到如今巧处，依前又拙，把平生笑。"

本来岁岁重阳，游公谈笑谦称老。

当年记否，接风只两，举杯嫌少¹。

家眷才来，归期还早，诺言如诏。

漫思同僚日，滥竽董事²，诚相待、情难了。

岁月悠悠增长，彼其与³、天涯芳草。

不相谋者⁴，淡然回避，戏笼中鸟。

仁厚交朋，德崇广陌⁵，业精生巧。

看风光显处，自安愚拙，会心微笑。

2016 年 10 月 9 日

五律·收获刘杰墨宝感怀

下午，去深圳迎宾馆看望刘杰、李宝光夫妇。刘老正在儿媳妇晓娟大姐的帮助下写"吃茶去"三个字。我向刘老和李老求字，他们马上各自给我写了一个条幅。遂赋诗记怀。

瑞气满厅堂，管彤愈劲苍⁶。

书香能溢远，诗韵总悠长⁷。

1　2001 年 9 月，我从海南省三亚市调到中广核集团工作，游雁凌与孙旭两兄长为我接风洗尘。

2　明代张景《飞丸记·权门狼狈》词："我是曳白菲才，滥竽入金街。"游雁凌在担任核服集团总经理时，我以集团发展计划部负责人身份担任董事。

3　唐代柳宗元《梓人传》："能者用而智者谋，彼其智者与？"

4　《论语·卫灵公》："道，不同，不相为谋。"

5　晋代陶潜《咏荆轲》诗："素骥鸣广陌，慷慨送我行。"

6　李老说，刘老在家里写了一幅字，书法家沈鹏说刘老是"人书俱老"。

7　刘老给我写了"书香溢远"，李老给我写了"诗韵悠长"。

结尾留年秩，开头盖印章。

达观随日月，仁寿有良方。

2016 年 9 月 29 日

七律·观刘杰《读书》条幅

昨天，刘杰老人给别人写了一个"读书"条幅，遂赋诗记怀。

百年一瞬忆桃园，李杜文章归旧篇。

鲍叔无存知己少[1]，仲尼难再月光寒[2]。

材非世用[3]唯书乐，道不时行有酒欢。

腐鼠焉能成美味[4]，高飞凤鸟饮醇泉[5]。

2016 年 10 月 22 日

五律·闻刘杰"人书俱老"

有一次听刘杰夫人李宝光说，他们在北京的家里挂着一幅刘老写的字，书法家沈鹏说"人书俱老"。遂赋诗记怀。

刘老忆当年，情浓笔墨间。

1　鲍叔牙，春秋时期齐国大夫。早年辅助公子小白（后来的齐桓公），齐襄公十二年（公元前 686 年）协助公子小白夺得国君之位，并推荐管仲为相。《史记·管晏列传》："生我者父母，知我者鲍子也。"

2　孔子，字仲尼。民间俗语："天不生仲尼，万古如长夜。"

3　宋代王安石《江行》诗："材非当世用，毂有故人推。"

4　唐代李商隐《安定城楼》诗："不知腐鼠成滋味，猜意鹓雏竟未休。"

5　《庄子·秋水》："南方有鸟，其名为鹓雏，子知之乎？夫鹓雏发于南海，而飞于北海，非梧桐不止，非练实不食，非醴泉不饮。"

人和书俱老，苦与乐相连。

体健陪花卉，心平润竹园[1]。

夕阳无限好，耄耋更开颜。

2016 年 10 月 22 日

七绝·次韵许保家

许保家从微信发来一首《六九》诗[2]，我感觉这首诗的水平很高，意境很深远，遂次韵和作。

几近黎明夜色沉，春风无语送春声。

良言一句三冬暖，性善常居有德门。

2017 年 2 月 12 日

七律·情人节赠仙女

今天是情人节，正好应景赋诗赠仙女。

舶来节日也温馨，浪漫无形只要真。

年少不思身后事，运来偏遇梦中人。

财轻万贯情为重，纸寿千年[3]字最珍。

赠尔诗篇传我意，强于花朵落浮尘。

2017 年 2 月 14 日

---

1 刘杰、李宝光夫妇每年冬天住在深圳迎宾馆的竹园，天气好时在院内的小花园里散步。

2 许保家原诗："村前冰破竞消沉，屋后花开更有声。小巷顽石知冷暖，春风不请进家门。"

3 由于宣纸有易于保存、经久不脆、不会褪色等特点，故有"纸寿千年"之誉。

七律·赠友人（二首）

一

刘科，陕西人。毕业于中国西北大学并获学士和硕士学位，留学美国期间获纽约市立大学硕士和博士学位。澳大利亚国家工程院外籍院士，现任南方科技大学化学系讲座教授、清洁能源研究院院长及创新创业学院执行院长，并任国家"千人计划"专家联谊会副会长。

> 长安依旧四时春，汉瓦秦砖学子门。
>
> 北美求才高见地，南方创业好基因。
>
> 领军便是寻资本，组队尤需费苦心。
>
> 三顾能酬天下计，千人之外恰逢君。

2017 年 10 月 14 日

二

林田生发来微信，北京大学工学院院长、美国工程院院士张东晓出任研究生院常务副院长，遂赋诗祝贺。

> 千人计划[1]万人忙，院士担纲新战场。
>
> 软硬兼修非易事，中西合璧有良方[2]。
>
> 燕园[3]虽小雄心大，水塔[4]不高眼力长。
>
> 广聚英才勤教诲，乘风直下太平洋！

2017 年 11 月 3 日

1　中国于 2008 年开始实施海外高层次人才引进计划，简称"千人计划"。

2　张东晓院士的科研方向包括软件与硬件两个领域，他主张加强中外合作。

3　燕园，北京大学校园的一部分，工学院的办公地。

4　水塔，指北京大学未名湖畔的博雅塔，原是校园的供水塔。

七律·蔡梓华女儿机场背影照感怀有赠

蔡梓华在微信上发了一张女儿在机场手拉箱子的背影照片，并且引述了台湾作家龙应台的散文《目送》中的一段话："我慢慢地、慢慢地了解到，所谓父女母子一场，只不过意味着，你和他的缘分就是今生今世不断地在目送他的背影渐行渐远。你站立在小路的这一端，看着他逐渐消失在小路转弯的地方，而且，他用背影告诉你：不必追。"其情很是伤感。思及自家女儿将来何尝不是如此，更觉伤感，遂赋诗相赠。

背影拉箱挥手间，此时此刻最难言。

一年好景秋常忆，两代征程路正连。

望眼欲穿云缭绕，翻书嫌厚夜阑珊。

雏鹰万仞扶摇上，莫少阿爹打酒钱。

2018 年 9 月 2 日

致贺篇

七律·韩可扬被北京大学录取致禧

师兄韩培刚从微信发来女儿可扬收到的北京大学国际关系学院的录取通知书。北大招办还写了一段话:"一旦佩上北大的校徽,每个人顿时便有被选择的庄严感,因为这是一块圣地,百余年来,这里成长着中国几代最优秀的学者,他们从这里眺望世界,志向未来。"我真是为侄女感到高兴,遂赋诗相贺。

> 韩家有女性温和,陪伴亲人乐趣多。
>
> 香港鹏城常过境,山东塞北总驱车[1]。
>
> 校徽神圣庄严感,学术精通发愤歌。
>
> 艳秀唯书香百卉[2],未名湖[3]里荡清波。

2016 年 7 月 28 日

五律·孙氏祖宅重建落成赞序

前天,答应二舅给老宅的照壁写一首诗,今天早上写好,发大舅,他说很满意。

> 祖辈忻州地,繁荣五代人[4]。
>
> 谋生随世道,度日积柴薪。
>
> 八子韩门贵[5],九旬孙氏恩[6]。
>
> 常思甜井水,万卷始通神[7]。

2016 年 9 月 16 日

---

1 韩可扬家住香港,经常来深圳。她父亲是内蒙古人,母亲是山东人。

2 唐代皮日休《目箴》:"惟书有色,艳于西子;惟文有华,秀于百卉。"

3 未名湖,北京大学校园内最大的人工湖,是北京大学的标志景观之一。

4 孙氏祖籍是山西忻州,清朝中期"走西口"来到内蒙古。

5 姥姥叫韩珍梅,生育了四子四女。

6 姥爷今年90岁,是家族的老寿星。

7 宋代苏轼《柳氏二外甥求笔迹》诗:"颓笔成山未足珍,读书万卷始通神。"

七律·吴有有周岁生日寄语

校友翟亚军请我为他的同事吴川、朱恒夫妇的儿子吴有有作一首周岁生日祝贺诗。遂受命赋藏头诗，虽属老生常谈，也属人之常情。

吴府今天正舞猴，川山同庆送行舟。

朱门尽染红颜色，恒产勿拘小土楼。

有志男儿心最大，有情父母愿常留。

周身遍洒金光气，岁月平安罩尔头。

2016 年 4 月 9 日

七律·山本良一教授七十华诞致禧

晚上，看到王天民老师发来的邮件，他的好朋友山本良一教授（东京大学名誉教授）的弟子们准备于 8 月底在东京为他举行七十华诞庆典，请我代写一首藏头诗。我很快将诗写好，通过微信发王老师，一会儿就收到他的回复，表示满意。

山中芳景又金秋，本色澄明喜望收。

良友品行当代颂，满身学问后人留。

七旬探索精神爽，十倍耕耘桃李稠。

华夏扶桑衣带水，诞辰美好念悠悠。

2016 年 8 月 11 日

七律·同事生子致禧

本周一，同事张世祁爱人生了一个女儿，重六斤八两；周三，同事王进爱人生了一个儿子，重七斤。这真是龙凤呈祥，遂赋诗相贺。

观音仁厚降慈恩，馈赠张王骨肉亲。

弄瓦弄璋[1]欢喜事，添丁添口幸福门。

鸳鸯交颈初生月，龙凤呈祥长寿人。

信念虔诚神赞助，心中梦想必成真。

2016 年 8 月 12 日

七律·全球首颗量子卫星发射成功

今天，媒体报道，全球首颗量子卫星"墨子"号发射成功，这是中国科技史上的大事件，遂赋诗记怀。

中华火眼变金睛，科技创新凭竞争。

两弹一星[2]成利器，百家[3]量子做先锋。

其心总异非同类[4]，虽远必诛有汉兵[5]。

1　《诗经·小雅·斯干》："乃生男子，载寝之床，载衣之裳，载弄之璋。……乃生女子，载寝之地，载衣之裼，载弄之瓦。"璋是好的玉石，瓦是纺车上的零件。男孩儿弄璋，女孩儿弄瓦。

2　两弹一星，指中国二十世纪六七十年代研制成功的导弹、核弹和人造地球卫星。

3　中国古代的百家中包括墨家。墨子最早提出过光线沿直线传播的观点，进行了小孔成像实验。首颗量子通信卫星以中国古代科学家墨子的名字来命名，以纪念他在早期物理光学方面的成就。

4　《左传·成公四年》："史佚之《志》有之，曰：'非我族类，其心必异。'楚虽大，非吾族也，其肯字我乎？"

5　《汉书·陈汤传》："明犯强汉者，虽远必诛。"

试看神州红日耀，苍龙缚住亮长缨。

2016 年 8 月 18 日

七律·天宫二号发射成功

今天，天宫二号发射成功，遂赋诗记怀。

嘲笑嫦娥无理由，只因玉兔太勾留。

吴刚酿酒桂花落[1]，王母发威岁月稠[2]。

人世中秋添喜气，天宫二号会神舟[3]。

太空竞赛谁能胜？看我华夏争上游。

2016 年 9 月 15 日

七律·女排颂（四首）

一

中国女排在里约奥运会上进入半决赛，教练郎平又创造了一项其职业生涯中的纪录，真是值得庆贺，遂赋诗记怀。

曾经举国望云开，提振精神看女排[4]。

1　在中国古代神话中，吴刚在学仙的过程中犯错，被天帝惩罚在月宫伐桂树。毛泽东《蝶恋花·答李淑一》词："问讯吴刚何所有？吴刚捧出桂花酒。"

2　在中国古代神话传说中，嫦娥因偷食后羿自西王母处所求得的不死药而奔月成仙，居住在月亮上面的广寒宫里。

3　天宫，中国空间站的名称；神舟，中国飞船的名称。

4　1981 年 11 月 16 日，中国女排在日本举行的第三届女排世界杯上首次夺得冠军，这是中国三大球中第一个世界冠军，极大地振奋了民族精神。在那次比赛中，郎平是当时中国队的主攻手。

胜败输赢俱往矣，起伏跌宕莫悲哀。

当年场上主攻手，现在排坛美帅才。

告慰同胞休气馁，定将重返冠军台。

2016 年 8 月 19 日

二

今天，中国女排夺得里约奥运会冠军。我前天的诗中说"定将重返冠军台"，果然
预言成真了，遂次旧韵赋诗记怀。

前次梅花二度开，胸中郁气向天排。

铁榔头[1]重谁及矣？元帅帐威兵要哀[2]。

苦战成名非只手，勤书在简是奇才。

辉煌一瞬皆鱼馁[3]，高奏国歌上奖台。

2016 年 8 月 21 日

三

林田生通过短信发来一首《赞郎平率队里约获冠》诗[4]，遂次韵和作。

奥运金牌值几何？归来拱手袖娑娑[5]。

昆仑美玉雕如意，体育精神伴国歌。

突破洪荒施巧力，集中优势戒虚多。

无穷事业来人续，岁月缠绵流水过。

2016 年 8 月 21 日

---

1 郎平在中国女排做主攻手时，有"铁榔头"的称誉。

2 《老子》（第六十九章）："祸莫大于轻敌，轻敌几丧吾宝，故抗兵相加，哀者胜矣。"

3 《论语·乡党》："食不厌精，脍不厌细。食饐而餲，鱼馁而肉败，不食。"

4 林田生原诗："郎头根脉值几何？男儿泪眼亦娑娑。已惯平常百姓意，未忘报国有情歌。
国运昌盛聚民力，无须惦记金牌多。血性精神女儿身，几经起落从容过。"

5 北周王褒《高句丽》诗："倾杯覆碗漼漼漼，垂手奋袖娑娑。"

四

这几天，网上对中国女排教练郎平有很多的报道和评论，遂赋诗记怀。

卅年再上冠军台，苦辣酸甜塞满怀。

五次夺魁¹霹雳火，一朝破阵栋梁材。

郎平不老谁堪老，浩气若衰力必衰。

守护初心无胜负，人生荣辱总重来。

2016 年 8 月 23 日

贺新郎·王尧宇赴美留学相赠

校友王智全的儿子王尧宇去美国留学，我前天答应送一首诗或一首词。今天有点诗兴，遂填词相赠。

又上他乡路。

故园秋、亲朋好友，再三吩咐。

父母心中难平事，莫过天天念汝！

空对视、思儿何处？

异域风光当真好，竹筷刀叉不知同否？

万里远，伴鸿去。

茫茫大漠昆仑玉。

效雄鹰、穿云破雨，几经寒暑。

1　1981 年至 1986 年，中国女子排球队在世界杯、世界锦标赛和奥运会上蝉联世界冠军，成为第一支在世界女子排球大赛上连续五次夺魁的队伍。

寓舍似家家似寓[1]，子夜独眠无语。

钻学业、休成约束。

自古神州遵尧舜，到而今寰宇华章补。

披锦绣，耀齐鲁[2]。

2016 年 8 月 21 日

调笑令·郭兴旺送女儿出国读书

老友郭兴旺在微信上发了一首《调笑令·送女儿出国读书》词[3]，看着老友与女儿亲密的照片，心里十分羡慕，遂填同调词相赠。

精彩，精彩，令爱漂洋过海。

欧洲华夏相通，巴黎眺望北京。

京北，京北，思念双亲落泪。

2016 年 8 月 29 日

七律·中信期货公司运动会咏

今天，中信证券公司在龙岗体育场举行运动会。几个月前，担任中信证券副总经理的校友王智全就让我为这次运动会写一首诗。今天赋诗相赠。

廿年脚步太匆匆，中信风格蹿网红。

---

1 宋代刘克庄《玉楼春·戏呈林节推乡兄》词："年年跃马长安市。客舍似家家似寄。"

2 王智全的祖籍是山东。

3 郭兴旺原词："彩虹，彩虹，难舒离家愁容。法国典雅浪漫，衣香鬓影天蓝。蓝天，蓝天，正好结伴扬帆。"

期货精神歌大吕，金融事业奏黄钟[1]。

遮阴种树归荣老，饮水思源忆邓公[2]。

投身比赛心舒畅，进取情怀分外浓。

2016 年 10 月 15 日

七律·贺前海蛇口供电公司乔迁之喜

　　丁震行和赵越分别与我联系，希望周三出席深圳前海蛇口自贸区供电公司乔迁仪式，并转达肖义伟董事长请我作一首诗。赵越希望我届时当场用毛笔写下来，我说字就不写了，丢丑。在从广州回深圳的路上，赋诗一首。

高迁乔木[3]栖鲲鹏，紫气盈盈洒满庭。

前海增加驱动力，文山[4]点亮启明星。

招商可沐南方雨，供电好乘蛇口风。

改制多途能汇智[5]，攻坚甘愿做先锋。

2016 年 11 月 7 日

七律·年会工作人员咏

　　下午，集团工作会议结束后，乘坐大巴去虹桥机场。看到会务组的黄强在微信上发了几张会务组人员照片，遂赋诗相赠。

　　1　《陆九渊集·语录下》："先生之文如黄钟大吕。"

　　2　中信公司是改革开放政策的产物，公司的创始人是荣毅仁先生。

　　3　《诗经·小雅·伐木》："伐木丁丁，鸟鸣嘤嘤，出自幽谷，迁于乔木。"

　　4　文山，指云南文山电力公司，是前海蛇口自贸区供电公司的股东之一。

　　5　中广核能之汇投资公司也是前海蛇口自贸区供电公司的股东之一。这里借用"能之汇"，具有双关含义。

093

笑脸相迎如沐春，霏霏细雨慰来宾。

房间预置一杯水，会场分开两扇门。

美女多劳陪夜月，帅哥仗义守初心。

集团大略都谋定，勿忘辛勤幕后人。

2017 年 1 月 11 日

人物篇

七律·孔子（三首）

今天是孔子诞辰纪念日，遂赋诗记怀。周振兴在微信群中留言一首诗[1]，遂次韵和作。

一

皇权神授[2]假成真，至圣先师[3]栽错根。

礼智义仁能万世，君臣父子不同伦。

保存门面孔家店，汲取精华现代人。

一介布衣垂宇宙，春秋功罪[4]问青云。

二

传授诗书学问精，周游列国细权衡。

项橐直理城当道，夫子穷辞车绕城[5]。

至圣先师难配祀，丧家野狗[6]易相逢。

1　周振兴原诗："孔子有灵谢殷公，献诗两首言尊崇。已度风云千载辩，兴衰历史百代争。儒道阴阳无高下，法兵生死妄异同。大成至圣实过誉，论语家书修身终。"

2　《尚书·召诰》说："有夏服（受）天命。"这是君权神授最早的记载。

3　《礼记·中庸》："唯天下至圣，为能联盟睿知，足以有临也。"《礼记·文王世子》："凡始立学者，必释奠于先圣先师。"

4　《孟子·滕文公下》：《春秋》，天子之事也。是故孔子曰：'知我者，其惟《春秋》乎！罪我者，其惟《春秋》乎！'"

5　《战国策·秦策五》："甘罗曰：'夫项橐生七岁而为孔子师，今臣生十二岁于兹矣！'"《三字经》："昔仲尼，师项橐。"孔子有一次出游，项橐与一伙孩子在路上用石子摆城玩耍，并不让路。孔子问："无知顽童阻车于路中，是为何意？"项橐说："城池在此，车马安能过去。"孔子问："城在何处？""筑于足下。"孔子笑道："此城何用？""御车马军兵。""小儿戏言，车马从此过，又待如何？""城固门关，焉能过乎？"孔子问："却又如何？""城躲车马，车马躲城？"孔子无言以对，只好绕"城"而过。

6　《史记·孔子世家》："孔子适郑，与弟子相失，孔子独立郭东门。郑人或谓子贡曰：'东门有人，其颡似尧，其项类皋陶，其肩类子产，然自腰以下不及禹三寸。累累若丧家之狗。'子贡以实告孔子。孔子欣然笑曰：'形状，末也。而谓似丧家之狗，然哉！然哉！'"

中庸[1]若是修行术，润屋润身[2]常不平。

三

天地无私能大公[3]，泰山北斗[4]应推崇。

日高日远小儿辩[5]，孰圣孰贤后代争。

不耻先生甘问下[6]，善思徒弟欲求同。

千秋荣辱虚名誉，散尽云烟琴曲终。

2016 年 9 月 28 日

五律·孔子

周振兴发来一首《次韵唐玄宗〈经鲁祭孔子而叹之〉[7]感怀》诗[8]，遂次韵和作。

上川观逝者，昼夜在其中[9]。

讲学归陬邑[10]，求官别鲁宫。

---

1 《论语·雍也》："中庸之为德也，其至矣乎。"《中庸》："君子中庸，小人反中庸；君子之中庸也，君子而时中；小人之中庸也，小人而无忌惮也。"

2 《礼记·大学》："富润屋，德润身。"

3 《庄子·大宗师》："天无私覆，地无私载，天地岂私贫我哉？"

4 《新唐书·韩愈传赞》："自愈没，其言大行，学者仰之如泰山北斗云。"

5 《列子》记载，孔子东游的途中，碰到两个小孩在争辩太阳何时离人远近的问题，他无法判断谁对谁错，两个小孩笑着说："谁说您的知识渊博呢？"

6 《论语·公冶长》："敏而好学，不耻下问。"

7 唐玄宗原诗："去子何为者，栖栖一代中。地犹鄹氏邑，宅即鲁王宫。叹凤嗟身否，伤麟怨道穷。今看两楹奠，一脉统殊同。"

8 周振兴和诗："至圣先师者，千年颂域中。崇贤思古邑，逐仕忖新宫。儒学昌无否，他经舛复穷。而今天下奠，一脉统殊同。"

9 《论语·子罕》："子在川上曰：'逝者如斯夫！不舍昼夜。'"

10 《史记·孔子世家》："孔子生鲁昌平乡陬邑。"

堕三都[1]可否，横四海焉穷[2]。

万世宗师奠，传承华夏同。

七律·屈原

周振兴发来一首《读〈屈原列传〉》诗[3]，遂次韵和作。

兴衰说尽汨罗流，敷政优优百禄遒[4]。

骚体因人留正册，细腰[5]顺势入残秋。

邦家气数浮天际，堂庙周期渗酒楼。

纵使品端成器范，江湖底漏最难修。

2018 年 1 月 27 日

五律·范蠡与陶潜

今天在为《至乐斋诗抄》（第三部）做注的过程中，涉及春秋时范蠡（陶朱公）和晋代陶渊明的故事，遂赋诗记怀。

男儿悲寂寥，千古誉英豪。

1　堕三都，孔子在鲁国执政时堕毁三都（鲁国公族季孙氏、叔孙氏、孟孙氏）的私邑事件。堕三都最终失败，孔子不久之后离开鲁国，开始周游列国。

2　《楚辞·九歌·云中君》："横四海兮焉穷？"

3　周振兴原诗："楚风不净荡江流，屈子孤标志洁遒。文约光华垂史册，辞微耀远照千秋。行廉拒秽诚云际，激浊扬清却蜃楼。正道直行辉懿范，魂传百代德芳修。"

4　《诗经·商颂·长发》："不竞不絿，不刚不柔，敷政优优，百禄是遒。"

5　《墨子·兼爱中》："昔者楚灵王好士细腰，故灵王之臣皆以一饭为节，胁息然后带，扶墙然后起。比期年，朝有黧黑之色。"

越国筹奇策[1]，南山锄豆苗[2]。

朝中欺一女，世外隐双陶[3]。

自贱难赎罪，焉能比朕高[4]！

2016年5月15日

七律·白起（二首）

昨天，周振兴在微信上发了一首《七律·悼白起》诗[5]，遂次韵和作。写完之后，仍觉意犹未尽，遂再赋一诗。

一

江山一统自西州，忌惮苏秦合纵谋[6]。

几代君王商殿下，一朝勇将陷邢丘[7]。

降卒尽入深坑内，冤鬼皆围函谷周[8]。

---

1 范蠡曾献策扶助越王勾践复国，后隐去。

2 晋代陶渊明《归园田居》诗（之三）："种豆南山下，草盛豆苗稀。"

3 一女，指西施；双陶，指陶朱公范蠡和陶渊明。

4 越王勾践的谋臣文种与范蠡一起为勾践最终打败吴王夫差立下赫赫功劳。灭吴后，范蠡隐退，并留下信给文种，劝他逃跑。文种看信之后，称病不朝。于是有人进谗言说文种要造反作乱，勾践听信谗言，赐给文种一把名为属镂的剑，说："你当初给我出了七条对付吴国的策略，我只用三条便打败了吴国，剩下四条在你那里，你用这四条去地下为寡人的先王打败吴国的先王吧！"于是文种自刎而死。

5 周振兴原诗："战国风云卷九州，连横合纵尽奇谋。秦军一将平天下，万马千骑垒骨丘。大略雄才凌宇内，高怀广志震东周。丰功纪史多重憾，悔不当初莫觅侯！"

6 苏秦，战国时纵横家。苏秦与张仪同出自鬼谷子门下，跟随鬼谷子学习纵横之术。学成后，外出游历多年，潦倒而归。随后刻苦攻读《阴符》，一年后游说列国，被燕文公赏识，出使赵国。苏秦到赵国后，提出合纵六国以抗秦的战略思想，并最终组建合纵联盟，任"从约长"，兼佩六国相印，使秦国15年不敢出函谷关。

7 邢丘，古邑名。春秋属晋，战国属魏。《史记·秦本纪》：秦昭王四十一年（前266年），秦"攻魏取邢丘"。

8 据载，长平之战后，白起坑杀赵国的降卒40万人。中国历史上有"杀降不祥"的说法。

白起功勋今古憾，堆堆朽骨换封侯[1]。

二

挥师伊阙跃龙门，百万生灵塑战神[2]。

唯有功高能震主，由来权重可杀人。

死非其罪秦民泪，反即他邦野鬼魂。

若是昭王长秉政，阴间无数武安君[3]。

2017 年 3 月 2 日

七律·诸葛亮

早饭时，与胡文泉坐在一起闲谈，说起单位用人的事情，我联想到诸葛亮在《出师表》中所说的"亲贤臣，远小人，此先汉所以兴隆也；亲小人，远贤臣，此后汉所以倾颓也"。遂赋诗记怀。

本在隆中卧草庐，不期三顾落江湖。

汉分前后出师表，人昧是非诫子书[4]。

五丈原头空洒泪，桃花源里复荷锄。

偶然拾得尚方剑，执柄无方也变奴。

2018 年 4 月 2 日

1　唐代曹松《己亥岁二首》（其一）："凭君莫话封侯事，一将功成万骨枯。"

2　周赧王二十二年（前 293 年），秦国为打开东进中原通道，由大将白起率秦军在伊阙（今河南省洛阳市龙门镇）各个歼灭韩国、魏国、东周联军。战后，韩国精锐损失殆尽，秦国则以不可抗御之势向中原扩张。

3　白起数立战功，秦昭王封其为武安君。《史记正义》说他获武安封号的原因是："言能抚养军士，战必克，得百姓安集，故号武安。"后来，秦昭王以白起不服从命令为由，派人赐剑令其自杀。白起死非其罪，秦人很怜惜他，乡邑地方都建祠祭祀。

4　诸葛亮撰写过前后《出师表》和三篇《诫子书》。

100

五律·王羲之

昨天，周振兴发来一首《五律·为书法家王蔚先生之雅院雅事题》诗[1]，遂次韵和作。

会稽山阴下，清泉闻酒香。

吟诗修竹里，泼墨茂林旁。

个性集文苑，天然出法章。

诸生空作秀，坦腹换新郎。

2018 年 5 月 7 日

七律·杜甫

周振兴发来一首《次韵杜甫〈七律·狂夫〉[2]并抒怀》诗[3]，遂次韵和作。

几度相逢崔九堂[4]，开元齿发[5]已沧浪。

黑云压顶天难净，暮色染枝花仍香。

诗赠汨罗[6]情未绝，身藏明府[7]酒重凉。

1　周振兴原诗："古屋苍檐下，灯悬告朴香。石江书院里，云趣画堂旁。积蔚成芳苑，丰毫出丽章。群华涅墨秀，独树一君郎。"

2　杜甫原诗："万里桥西一草堂，百花潭水即沧浪。风含翠筿娟娟净，雨裛红蕖冉冉香。厚禄故人书断绝，恒饥稚子色凄凉。欲填沟壑唯疏放，自笑狂夫老更狂。"

3　周振兴原诗："一目烟云藏庙堂，鱼声梵语息忧浪。星魂高远天生净，桂魄寒芳自涌香。箭去光阴飞迹绝，刀劈岁月化苍凉。东坡老杜皆豪放，聊发襟怀万代狂。"

4　杜甫《江南逢李龟年》诗："岐王宅里寻常见，崔九堂前几度闻。"

5　杜甫《雨》诗："杖策可入舟，送此齿发暮。"《咏怀》（二首）诗："齿发已自料，意深陈苦词。"

6　杜甫《天末怀李白》诗："应共冤魂语，投诗赠汨罗。"

7　杜甫《北邻》诗："明府岂辞满，藏身方告劳。"

青崖白鹿¹何人放？孔子犹能识楚狂²。

2018 年 5 月 21 日

七律·苏洵

观看《百家讲坛》栏目中"唐宋八大家"的苏洵一期，遂赋诗记怀。

三字经中遗事存，年将而立始安心³。

长兄短寿仲兄智⁴，程氏多财苏氏贫⁵。

焚稿百篇增见识⁶，读书万卷啸都门⁷。

麒麟双子文章显，唐宋名家并列洵⁸。

2017 年 2 月 18 日

1　唐代李白《梦游天姥吟留别》诗："且放白鹿青崖间，须行即骑访名山。"

2　《论语·微子》："楚狂接舆歌而过孔子曰：'凤兮凤兮！何德之衰？往者不可谏，来者犹可追。已而，已而！今之从政者殆而！'孔子下，欲与之言。趋而辟之，不得与之言。"

3　《三字经》："苏老泉，二十七，始发愤，读书籍。"

4　苏洵大哥苏澹早逝，二哥苏涣中进士后做官。

5　苏洵娶妻程氏女，程家比较富裕，而苏家相对贫穷一些。

6　苏洵第一次应乡试举人，却不幸落第。他痛自检讨，搬出几百篇自己的旧作细读，不禁喟然叹道："吾今之学，乃犹未之学也！"愤然将这批旧稿，一把火烧个干净，发愤读书以增长见识。

7　北宋嘉祐初年（1056 年），苏洵带二子进京应试，谒见翰林学士欧阳修。欧阳修很赞赏他的《衡论》《权书》《几策》等文章，认为可与刘向、贾谊相媲美，于是向朝廷推荐苏洵。公卿士大夫争相传诵苏洵，其文名因而大盛。

8　北宋嘉祐二年（1057 年），苏洵的两个儿子苏轼与苏辙同时考中进士，苏轼当时 22 岁，苏辙 19 岁。由于苏氏兄弟一起高中，三苏因此很快成名，"一日父子隐然名动京师，而苏氏文章遂擅天下"。苏氏父子三人并列为"唐宋八大家"之列。

七律·苏东坡

《百家讲坛》栏目中，南京师范大学郦波教授讲《唐宋八大家之苏轼》，遂赋诗记怀。

> 出笔非凡自不虚，诗文惹祸狱中拘。
> 至交欲撞登闻鼓[1]，孝子相约报死鱼[2]。
> 五代铁书活死命[3]，三州功业剩残躯[4]。
> 权门嫉恨无人解，唯有朝云识汝迂[5]。

2017年1月1日

七律·王安石

今天上午，观看《百家讲坛》栏目，河南大学王立群教授讲《唐宋八大家之王安

1　登闻鼓是中国封建时代于朝堂外悬鼓，以使有冤抑或急案者击鼓上闻，从而成立诉讼。源于魏晋南北朝。《晋书·武帝纪》有"伐登闻鼓"的记载，后历代相沿。苏东坡入狱后，退休宰相张方平让自己的儿子张恕将他给皇帝呼吁赦免苏东坡的信送进皇宫。张恕在登闻鼓院门外徘徊了很久，没敢送进去。

2　苏东坡在狱中时与儿子苏迈约定好，平常只送蔬菜和肉，一旦大事不好时就送鱼。有一天，苏迈去筹钱的时候，委托一个朋友去送饭。这个朋友不知道这个约定的暗号，特意送了鱼，结果使苏东坡虚惊一场。

3　苏东坡下狱时，狱官当面问他祖宗五代有无"誓书铁券"（皇帝赐给功臣、重臣带有奖赏和盟约性质的凭证，允其世代享有优厚待遇，犯法时可免死罪，具有特别的法律效用）。按当时的规定，只有死囚才会询问五代之内有无"誓书铁券"，其他只问三代。

4　苏东坡在镇江金山寺看到当年李公麟为他画的年轻时的一幅肖像时，感慨万分，作了一首题画诗："心似已灰之木，身如不系之舟。问汝平生功业，黄州惠州儋州。"

5　有一次，苏轼饭后携婢妾散步，摸着肚皮问她们这里面装的是什么。有人说是学识，有人说是才华。苏轼不以为然，只有朝云的回答让他捧腹大笑："学士一肚皮不合时宜。"苏轼在惠州为官时，王朝云不幸病逝，年仅34岁。苏轼悲恸欲绝，亲手写下一副楹联："不合时宜，惟有朝云能识我；独弹古调，每逢暮雨倍思卿。"

石》，遂赋诗记怀。

　　　　强兵富国最当先[1]，府库空虚开税源。

　　　　弄笔小才难秉政，滔天大恶只贪权。

　　　　自成一体诗文补[2]，众议千年立场偏。

　　　　治世难行尧舜法，安民不必恤人言[3]。

2017 年 1 月 2 日

七律·李自成

　　姚雪垠先生的长篇历史小说《李自成》，对李自成的一生做了全景式的描述。中国历史上类似的农民起义，最后大都蜕变为一种换汤不换药的改朝换代，令人唏嘘不已。遂赋诗记怀。

　　　　官逼民反事当然，承运奉天黎庶残。

　　　　换代无非更姓氏，改朝从未弃红颜[4]。

　　　　当时众意瞻牛首[5]，后世何人识李岩[6]？

　　1　王安石变法的目的在于富国强兵，借以扭转北宋积贫积弱的局势。然而变法触犯了保守派的利益而遭到反对。

　　2　王安石的诗歌自成一体，被称为"荆公体"，主张诗文"务为有补于世"，是"唐宋八大家"之一。

　　3　《宋史·王安石列传》："天变不足畏，祖宗不足法，人言不足恤。"

　　4　传说李自成部将刘宗敏霸占了明朝山海关守将吴三桂的姬妾陈圆圆，从而逼迫吴三桂引清军入关。

　　5　牛首，指李自成的谋士牛金星。李自成进北京后，牛金星以太平宰相自许，广纳门生故旧，热衷于登极礼仪，不断地劝进李自成，为吴三桂引清兵入关制造了借口。

　　6　李岩，明朝天启丁卯年举人，后投奔李自成。他是农民起义军中最著名的谋士。李自成进京后，李岩提出了两条非常重要的建议，一是严肃军纪，二是招降吴三桂。可惜，李自成并未落实，最终导致兵败。由于受到牛金星的挑拨，李自成怀疑李岩有二心，将其杀害。

千载循环王寇律[1]，通山北望是煤山[2]。

2017 年 9 月 7 日

七律·林则徐（二首）

读林则徐《赴戍登程口占示家人（二首）》诗[3]，遂次韵和作。

一

国弱兵疲心最哀，愁云只盼向阳开。

读书明理中堂立，戴罪戍边南粤来。

赤胆一颗遗海岛，楚歌四面咒荒垓。

山登绝顶儿时语[4]，壮志惊呆御史台。

二

事繁操办肉身疲，国库空虚愁度支[5]。

鸦片横行唯弱以，钦差发誓尽销之[6]。

1　柳亚子《题〈太平天国〉战史》诗："成王败寇漫相呼，直笔何人纵董狐。"

2　史载，李自成破北京后，明朝最后一任皇帝崇祯吊死在北海的煤山。李自成败退湖广时，在湖北的通山遇害。

3　林则徐原诗："出门一笑莫心哀，浩荡襟怀到处开。时事难从无过立，达官非自有生来。风涛回首空三岛，尘壤从头数九垓。休信儿童轻薄语，嗤他赵老送灯台。""力微任重久神疲，再竭衰庸定不支。苟利国家生死以，岂因祸福避趋之？谪居正是君恩厚，养拙刚于戍卒宜。戏与山妻谈故事，试吟断送老头皮。"

4　林则徐小时候写过一首《出老》诗，其中有"海到无边天作岸，山登绝顶我为峰"的句子。

5　度支，古代官署名，掌管全国财赋的统计和支调。度支的原意是量入为出。

6　清道光十八年（1838 年），林则徐受命钦差大臣，于第二年入广州禁烟，严正声明："若鸦片一日不绝，本大臣一日不回，誓与此事相始终，断无中止之理。"先后收缴全部鸦片近两万箱，237 万余斤，于 1839 年 6 月 3 日在虎门海滩上当众销毁。

易除外患因忠厚，难测君心不适宜。

故纸堆中寻逸事，英雄只剩臭囊皮。

2017 年 3 月 15 日

七律·鲁迅（二首）

今天是鲁迅先生诞辰 135 周年，在网上欣赏鲁迅先生的书法诗词作品，其中有两首有名的《自嘲》诗[1]和《无题》诗[2]，遂次韵和作。

一

先生雅志素无求，退笔如山[3]雪满头。

纸贵洛阳歌夜市，情交火腿慰洪流[4]。

豪门纵酒添新指，野草迎风喂老牛。

呐喊[5]声声呼道统，投枪匕首[6]各千秋。

1　鲁迅《自嘲》诗："运交华盖欲何求，未敢翻身已碰头。旧帽遮颜过闹市，破船载酒泛中流。横眉冷对千夫指，俯首甘为孺子牛。躲进小楼成一统，管他冬夏与春秋。"

2　鲁迅《无题》诗："惯于长夜过春时，挈妇将雏鬓有丝。梦里依稀慈母泪，城头变幻大王旗。忍看朋辈成新鬼，怒向刀丛觅小诗。吟罢低眉无写处，月光如水照缁衣。"

3　宋代苏轼《柳氏二外甥求笔迹（之一）》诗："退笔成山未足珍，读书万卷始通神。"金代雷渊《洮石砚》诗："退笔成丘竟何益，乘时直欲砺吴钩。"

4　鲁迅先生在中央红军长征到达陕北后，托人送过火腿等物品。鲁迅与茅盾共同署名给中央红军发过一封委托史沫特莱通过第三国际从法国转发到陕北的电报："英雄的红军将领和士兵们，你们的英勇斗争，你们的伟大胜利是中华民族解放史上最光荣的一页！全中国民众期待着你们更大的胜利。在你们身上，寄托着人类和中国的未来。"据说，鲁迅曾计划写一部《铁流》式的反映红军英勇斗争的长篇小说，由于当时种种条件的限制而未实现。

5　《呐喊》是鲁迅的短篇小说集，收录鲁迅于 1918 年至 1922 年创作的 14 篇短篇小说，1923年由北京新潮社初版。

6　鲁迅《小品文的危机》："生存的小品文，必须是匕首，是投枪，能和读者一同杀出一条生存的血路的东西。"

二

长夜难明伴月时，依稀枕上落青丝。

思亲未睡痴心泪，落笔相通酒肆旗。

权重行卑魂变鬼，志宏学富寺藏诗。

卧龙不遇闻达处，陇亩南阳着布衣[1]。

2016年9月25日

七律·钱锺书

在网上读钱锺书《阅世》诗[2]，遂次韵和作。

人生边上[3]忌人摧，谈艺录[4]中犹自哀。

槐聚诗[5]魂空点火，管锥编[6]义莫成灰。

才女贤妻[7]金不换，豪门贵胄病难推。

世上惜无稀世叟，围城[8]倾倒或重回。

2016年6月1日

1　三国诸葛亮《出师表》："臣本布衣，躬耕于南阳，苟全性命于乱世，不求闻达于诸侯。"

2　钱锺书原诗："阅世迁流两鬓摧，块然孤喟发群哀。星星未熄焚余火，寸寸难燃溺后灰。对症亦知须药换，出新何术得陈推。不图剩长支离叟，留命桑田又一回。"

3　指钱锺书先生的散文集《写在人生边上》。

4　指钱锺书先生的关于中国古代诗文的论艺专著《谈艺录》。

5　指钱锺书先生的诗词合集《槐聚诗存》。钱锺书字默存，号槐聚。

6　指钱锺书先生的古文笔记体著作《管锥编》。《韩诗外传》："譬如以管窥天，以锥刺地——所窥者大，所见者小，所刺者巨，所中者少。"钱锺书《管锥编·序》："瞥观疏记，识小积多。学焉未能，老之已至！遂料简其较易理董者，锥指管窥，先成一辑。"

7　钱锺书先生称杨绛先生为"最才的女，最贤的妻"。

8　指钱锺书先生的讽刺小说《围城》。

七律·周有光

语言文字学家周有光先生今天去世，昨天他刚过 112 岁生日（1906 年 1 月 13 日出生）。遂赋诗悼念。

朝闻道义[1]死何如，况且平生涉险途。

一见难成八载路[2]，千金易散百科书[3]。

拼音方便开民智[4]，议论深沉愧草庐。

大彻才能真大悟，几时再遇此鸿儒。

2017 年 1 月 14 日

七律·陈寅恪

在网上阅读有关陈寅恪的资料，深为此公的博学和高志所震撼，遂赋诗记怀。

高山仰止慕青云，渺渺星河拱一陈。

教授先生[5]遵礼教，人间地狱毁才人。

自由思想非空想，独立精神最入神[6]。

1　周有光先生著有《朝闻道集》一书（世界图书出版公司 2010 年 3 月版）。

2　1954 年，周有光被中国文字改革委员会邀请担任汉语拼音方案委员会委员。1961 年，《汉字改革概论》一书出版。周先生对语言文字的新颖见解，基本上就是在这近八年的时间内形成的。

3　周有光先生曾经担任《简明不列颠百科全书》编委和《中国大百科全书》总编委委员。

4　周有光先生参与制订了汉语拼音方案，提出了"汉语拼音三原则"：口语化、音素化和拉丁化。

5　陈寅恪在清华园授课时，连清华的教授们也常来听，因此才有人称他是"太老师""教授的教授"。在清华校园里，不论是学生还是教授，凡是文史方面有疑难问题，都向他请教，大家又称他为"活字典"。

6　陈寅恪《清华大学王观堂先生纪念碑铭》："先生之著述，或有时而不彰。先生之学说，或有时而可商。惟此独立之精神，自由之思想，历千万祀，与天壤而同久，共三光而永光。"

枯坐书斋还节劲，深情唯有对唐筼[1]。

2017 年 1 月 24 日

五律·陈寅恪

晚上看电视纪录片《先生》之陈寅恪，赋诗记怀。

本为官二代[2]，纨绔不沾身。

学问中西透，史观胡汉分[3]。

正评新乐府[4]，别传柳佳人[5]。

盖棺无定论[6]，大吕震天闻。

2017 年 4 月 11 日

---

1 唐筼，陈先生夫人。据陈先生女儿的回忆，唐筼除了"照顾失明的父亲生活起居外，还担负起书记官的任务，随时记录父亲要写的书信、诗作等"。陈寅恪经常对自己的小女儿说："咱们家里，你可以不尊重我，但是不能不尊重你们的母亲，她是咱们家的主心骨，没有她就没有我们这个家，所以我们大家都要好好保护妈妈。"

2 陈寅恪的父亲陈三立是"清末四公子"之一、著名诗人。祖父陈宝箴，曾任湖南巡抚，因推行新政而被革职。

3 陈寅恪在民族融合与文化整合关系上，提出"北朝胡汉之分，在文化而不在种族"的论点。这对研究中华民族融合史有着极其重要的意义。

4 陈寅恪从"古文运动""新乐府"和"行卷"三方面入手研究唐代文学，认为"新乐府"是中国文学逐步趋向下层的一个重要标志，其价值与影响比陈子昂、李白更为高远。这种见解超越了前人。

5 陈寅恪晚年花十年时间撰写关于明末清初的名妓柳如是传记《柳如是别传》。他的助手黄萱曾感慨地说："寅师以失明的晚年，不惮辛苦，经之营之，钩稽沉隐，以成此稿。其坚毅之精神，真有惊天地、泣鬼神的气概。"

6 1962 年，陈寅恪右腿跌骨折，胡乔木前往看望，关心他的文集出版。陈寅恪说："盖棺有期，出版无日。"胡乔木笑答："出版有期，盖棺尚早。"

五律·梅贻琦

晚上看电视纪录片《先生》之梅贻琦，赋诗记怀。

寡言君子状[1]，校长做终身[2]。

理事多从众，为人不违心。

半生漂异域，两岸认同根[3]。

大学大师论[4]，黉门守护神。

2017 年 4 月 5 日

五律·蔡元培

晚上看电视纪录片《先生》之蔡元培，赋诗记怀。

学术自由风[5]，最强时代声。

辞职不媚上[6]，论事只因诚。

1　梅贻琦个性沉静，寡言、慎言，他的学生曾作打油诗："大概或者也许是，不过我们不敢说，可是学校总认为，恐怕仿佛不见得。"时人称之为"寡言君子"。

2　1931 年，梅贻琦出任清华校长，自此后一直到他在台湾去世，服务于大陆和台湾两岸的清华大学，因此被誉为清华的"终身校长"。

3　梅贻琦因为一手奠定了台湾的清华基础，被称为"两岸清华校长"。

4　梅贻琦有一句名言："所谓大学者，非谓有大楼之谓也，有大师之谓也。"源于孟子的"所谓故国者，非谓有乔木之谓也，有世臣之谓也"。

5　蔡元培于 1916—1927 年任北京大学校长，革新北大，开"学术"与"自由"之风，提出的"兼容并包"学术思想，不仅成为他主持北大教育工作的重要指导思想，同时也是他所坚持的办学原则。他于 1918 年明确指出："大学为纯粹研究学问之机关，不可视为养成资格之所，亦不可视为贩卖知识之所。学者当有研究学问之兴趣，尤当养成学问家之人格。"

6　1919 年 6 月 15 日，蔡元培发布《不愿再任北京大学校长的宣言》："我绝对不能再做不自由的大学校长：思想自由，是世界大学的通例。"后由于北大师生极力挽留，蔡元培答应只做北大师生的校长。

110

白话文言并，新潮国故争[1]。

劳工神圣论[2]，大地写英名。

2017 年 4 月 8 日

五律·竺可桢

晚上看电视纪录片《先生》之竺可桢，赋诗记怀。

彬彬文弱身，打赌最传神[3]。

两岁能识字[4]，一生重育人[5]。

官高无厚禄[6]，德懋有仁心。

矢志观天象[7]，竹坚便是桢[8]。

2017 年 4 月 9 日

---

1 蔡元培以"学诣为主"，罗致各类学术人才，使北大教师队伍一时出现流派纷呈的局面。当时的北大，《新潮》与《国故》对垒，白话与文言相争，百家争鸣，盛极一时。

2 1918 年 11 月 16 日，蔡元培在天安门前举行的庆祝一战结束的集会上发表题为《劳工神圣》的演讲，鲜明提出要"认识劳工的价值"，并喊出了"劳工神圣"的口号。

3 竺可桢从小体弱，有人曾经说他活不过 20 岁。后来，他注意锻炼身体。1912 年，他与胡适打赌："我要是活过 60 岁怎么样？"胡适爽朗地回答："你要是活到 60 岁，我在你 60 岁寿筵上当着所有亲友的面给你磕三个响头。要是比我活得长，你可以在我的尸体屁股上踢上一脚。"竺可桢活到了 1974 年，享年 84 岁。胡适仅活到 1962 年，享年 71 岁。但由于这两位朋友一位在大陆，一位在台湾，竺可桢 60 大寿时，胡适没有机会给他磕那三个响头；胡适逝世时，竺可桢也没有在他的屁股上踢上一脚。

4 竺可桢幼时聪明好学，从两岁开始认字。

5 在竺可桢担任浙江大学校长的 13 年之中，浙大从原来文理、工、农 3 个学院 16 个系的规模，发展到文、理、工、农、师、法、医 7 个学院 25 个系（最多时达 30 个系）、10 个研究所。

6 竺可桢曾经担任过中国科学院副院长，但一直没有脱离科研工作。

7 1964 年，竺可桢发表了《论我国气候的特点及其与粮食生产的关系》，分析了光、温度、降雨对粮食的影响，提出了发展农业生产的许多设想。毛泽东看到此文非常高兴，专门请竺可桢到中南海交谈，对他说："你的文章写得好啊！我们有个农业八字宪法，只管地，你的文章管了天，弥补了八字宪法的不足。"

8 竺，竹子；桢，坚硬的木头。

五律·陶行知

晚上看电视纪录片《先生》之陶行知，赋诗记怀。

忧思系国运，抵抗法西斯[1]。

一党非民主[2]，四糖真导师[3]。

生活即教育[4]，心学悟行知[5]。

不带半根草[6]，遗风沐史诗。

2017 年 4 月 10 日

五律·张伯苓

晚上看电视纪录片《先生》之张伯苓，赋诗记怀。

---

1 陶行知不仅是一位很有创造力的教育家，也是一位勇敢的反法西斯斗士。

2 1946 年 6 月 23 日，上海各界争取和平反对内战代表团赴京请愿，陶行知在北站五万人欢送大会上发表演讲，大声呼吁："八天的和平太短了，我们需要永久的和平！假装的民主太丑了，我们需要真正的民主！"

3 陶行知有这样一则教育学生的故事：有一个男生用泥块砸自己班上的男生，被校长陶行知发现制止后，命令他放学时到校长室去。放学后，陶行知来到校长室，男生早已等着挨训了。可是陶行知却笑着掏出一颗糖果送给他，说："这是奖给你的，因为你按时来到这里，而我却迟到了。"男生接过糖果。随后陶行知高兴地又掏出第二颗糖果放到他的手里，说："这是奖励你的，因为我不让你打人时，你立即住手了，这说明你很尊重我，我应该奖你。"男生惊讶地看着陶行知。这时陶行知又掏出第三颗糖果塞到男生手里，说："我调查过了，你用泥块砸那些男生，是因为他们欺负女生；你砸他们说明你很正直善良，且有跟坏人做斗争的勇气，应该奖励你啊！"男生感动极了，他流着眼泪后悔地喊道："陶校长，我错了，我砸的不是坏人，而是同学……"陶行知满意地笑了，他随即掏出第四颗糖果递过来，说："为你正确地认识自己的错误，我再奖给你一块糖果，我没有多的糖果了，我们的谈话也可以结束了。"

4 陶行知提出了"生活即教育""社会即学校""教学做合一"等教育理论。

5 陶行知从王阳明的心学中悟出学习与实践相结合的道理，且终生以此自勉。1934 年，他在《行知行》一文中认为"行是知之始，知是行之成"，并改本名为陶行知。

6 陶行知有一句名言："捧着一颗心来，不带半根草去。"

国旗三易耻[1]，洼地创南开[2]。

忠孝老传统，公能[3]新秀才。

梦魂牵奥运[4]，弟子数恩来[5]。

晚景颇凄苦，无缘校庆台[6]。

2017 年 4 月 12 日

五律·胡适

晚上看电视纪录片《先生》之胡适，赋诗记怀。

五四大旗擎，问题主义争[7]。

1　清光绪二十三年（1897 年）七月，英国强租威海卫，张伯苓随船送清廷官员前往办理移交手续。船到威海卫的头一天，降下日本的太阳旗，升起中国的黄龙旗；第二天，又降下中国的黄龙旗，升起英国的米字旗。张伯苓亲身经历了"国帜三易"的屈辱场面，深感"自强之道，端在教育"，立志"创办新教育，造就新人才"。从威海卫归来之后，他认为海军报国无望，决定退役。不久离职回天津执教于家馆。

2　清光绪三十三年（1907 年），张伯苓参与在天津城区南部的开洼地，即民间所称"南开"，建成新校舍，遂改称南开中学堂，从此声名渐著，天津市南开区也由此得名。

3　张伯苓教育的真谛是"公""能"教育。前者是一种社会道德的培养，后者是一种个人能力的锻炼。要求受教者"不为己用，而应该是为公为国，为人群服务"。贪污的由来，是不知有"公"；腐化的原因，不外无"能"。

4　张伯苓是中国奥林匹克运动的最早倡导者和奥林匹克精神的最早传播人，是著名的奥林匹克教育家。他是力促刘长春成为首个参赛奥运的主导人物，也因此被誉为"中国奥运第一人"。国际奥委会主席罗格曾经说过："这个首次在北京举办的盛会（2008 年北京奥运会），将圆一个中国人——张伯苓先生一个世纪以前表达的梦想。"

5　周恩来在南开中学求学时，张伯苓为校长，免去了周恩来的学费、书费、宿费，让周恩来业余帮助学校做些抄写、刻字的杂事。

6　1950 年 10 月 16 日晚，南开中学的一位老师到张伯苓家找张的三子谈话，大意是不要让校长去参加第二天的校庆。张伯苓作为南开的创始人之一，在其晚年却被婉拒参加南开的校庆典礼，这几乎成为他一生中最大的憾事。

7　1919 年 7 月 20 日，胡适发表《多研究些问题，少谈些"主义"！》一文，劝说人们"多多研究这个问题如何解决，那个问题如何解决，不要高谈这种主义如何新奇，那种主义如何奥妙"。

践行白话事，引领自由风[1]。

一代宗师位，百年文曲星。

终身勤治学，究竟觅前程。

2017 年 4 月 16 日

七律·刘太公忠义情怀咏

昨天去深圳迎宾馆看望刘杰夫妇，晓娟大姐和李老讲起有关刘老父亲的故事。感念刘太公的忠肝义胆，遂赋诗记怀。

锦绣山河战火烧，同胞血泪浸衣袍。

"三光"政策惨人道，一段同窗镇日枭[2]。

幼子精魂凝国运，太公大义止屠刀[3]。

贤孙孝子承遗志，浩气扶摇上九霄。

2016 年 4 月 24 日

五律·三位核潜艇总师

老友顾志杰在微信上发了一张中国核潜艇三任总设计师的合影照片，第一任总师彭士禄，第二任总师黄旭华，第三任（现任）总师张金麟，还有彭总女儿彭洁大姐。我去年 11 月与彭总之子彭浩仁兄去协和医院祝贺彭总 90 大寿，曾献一诗一词，迄今又快一

---

1 胡适以领导新文化运动而闻名于世，大力提倡白话文，宣扬个性解放、思想自由。

2 刘太公是清朝的举人，留学日本，与日本天皇是同学。有一次，日本鬼子要杀掉一个村子的人，他站出来向日本人亮出他的身份，日本人就没有动屠刀。

3 刘太公的次子、刘老的弟弟在北平被日本人抓住了，要求刘太公只要亲自去北平把儿子领回就行了。刘太公说："我宁可失去儿子，也要我的祖国。"次子遂被害。

114

年了。回忆当年彭总以"一万年太久，只争朝夕"的豪气挂帅研制核潜艇的壮举，遂赋诗记怀。

疾风知劲草，最美夕阳红。

三代元勋志，万年潜艇功[1]。

病房人照旧，黑发老还童[2]。

仁者能长寿[3]，桑榆情更浓[4]。

2016 年 9 月 2 日

七律·吴大逵

老友顾志杰在微信上发了一首他的老师吴大逵先生的《绝命诗》[5]，感觉这首诗很有禅意，遂次韵和作。

傲骨铮铮不染尘，自尊自爱省吾身。

平凡处世非虚幻，正派为人须认真。

苦痛全消才是福，精神不死可逢生。

学高执教应无憾，种下千秋桃李根。

2016 年 4 月 23 日

1　毛泽东《满江红·和郭沫若同志》词："一万年太久，只争朝夕。"毛泽东曾经于 1959 年说："核潜艇，一万年也要搞出来。"彭士禄用毛泽东的话激励士气："一万年太久，我们要只争朝夕。"

2　照片上的彭总白首增黑发，乃返老还童之吉兆。

3　《论语·雍也》："知者乐水，仁者乐山；知者动，仁者静；知者乐，仁者寿。"

4　唐代刘禹锡《酬乐天咏老见示》诗："莫道桑榆晚，为霞尚满天。"唐代李商隐《晚晴》诗："天意怜幽草，人间重晚晴。"

5　吴大逵原诗："茫茫宇宙一微尘，索解无从有此身。世务纷纭原是幻，人情悲喜却成真。永离苦海岂非福，长伴亡亲不再生。顺事一生无遗憾，春泥宁静护花根。"

虞美人·彭伊娜

老友顾志杰从微信发来一篇《深圳特区报》刊登的关于其夫人彭伊娜大姐履职广东省政协委员的文章《低调执着的"民心委员"》，遂填词相赠。

彭家孝女情难了，堪比花枝俏。

红楼[1]夜夜沐春风，记挂民生冷暖寸心中。

淡泊低调基因在，淑雅真和蔼。

生活平静笑王侯，唯愿同胞安乐再无求。

2017年1月19日

七律·运河之女李媛媛

原核工业部办公厅主任李鹰翔的孙女李媛媛，首都师范大学科德学院学生，每年自费走一段运河，伙伴们都退却了，她坚持了下来。李主任曾经要求我给其孙女写一首诗，以资鼓励，遂赋诗相赠。李主任收到此诗后回复："诗言志，诗传情。我不会写诗，但也懂得这个道理。您的诗传递了对我孙女的赞赏和鼓励之情，非常感谢。我已转发给她，让她铭记感恩。"

南北沟通积水深，几多故事几多春。

独身行走数千里，双耳聆听上万人[2]。

教育非凡师范女，遗传忠厚李家孙。

1　红楼，指广东汕尾红海湾田墘红楼。1927年海陆丰苏维埃政权时期，田墘区苏维埃政府在此处办公，把墙壁涂上红色，故称"红楼"。

2　媛媛几年来行程总计1794公里，去过18个城市，拍摄了1794位运河人的生活，收集了1万个普通人的愿望。

116

手中纤笔胸中义，生命轮回常感恩。

2016年6月3日

七律·奥运新星傅园慧

新东方集团总裁俞敏洪在微信上发了一篇赞扬游泳运动员傅园慧的文章，最后一句是："人生不就是活在过程中吗？"感同身受，赋诗记怀。

休言比赛立新功，一股清流蹿网红。

痛苦钻心奇女子，洪荒用力小顽童[1]。

真如作假真成假，色不异空色即空[2]。

面具岂能遮百丑，人生只在过程中。

2016年8月9日

七律·李敖

昨天读完了《李敖回忆录》，今天继续读《李敖快意恩仇录》，这个周末准备读完他的小说《北京法源寺》。前几天写了一首有关李敖的诗，今天又有一点感想，遂赋诗记怀。

法源寺里未题诗，笑傲江湖人笑痴。

头顶嗡嗡挥大棒，眼前碌碌卧餐尸。

楷模千载无寻处，斗士一生有尽时。

1　傅园慧接受采访时说"我已经用了洪荒之力"，并配上搞怪的表情，快速走红网络。"控制不了体内的洪荒之力"也成为网友调侃的常用语。

2　《心经》："观自在菩萨，行深般若波罗蜜多时，照见五蕴皆空，度一切苦厄。舍利子，色不异空，空不异色，色即是空，空即是色，受想行识，亦复如是。"

秋草根株游子意[1]，台湾不过小鱼池。

2018 年 3 月 23 日

七律·钟南山

　　2003 年抗击非典的功勋人物钟南山，此番面对新冠疫情再次出征。一张在高铁上靠着座位闭目休息的照片，感动了许许多多的人。遂赋诗向钟老致敬。将诗发到《今日头条》上，一天一夜的阅读量超过 10 万。正如一位朋友所说："诗一般，钟南山不一般。"

钟氏南山不老翁，当年非典赛明星。

专家不用求名利，勇士何能惧死生。

出场最多白大褂，庆功绝少紫披风。

如今国难君重现，不愧人民不受封！

2020 年 1 月 24 日

洞仙歌·钟南山

　　昨天，林田生发来一首李树萍先生的《洞仙歌·赞钟南山》词[2]，遂次韵和作。

医家风骨，几代声名竖[3]。大疫袭来不关鼠。

　　1　唐代杜甫《奉赠射洪李四丈》诗："游子无根株，茅斋付秋草。"

　　2　李树萍原词："南山傲骨，更绿林独竖。树耸擎天撼妖鼠，雨来风恶、过往啮无数。松未老，听尽晨钟暮鼓。　生为擒疠病，德道一心，仲景医伤解民苦。荆楚奏编钟，放远神州，音波在、万家庭户。念疫去、东风几时来？正大地回春，燕歌莺舞。"

　　3　钟南山出生于医学世家，父亲钟世藩是中国著名的儿科专家，母亲廖月琴是广东省肿瘤医院的创始人之一；其子钟帷德是广州市第一人民医院主任医师，博士生导师，国家级百千万人才，享受国务院政府特殊津贴。

118

况天灾、最恨人祸难除，年虽老，宵帐犹闻金鼓[1]。

国医医国病[2]，堪问民心，忠顺勤劳卧龙苦[3]。

纵大吕黄钟[4]，响彻神州，明月在、捣衣万户[5]。

送瘟去、身疲再归来，欲携艳阳春，跳街头舞。

2020 年 2 月 17 日

1　《周礼·地官·鼓人》："金鼓用以节声乐，和军旅，正田役。"《左传·僖公二十二年》："金鼓以声气也。"

2　国医是国人对祖国传统医学的一个统称。《国语·晋语八》："文子曰：'医及国家乎？'对曰：'上医医国，其次疾人，固医官也。'"唐代孙思邈《备急千金药方》："古之善为医者，上医医国，中医医人，下医医已病之病。"

3　《晋书·陶侃传》："陶公机神明鉴似魏武，忠顺勤劳似孔明，陆抗诸人不能及也。"

4　《礼记·乐记》："乐者，非谓黄钟大吕弦歌干扬也，乐之末节也。"

5　唐代李白《子夜吴歌·秋歌》："长安一片月，万户捣衣声。"

闲适篇

五律·徒步活动

今天去东湖梧桐山徒步，共 10 人，走了 40 公里。校友翟亚军与我商量，给我们这个群起个名字。几经商量，最后确定叫作"金驴子"，取"金融圈旅友"的谐音。联想到今天在路上的一些事情以及大家的聊天内容，遂赋诗记怀。

何方可健身？城外沐新晨。

相聚男和女，不分主与宾。

爬山量古道，弄斧到班门[1]。

雅号金驴子，精神富贵人。

2016 年 2 月 21 日

七律·徒步活动（三首）

一

昨天，"金驴子"群野外徒步。路上，华润银行分行行长朱家松给我出了一个题目，给同行的彭惠莲写首诗，就当作礼物送给她。今早起床后，完成全诗。诗中把"彭惠莲"三个字嵌进去，也算别有情趣。

徒步相携上马峦，遥思彭祖或成仙。

客家人里心存惠，留学生中口吐莲[2]。

1　《华罗庚传》记载，1978 年，华罗庚应邀去欧洲进行巡回讲学。他在英国伯明翰大学接受当时还是一名记者的香港新派武侠小说作家梁羽生的采访时说："我准备弄斧到班门。"梁羽生称赞他艺高人胆大，他说："到班门弄斧献技，如果鲁班做些指点，那我们的进步就能够更快一点；如果鲁班点头称许，那我们也可以增加继续攀登的信心。"今天爬山过程中，大家诗兴很高，每个人都把自己想到的诗句说出来，供大家一乐。其中一人说，他们在我面前是"班门弄斧"。我说："弄斧就要到班门，下棋就要找高手。"

2　彭惠莲是福建龙岩客家人，香港大学硕士研究生毕业。

老友开瓶杯满酒，同乡¹含笑手扶肩。

前途岂在百公里²，春日洛阳赏牡丹³。

2016 年 2 月 28 日

二

昨天，参加第十六届深圳磨房百公里徒步活动。傍晚，下起了雨，驴友纷纷从路旁的小商贩手里购买塑料雨衣，价格不菲，但起到了"雪中送炭"的作用。

磨房徒步百公里，驴友年年来丈量。

露水有根原是雨，苍天无盖可当房。

功名莫问徐霞客⁴，苦痛须思火凤凰⁵。

身后浮云神马散，明朝足下路还长。

2016 年 3 月 20 日

三

上午，从深圳湾公园出发，25 公里徒步。朱家松带来一位湖北随州籍的同事。晚饭后，大家各自回家，我去翟亚军家，翟夫人给我们热了两个菜，煮了粥，我们边喝酒边下围棋。回家后，赋诗记怀。

周末金驴徒步忙，新朋老友聚成帮。

随州炎帝编钟古，福建客家归路长⁶。

1　"同乡"指今天参加活动的朱家松与翟亚军的几个河南老乡。

2　今天的活动，是大家为下个月在深圳举行的百公里徒步活动做准备。

3　同行者中，有人提议 4 月去河南洛阳赏牡丹。

4　徐霞客（1587—1641），名弘祖，字振之，号霞客，南直隶江阴（今江苏江阴市）人。明代地理学家，旅行家和文学家，一生志在四方，足迹遍及今 21 个省、自治区、市，"达人所之未达，探人所之未知"，经 30 年考察撰写成 60 万字地理名著《徐霞客游记》，被称为"千古奇人"。

5　火凤凰，原指埃及神话中的不死火鸟。相传这种生长于阿拉伯沙漠中的美丽而孤独的鸟，每 500 年自焚为烬，再从灰烬中重生，循环不已，成为永生。

6　这两句指驴友当中有湖北人和福建人。

123

翟府围棋棋子旧，田间早稻稻花香¹。

怡情有酒佳人笑，春暖梅花不妒芳。

2016 年 3 月 26 日

七律·听交响乐《玫瑰骑士》

晚上，与友人在深圳音乐厅听交响乐《玫瑰骑士》。今天音乐会的指挥是德国人，独唱演员是韩国人，共演奏了施特劳斯的三首乐曲：《死与净化》《最后的四首歌》和《玫瑰骑士》。遂赋诗记怀。

玫瑰骑士并非谁，侍女伯爵入帐帷。

酒臭朱门²难久远，情伤权贵总轮回。

声音悦耳迷观众，作品翻新赞指挥。

故事已随流水逝，身边幸有美人陪。

2016 年 3 月 11 日

七律·人机围棋大战

这几天，谷歌公司开发的 AlphaGo 围棋软件与韩国棋手李世石进行五番棋的人机大战，李世石先以零比三落后，昨天第八十手漂亮的一挖³，取得一场胜利，整个围棋界有点沸腾，认为是为棋手甚至人类挽回了一点面子。这种论调真是无知，电脑也是由人控制的，本质上还是人与人之间的较量，只是电脑在理论上可以输入有史以来所有的棋谱，而且计算速度比人脑快得多，也没有情绪的干扰。遂赋诗记怀。

1　我们在徒步的过程中，看到路旁水稻田里有稻花，使人心旷神怡。

2　唐代杜甫《自京赴奉先县咏怀五百字》："朱门酒肉臭，路有冻死骨。"

3　挖（wà），围棋术语。

上帝开心造趣闻，谷歌科技闹纷纷。

深蓝昔日藏情绪[1]，阿狗如今换智芯。

胆怯三盘难奏效，神来一挖永留痕。

输赢都是人思考，游戏不关胜负门。

2016 年 3 月 14 日

五律·环湖徒步遇雨

上午环丰泽湖徒步遇雨，在湖畔一座无人别墅的檐下避雨，里面空空如也，始悟人才是一切。遂赋诗记怀。

丰泽湖水涟，徒步遇阴天。

雨暴芭蕉响，人稀小径宽。

空空别墅破，郁郁野花鲜。

放下功名事，心驰大草原。

2016 年 4 月 24 日

七律·书房偶感

最近一个时期，在书房里整理资料。有一次抬起头来，看到二楼的楼梯口上悬挂着的"至乐斋"条幅，心中似有所悟。今天回顾这段时间的感想，遂赋诗记怀。

不谙风雨抱琼台[2]，自命书房至乐斋。

1　深蓝是美国 IBM 公司生产的一台超级国际象棋电脑，重 1270 公斤，有 32 个大脑（微处理器），每秒钟可以计算 2 亿步。1996 年 2 月 10 日，深蓝首次挑战国际象棋世界冠军卡斯帕罗夫，但以 4 负 2 和落败。1997 年 5 月 11 日，深蓝再战卡斯帕罗夫，以 2 胜 1 负 3 平获胜。

2　唐代杜甫《冬到金华山观因得故拾遗陈公学堂遗迹》诗："上有蔚蓝天，垂光抱琼台。"

交友三分侠气足，做人一点素心怀[1]。

担当大事无难事，注重虚财总破财。

嗔怒勿生满脸笑，湖边[2]闲坐看云开。

2016 年 8 月 31 日

五律·次韵周振兴（三首）

一

周振兴在微信上发了一首《五律·丁酉四月天》诗[3]，遂次韵和作。

黄鹤上云头，空余鹦鹉洲[4]。

刀陈元帅帐，兵厌墨家流[5]。

致远须攀岭，封侯莫窃钩[6]。

贪名皆竖子，不入藏书楼。

2017 年 4 月 8 日

二

周振兴发来一首《五律·机上偶拾》诗[7]，并有一个小注："二十四小时之内往返京

1　《菜根谭》："交友须带三分侠气，做人要存一点素心。"

2　我的居所在丰泽湖旁边，闲暇时经常去湖边散步，有时在湖边椅子上小坐片刻。

3　周振兴原诗："青莹万树头，杪上翠如洲。鹊入红绡帐，蛙鸣碧墨流。轻云遥太岭，灿月近吴钩。妙境娆仙子，平湖映桂楼。"

4　唐代崔颢《黄鹤楼》诗："昔人已乘黄鹤去，此地空余黄鹤楼。……晴川历历汉阳树，芳草萋萋鹦鹉洲。"

5　墨家的政治学说以"兼爱""非攻"为思想核心，主张以缓和社会矛盾来维持统治。

6　《庄子·胠箧》："彼窃钩者诛，窃国者为诸侯；诸侯之门而仁义存焉。"

7　周振兴原诗："俯首云天下，山原鼓浪绵。苍茫连五省，碧渺隐千川。意探寒窗外，思停冷壁前。飞低难撷月，识浅岂成仙！"

深，其何意义耶？返京航班上复读李太白、杜子美、王摩诘等诸公诗，想其时因无飞机可乘，故游历狭促，与较之吾辈何其幸也。然思想之远，境界之高，吾等竟可与之雁行乎？远不及也！遂吟小诗以记之。"遂次韵和作。

居高能视下，云海浪绵绵。

忽忽[1]不分省，茫茫难辨川。

神驰五岭外，日落九江前。

何必追明月，心闲即是仙。

2017 年 5 月 18 日

三

周振兴从微信发来一首《五律·秋怀》诗[2]，遂次韵和作。

夜半人初静，提神不靠烟。

手机重夺目，诗赋又开篇。

挚友传微信，知音惜旧缘。

春风皆作古，何况是秋天。

2017 年 9 月 24 日

七律·次韵周振兴（六首）

一

周振兴在微信上发了一首《七律·丙申八月十七于北京长安大剧院欣赏著名程派京

1　《楚辞·离骚》："欲少留此灵琐兮，日忽忽兮其将暮。"宋代王安石《骅骝》诗："怒行追疾风，忽忽跨九州。"

2　周振兴原诗："夕碧云桥静，秋音悄入烟。推门遥冷目，照壁赋闲篇。待日期花信，盘时候美缘。迎风荷色古，濯雨谢青天。"

剧表演艺术家张火丁演出〈春闺梦〉》诗[1]，遂次韵和作。

> 闲来无事阅春秋，孔子当年雪满头。
>
> 周礼复原为治乱[2]，儒家创立却添愁。
>
> 空怀壮志终生怨，孑立城门独自羞[3]。
>
> 纵是纲常天赠与，繁文难解万民忧。

2016 年 9 月 18 日

二

　　周振兴从微信上发来一首《七律·4 月 21 日长湾论道返京航班晚点六个小时于次日凌晨 3：15 到家抒怀记事》诗[4]，遂次韵和作。

> 又见夕阳别紫烟，置身会场似参禅。
>
> 出家未必真皈佛，议事居然假论玄。
>
> 宰相幞头[5]纱帽翅，僧人歇脚夜航船[6]。
>
> 草坪泛绿花含笑，过客匆匆不关连。

2017 年 4 月 23 日

　　1　周振兴原诗："京都细雨浥中秋，梦里遥回往世头。思泪飞扬云鬓乱，柔肠寸断苦情愁。深闺尤念分时怨，淑女娇装聚会羞。入化臻如天国与，火丁以降洛神忧！"

　　2　《论语颜渊》："颜渊问仁。子曰：'克己复礼为仁。一日克己复礼，天下归仁焉！为仁由己，而由人乎哉？'颜渊曰：'请问其目。'子曰：'非礼勿视，非礼勿听，非礼勿言，非礼勿动。'"

　　3　《史记·孔子世家》："孔子适郑，与弟子相失，孔子独立郭东门。郑人或谓子贡曰：'东门有人，其颡似尧，其项类皋陶，其肩类子产，然自腰以下不及禹三寸。累累若丧家之狗。'子贡以实告孔子。孔子欣然笑曰：'形状，末也。而谓似丧家之狗，然哉！然哉！'"

　　4　周振兴原诗："一年一度又燃烟，闭阁闷声独入禅。刻意吟经非为佛，精心悟道自思玄。浑风患阻银鹰翅，乱雨狂摧碧宇船。默首垂眉唯苦笑，空来空去枉流连。"

　　5　幞头，又名折上巾、软裹，是一种包裹头部的纱罗软巾。因幞头所用纱罗通常为青黑色，也称"乌纱"，俗称为"乌纱帽"。幞头是中国隋唐时期男子的普遍服饰。

　　6　明末清初文学家、史学家张岱的《夜航船》记载了一个僧人与士子的故事，士子在僧人面前因学问不足而丢丑。作者认为，"天下学问，惟夜航船最难对付"，"但勿使僧人伸脚则可矣"。

三

前几天，周振兴发来一首《七律·北京雨赞》诗[1]，这几天广东正好也在下雨，遂次韵和作。

天雨催人早卷帘，无根活水[2]漫农田。

房前柳树池中苔，村外桃花墟里烟[3]。

旧梦飞回青草地，新诗跃过彩云巅。

闲来铺纸泼浓墨，酒佐豪情涕泗涟。

2017年6月25日

四

周振兴从微信发来一首《七律·丁酉秋即景寄怀》诗[4]，遂次韵和作。

煌煌[5]塞外草初黄，正是江南秋夜茫。

心躁难闻天籁曲，潮平可济海龙乡。

萧曹[6]大略满朝肃，卫霍[7]钢刀四野凉。

耿耿长空逢朗月，何忧迷雾掩文章。

2017年9月16日

1　周振兴原诗："檐垂轻瀑水如帘，看取浓云注旱田。放眼无寻思菡苔，盈怀却满度虚烟。环龙岭绕神魂地，飞凤旋楼紫气巅。黑白交情犹纸墨，芳华叠翠动心涟。"

2　《西游记》第六十九回中，孙悟空说："井中河内之水，俱是有根的。我这无根水，非此之论，乃是天上落下者，不沾地就吃，才叫作无根水。"

3　晋代陶渊明《归园田居》："暧暧远人村，依依墟里烟。"

4　周振兴原诗："林中落叶漫萧黄，石路清幽暮色茫。独步闲歌山野曲，舒停望眼岭边乡。森森古庙禅风肃，渺渺云烟梵务凉。甲子一轮同日月，将更笔墨著新章。"

5　《汉书·扬雄传》："明哲煌煌，旁烛之疆；逊于不虞，以保天命。"

6　萧曹，指汉初的萧何和曹参。《史记·曹相国世家》："参代何为汉相国，举事无所变更，一遵萧何约束。"汉代扬雄《解嘲》："夫萧规曹随，留侯画册策。"

7　卫霍，指汉武帝时期打败匈奴的大将军卫青和霍去病。

五

周振兴昨天发来一首《七律·丁酉冬状景记怀》诗[1]，回想北京的生活，遂次韵和作。

> 不见燕山只见霾，城门难觅汉唐槐。
> 长街车带通新宇，老巷墙根堆腐骸。
> 广告招牌能闭栋，微博跟帖未成排。
> 林泉无径通幽野，管甚风云入壮怀。

2017 年 12 月 15 日

六

周振兴发来一首《七律·戊戌六月十七日遥看密云山水浮想》诗[2]，回想故乡的山水，遂次韵和作。

> 欲窥天机莫问天，牧羊老叟指河川。
> 亢龙有悔该询下[3]，睡虎无人敢上前。
> 眇眇[4]而临当赏画，如如不动[5]即参禅。
> 十年面壁深深迹，一苇凌波便是船[6]。

2018 年 7 月 31 日

1　周振兴原诗："虚阳隐处乱云霾，凋貌衰颜冷桐槐。八柱无筋难鼎宇，四维丧骨断坚骸。娇情朽木充梁栋，弄嘴乌鸦列阵排。不渥良田何翠野，伤心日月苦庸怀。"

2　周振兴原诗："远近迷茫雾里天，烟波浩渺锁山川。盘龙困倦云蒙下，卧虎昏沉密水前。委顿峰峦难入画，荒唐寺庙不封禅。遥空尽绝雄鹰迹，遍目飞蜒绕破船。"

3　《直方周易》："上九曰：'亢龙有悔。'何谓也？子曰：'贵而无位，高而无民，贤人在下而无辅，是以动而有悔也。'"

4　《楚辞·九章·悲回风》："登石峦以远望兮，路眇眇之默默。"《文选·陆机〈文赋〉》："心懔懔以怀霜，志眇眇而临云。"

5　《金刚经》第三十二节："不取于相，如如不动。"明代吴承恩《西游记》第七回："渺渺无为浑太乙，如如不动号初玄。"

6　传说印度僧人菩提达摩来到中国，与梁武帝话不投机，遂在长江岸折了一根芦苇而过江。后辗转来到嵩山少林寺，面对石壁静坐参禅十年，以至壁上留下清晰影像。

七绝·次韵周振兴（二首）

前天，周振兴发来《嵌启功先生诗句一首，并外一首》诗[1]，遂次韵和作。

鹓雏万里栖梧桐[2]，敛翅扶枝似老翁。

淡月疏星川做主[3]，炎凉不过一丝风。

隔断江湖潭水清，汪伦一曲送离情[4]。

千金难换兰陵酒[5]，从此神游翰墨中。

2018 年 1 月 15 日

五律·次韵周振兴《丙申春咏》（八首）

一

周振兴发来一首《五律·丙申春咏八调（其一）》[6]，遂次韵和作。

万物已微醒，春回揽劲风。

泥途随尾曳[7]，紫气向天生。

1　周振兴原诗："瓶里孤花户外桐，绿荫扶梦醉颠翁。日斜睡起魂无主，轻茶淡雨思如风。""尘心微垢水云清，妙意常接天地情。且将玉壶充温酒，更寄芝兰入梦中。"

2　《庄子·秋水》："夫鹓雏发于南海，而飞于北海，非梧桐不止，非练实不食，非醴泉不饮。"

3　宋代辛弃疾《清平乐·博山道中即事》词："一川淡月疏星，浣纱人影娉婷。"

4　唐代李白《赠汪伦》诗："桃花潭水深千尺，不及汪伦送我情。"

5　唐代李白《客中行》诗："兰陵美酒郁金香，玉碗盛来琥珀光。但使主人能醉客，不知何处是他乡。"

6　周振兴原诗："燕原谷野醒，醉醒仰东风。嫩柳隔窗曳，新棠伴月生。催莺萌爱意，照燕早传情。总是轮回路，年年度我行。"

7　《庄子·秋水》："吾闻楚有神龟，死已三千岁矣，王巾笥而藏之庙堂之上。此龟者，宁其

水暖适鱼意，人劳报麦情。

来时足下路，归去复同行。

2016 年 3 月 27 日

二

周振兴发来一首《五律·丙申春咏八调（其二）——玉渊潭春游》诗[1]，遂次韵和作。

潭渊荡小舟，触景惹神游。

未觉新春醉，已消旧日愁。

水清能种绿，风爽可梳头。

遥看长城外，天高好放眸。

2016 年 3 月 29 日

三

周振兴发来一首《五律·丙申春咏八调（其三）——颐和园春恨》诗[2]，遂次韵和作。

冬雪化春水，江河卷巨澜。

清浊分好恶，急缓恃宽严。

宿志削群寇，痴心念故园。

坚城弥尽芥[3]，勿再起狼烟。

2016 年 3 月 29 日

死为留骨而贵乎？宁其生而曳尾于涂中乎？"

　　1　周振兴原诗："微漪泛小舟，影动扰鱼游。爱侣湖心醉，鸳鸯水上愁。春息拂岸绿，寒意戏枝头。放眼云天外，娇阳悦远眸。"

　　2　周振兴原诗："荡漾明湖水，千重蓄旧澜。清廷极腐恶，宦场丧尊严。不御侵国寇，挥资造侈园。视民如草芥，万寿速为烟。"

　　3　唐代彦悰《大唐大慈恩寺三藏法师传》（卷九）："穷劫石而靡殆。尽芥城而弥固。"

四

周振兴发来一首《五律·丙申春咏八调（其四）——圆明园春祭》诗[1]，遂次韵和作。

夕阳推月上，举国正寒食。

族冢新形象，家严老教师。

亲朋因节聚，麦种遇春滋。

先祖年年祭，孝行常反思。

2016 年 4 月 4 日

五

周振兴发来一首《五律·丙申春咏八调（其五）——北海春粹》诗[2]，遂次韵和作。

清明景色新，活水浣残春。

旭日温寒岁，柳丝绕佩纷[3]。

守心诚正意，怀远克骄矜。

夜静人沉寂，好思黎庶民。

2016 年 4 月 4 日

六

周振兴发来一首《五律·丙申春咏八调（其六）——京畿春望》诗[4]，遂次韵和作。

春残胡不归，布谷唤人回。

---

1 周振兴原诗："鹊落墟垣上，迎春好觅食。残园征败象，断堞纪颓师。强盗八国聚，衰朝数代滋。时游当泪祭，大耻鉴长思。"

2 周振兴原诗："依湖碧色新，紫陌尽娆春。白塔孤千岁，团城厌众纷。云颜涵远意，镜影韵微矜。以往皇园寂，而今客兆民。"

3 佩纷，佩饰的丝带。

4 周振兴原诗："晴光转绿归，野陌遍春回。慕峪衔青秀，云湖润紫微。柔晖拂水岭，淑气诱莺梅。物候行天道，心旌任意飞。"

133

旷野披神秀[1]，群山阅翠微。

长城八达岭，仙鹤林逋梅[2]。

浩气飘山道，心头诗意飞。

2016 年 4 月 4 日

七

周振兴发来一首《五律·丙申春咏八调（其七）——君山春慧》诗[3]，遂次韵和作。

河开冰水去，春暖雁归来。

绿意揉残叶，黄泥化剩荄。

高山流水韵，赤瑾白瑜怀[4]。

闲趣玩松墨，痴情至乐斋。

2016 年 4 月 4 日

八

周振兴发来一首《五律·丙申春咏八调（其八）——寒食春意》诗[5]，遂次韵和作。

君诗多浪漫，我语少柔娇。

碧海回春雁，银河架鹊桥。

心头愁未尽，足下路还遥。

天渺悬明月，休同山比高。

2016 年 4 月 4 日

1　唐代杜甫《望岳》诗："造化钟神秀，阴阳割昏晓。"

2　林逋（967—1028），北宋著名隐逸诗人。隐居西湖孤山，终生不仕不娶，唯喜植梅养鹤，自谓"以梅为妻，以鹤为子"，人称"梅妻鹤子"。

3　周振兴原诗："远望轻烟去，盈眸碧水来。红绡催嫩叶，雪蕊唤新荄。借趣唐诗韵，陈情魏晋怀。馨香温麝墨，境雅是文斋。"

4　《楚辞·九章》："怀瑾握瑜兮，穷不知所示。"

5　周振兴原诗："海曙云霞漫，城春继愈娇。寒食寻过雁，暖水渡飞桥。遍染熙曦尽，随闻丽语遥。芳华逐日月，净宇待风高。"

七律·次韵周振兴《丁酉纪秋》（八首）

一[1]

瑟瑟秋声催叶残，江湖因此起波澜。

秋初未感西风烈，秋晚才知晨露寒。

临海寄身寻草墅，入山问道访幽兰。

古今皆死难分界，不朽文章迭韵弹[2]。

2017 年 9 月 24 日

二[3]

禅房曲径自通幽[4]，强项从来不叩头[5]。

惹我忧思香草露，请君记取美人眸。

文风立志撑词苑，笔意随心绘晚秋。

观景凭栏非赏画，残花满地茎还遒。

2017 年 9 月 27 日

1　周振兴原诗："年年岸柳痛荷残，岁岁秋风鼓碧澜。鹊晓高阳失热烈，莺知杏月渐清寒。随心渺欲眠山墅，任意幽情醉菊兰。便是逍遥忘世界，云烟看破指轻弹。"

2　唐代宋之问《祭杨盈川文》："自古皆死，不朽者文。"

3　周振兴原诗："晨曦叩牖扰帘幽，燕雀啾嘻闹柳头。我沐朝晖观草露，她依碧阙会兰眸。华颜不必缤纷苑，秀色尤看潋滟秋。迭次风光诗共画，长天无尽任鹰道。"

4　唐代常建《题破山寺后禅院》诗："曲径通幽处，禅房花木深。"

5　《后汉书·董宣传》记载，董宣为洛阳令，杀了皇帝刘秀的姐姐湖阳公主的奴仆，刘秀要他向公主当面磕头谢罪。董宣不肯，刘秀叫太监按住他的脖子，他还是不低头。后来就用"强项"形容人刚强、不屈服。

三 [1]

玉兔顽皮也赖床，江南塞北夜茫茫。

秋风送爽阶前叶，闺妇痴情镜里妆。

落凤坡 [2] 悲花不艳，老龙头 [3] 壮水犹凉。

阴阳虽异终能化，天地无常却有纲。

2017 年 9 月 27 日

四 [4]

亘古苍穹悬此月，人间万象不同诗。

流连旧岁娉婷曼，感慨中秋蚱蜢痴 [5]。

风大扬波江水逸，草稀恋土马驹驰。

弓弦响处观神俊，射断天狼呈异姿 [6]。

2017 年 9 月 30 日

五 [7]

人逢秋月恒多梦，老马长驱识路遥。

1　周振兴原诗："吴钩昨夜中天挂，雾蔽横塘冷色茫。老树知秋雕碧叶，新棠应季绽红妆。溪边野菊迎风艳，岭下丛葵沐露凉。道法自然承物化，止行依律顺元纲。"

2　落凤坡，位于四川省德阳市罗江区白马关镇的庞统祠旁约两公里处，小说《三国演义》中描写庞统被乱箭射死于此地。

3　老龙头，位于河北省山海关城南 4 公里的渤海之滨，是明长城的东部入海处，入海石城犹如龙首探入大海，弄涛舞浪，因此而得名"老龙头"。

4　周振兴原诗："攀觞把酒邀明月，尽是风流赋与诗。水调歌头兰棹曼，桃源忆故凤箫痴。落霞齐鹜腾云逸，飞霭偕鸥路踏浪驰。函谷雄关思杰俊，五津旧貌念英姿。"

5　中国民间歇后语："秋后的蚱蜢——蹦跶不了几天了。"

6　宋代苏轼《江城子·密州出猎》词："会挽雕弓如满月，西北望，射天狼。"

7　周振兴原诗："静夜无眠难入梦，寒光彻牖苦思遥。灵犀一点通千里，彩凤双飞上九霄。银汉华光辉玉宇，天河碧浪漫云桥。婵娟已伴流年去，只剩痴怀似火燎。"

脉脉青山牵故里，淅淅小雨恋云霄。

牛郎徒羡登琼宇，织女犹思上鹊桥。

转瞬一年流火去，授衣[1]未到燃庭燎[2]。

2017年9月30日

六[3]

西风摇落惊夜寐，暮发年霜委岁华。

况属三秋云树绕[4]，何堪一笑凤池夸[5]。

平生授命行忠义，众制成书乘景暇[6]。

几度星移期国智，烂柯[7]无主弃高崖。

2017年10月3日

七[8]

云淡秋凉月色盈，参商二宿不同庚[9]。

缁衣零乱无头绪，世事纷纭有苦情。

低首插秧不是退[10]，迎风遇火又重荣[11]。

---

1 《诗经·国风》："七月流火，九月授衣。"

2 庭燎，宫廷中照亮的火炬。

3 周振兴原诗："夜卧故乡思不寐，曾经苦乐度年华。双峰古塔云烟绕，十里长河秀色夸。梦去桃园三结义，神归杏苑众休暇。常钦太祖仙人智，借酒分秋坐峻崖。"

4 宋代柳永《望海潮》词："云树绕堤沙，怒涛卷霜雪，天堑无涯。"

5 同上："异日图将好景，归去凤池夸。"

6 唐代王勃《采莲赋》："顷乘暇景，历睹众制。"

7 宋代陆游《东轩花时将过感怀》诗："还家常恐难全璧，阅世深疑已烂柯。"

8 周振兴原诗："中圣孤杯向月盈，青云数朵隐长庚。银辉似水伤离绪，紫焰如霓惜别情。适意从容知进退，清怀放度忘枯荣。凌空一任雕飞去，直上萧峰独自鸣。"

9 参星与商星，一个在西，一个在东，二者在星空中此出彼没，彼出此没。

10 五代布袋和尚《插秧诗》："手把青秧插满田，低头便见水中天。六根清净方为道，退步原来是向前。"

11 唐代白居易《赋得古原草送别》诗："离离原上草，一岁一枯荣。野火烧不尽，春风吹又生。"

离群孤雁南归去，鹤立九皋天外鸣¹。

2017 年 10 月 5 日

八²

水暖无知可问凫³，秋风荡漾动池芙。

邀朋聚友尝新酒，赏月斟茶忆旧瓠。

工部豪诗难补阙⁴，哥奴蜜口却居枢⁵。

躬逢盛世堪荣幸，既养鸰雏又种梧。

2017 年 10 月 6 日

七言排律·次韵周振兴

周振兴从微信发来一首《读〈雍正王朝〉有感抒怀》诗⁶，遂次韵和作。

事功岂止用功勤，圣主如天亡小臣⁷。

1　《诗经·小雅》："鹤鸣于九皋，声闻于天。"

2　周振兴原诗："一望平湖月影凫，波光渚浦叹秋芙。千家盛宴瑶池酒，万户华筵玉液瓠。今夕寒芒辉桂阙，明朝冉曙耀庭枢。天缘若惠三生幸，与我清风伴凤梧。"

3　凫，野鸭。宋代苏轼《惠崇春江晓景》："竹外桃花三两枝，春江水暖鸭先知。"

4　杜甫曾经做过左拾遗和工部员外郎的官职。比拾遗职位稍高一点的是补阙，其职责是对皇帝进行规谏，并举荐人才。汉代司马迁《报任安书》："次之又不能拾遗补阙，招贤进能。"

5　唐朝有名的奸相李林甫，小字哥奴。他表面和善，言语动听，却在暗中阴谋陷害贤人。世人都称他是"口有蜜，腹有剑"。天宝六年（747 年），唐玄宗诏天下"通一艺者"到长安应试，杜甫也参加了考试。由于李林甫编导了一场"野无遗贤"的闹剧，参加考试的士子全部落选。杜甫的科举之路从此被阻断，客居长安十年，郁郁不得志。

6　周振兴原诗："自古官场变换勤，一朝天子一朝臣。不管家奴或马弁，只论忠诚与献身。同船共力逍遥渡，一脉凝结疏为亲。出道若逢潜太子，用力用情用真心。熬到随他继大统，众皆腾达跃龙门。此制不关贤与智，更和德才两离分。非竞非选非进士，认宗认派认祖坟。布衣莫问厚黑事，清士岂饮宦室水浑！闲时茶酒酣清月，忙中尤记友情深。大道必隐踪庄老，从容乘鹤驾青云。仰天大笑出门去，我辈乐做蓬蒿人！"

7　宋代苏轼《狱中示子由》诗："圣主如天万物春，小臣愚暗自亡身。"

泼水沐猴加冕弁[1]，劈波斩浪溅船身。

迷津不到瓜洲渡[2]，铁券[3]专寻父辈亲。

豢养跟班挑竖子[4]，栽培梁栋种仁心。

诗书济世承传统，狗肉呼朋走后门。

纨绔宫中逞勇智，糟糠堂下惜毫分。

圣君谦逊唯招士，奸相狂狙[5]入土坟。

山雨欲稠溪壑浅，夕阳虽好暮天浑。

天晴把酒邀明月，雪厚围炉话浦深[6]。

未解庄周称宿老，已谙世道看浮云。

且贫且富随他去[7]，只做平常快活人。

2017 年 10 月 31 日

调笑令·寒树

周振兴从微信发来一首《调笑令》词[8]，遂次韵和作。

寒树，寒树，树叶凋零日暮。

苍松翠柏多情，凌霜傲雪笑风。

1　《礼记·礼运》："冕弁兵革，藏于私家，非礼也，是谓胁君。"

2　宋代陆游《书愤》诗："楼船夜雪瓜洲渡，铁马秋风大散关。"

3　铁券是外形如筒瓦状的铁制品，是中国古代皇帝分封功臣爵位时颁赏赐给臣子的信物和凭证。铁券上的信词最初用丹砂填字，合称"丹书铁券"；又因"铁券"可以世代相传，又称为"世券"，民间俗称"免死牌"。

4　《史记·项羽本纪》："亚父受玉斗，置之地，拔剑撞而破之，曰：'唉！竖子不足与谋！'"

5　清代黄鹜来《咏史》（之一）诗："圣君戴奸相，头风愈狂狙。"

6　唐代王维《酬张少府》诗："君问穷通理，渔歌入浦深。"

7　唐代白居易《对酒（其二）》诗："随富随贫且欢乐，不开口笑是痴人。"

8　周振兴原词："寒树，寒树，寒树夕风沉暮。云天云水薄情，千里万里路行。行路，行路，行路此生何处？"

风笑，风笑，来处真如去处。

2017 年 1 月 11 日

行香子·次韵周振兴（二首）

一

晚上，周振兴从微信发来一首《次韵苏轼〈行香子〉[1]并丁酉盛春抒怀》词[2]，遂次韵和作。

> 你看灰尘，他看金银。
>
> 眼花时、一样难分。
>
> 虚求名利，空耗精神。
>
> 忘幼年驹、中年火、老年身。
>
> 漫思华章，总忆慈亲。
>
> 羡双陶[3]、性散情真。
>
> 泛舟远去，做打鱼人。
>
> 弃手中琴、杯中酒、鬓中云。

2017 年 4 月 25 日

1　苏轼原词："清夜无尘，月色如银。酒斟时、须满十分。浮名浮利，虚苦劳神。叹隙中驹、石中火、梦中身。　虽抱文章，开口谁亲。且陶陶、乐尽天真。几时归去，作个闲人。对一张琴、一壶酒、一溪云。"

2　周振兴原词："花下红尘，水上流银。四月时、娇艳足分。春风贪利，揉遍芳神。罢意中驹、念中火、欲中身。　挥就华章，吟和朋亲。乐陶陶、笑得纯真。燕来莺去，已是闲人。觅伯牙琴、杜康酒、老君云。"

3　双陶，指春秋时的陶朱公范蠡和东晋的陶渊明。

二

前天,周振兴发来一首《行香子·次韵秦少游同调词〈树绕村庄〉[1]》词[2],今天晚上,躺在床上想起小时候的农村生活,遂次韵和作。

暮色村庄,月色秋塘。

正西风、思绪徉徉。

当年应许,此际丢光。

忆裸田红,雪田白,麦田黄。

挂筐东墙,垒粪西堂[3]。

抢红旗、唯力凭傍[4]。

身疲寡兴,路远多冈。

笑公鸡啼,小鸡舞,母鸡忙!

2017 年 12 月 15 日

1　秦少游原词:"树绕村庄,水满陂塘。倚东风、豪兴徜徉。小园几许,收尽春光。有桃花红,李花白,菜花黄。　远远围墙。隐隐茅堂。飏青旗、流水桥傍。偶然乘兴,步过东冈。正莺儿啼,燕儿舞,蝶儿忙。"

2　周振兴原词:"别了乡庄。泪漫横塘。路边风、披雨徜徉。苦情寄许,膺内时光。叹青春红,激情白,夕阳黄。　哪里高墙? 草莽庸堂! 攀虚旗、危阙依傍。快抛俗兴,酹酒松冈。痛英雄啼,佞臣舞,媚儿忙!"

3　童年生活中,每天放学后最重要的事情就是背着柳条筐去村外捡牲口的粪便,晒干后用作燃料。

4　参加生产队的集体劳动时,经常有各种劳动竞赛活动。

定风波·次韵周振兴

上午，周振兴发来一首《次韵苏东坡〈定风波〉[1] 兼记怀之》词[2]，遂次韵和作。

最忆儿时朗朗声，古今万事字间行。

暗笑回乡骑骏马，休怕，胸中锦绣馈来生。

天命初知[3] 残梦醒，谁冷？同窗相聚总欢迎。

幽谷林泉流水处，当去，心头明澈碧空晴。

2017 年 5 月 17 日

扬州慢·忆儿时丰年景象兼和周振兴

周振兴发来一首《扬州慢·丁酉隆冬于北京万科城市花园与众老邻居兼好友快乐相聚记怀》词[4]。回忆少年时的家乡情景，遂次韵和作。

遥忆丰年，种春锄夏，汗珠最是分明。

老歪脖树下，喜雨打雷声。

放晴际，池塘灿灿，彩虹穿宇，西岭扬菁。

1　苏轼原词："莫听穿林打叶声，何妨吟啸且徐行。竹杖芒鞋轻胜马，谁怕？一蓑烟雨任平生。　料峭春风吹酒醒，微冷，山头斜照却相迎。回首向来萧瑟处，归去，也无风雨也无晴。"

2　周振兴原词："夜阑临窗看水声，闲云分缕任悠行。矢志忠诚人似马，应怕，老来刀下绝残生！　早悟权钱如梦醒，心冷，诗文缣墨笔间迎。千折百回孤独处，来去，管他风雨管他晴！"

3　《论语·为政》："五十而知天命。"

4　周振兴原词："同忆当年，小园初夏，竹青柳翠枫明。聚清光月下，漾笑语欢声。望天际，星疏斗灿，桂宫琼宇，邀酒娇菁。夜熏阑、酣畅萦怀，归去眠醒。　那时正茂，尽人花、全是芳情。论意趣幽绵，还须赞此，都入深膺。最念相闻晨鸟，曾邻处、乐享棠馨。再重开新盏，陈酷更度春盈。"

夜将阑、收获当怀，邀月狂酲¹。

草坡溃茂²，陌头花、风雨多情。

岁岁意缠绵，除非舍此，何事填膺？

匿迹或遂乌鸟³，归巢处、反哺温馨。

又闻黄金盏⁴，春回春水盈盈。

2018 年 1 月 24 日

误佳期·故乡感怀兼和周振兴

昨天，周振兴发来一首《误佳期·次韵清汪懋麟同调词⁵》词⁶，遂次韵和作。

雪尽春风掀幕，要与佳人早约。

看花花未按期来，定是东君⁷恶。

梦短恋晨眠，心散观云落。

1　《庄子·人间世》："南伯子綦游乎商之丘，见大木焉……嗅之则使人狂酲，三日而不已。"宋代陆游《书房杂书》诗："狂酲醒始悔，穷独老方知。"

2　《诗经·大雅·召旻》："如彼岁旱，草不溃茂。"

3　晋代傅咸《申怀赋》："尽乌鸟之至情，竭欢敬于膝下。"唐代孟浩然《送王五昆季省觐》诗："斜日催乌鸟，清江照彩衣。"明代张居正《谢准假归葬疏》："顾臣昔者急切求归，只欲遂乌鸟思亲之念。"

4　黄金盏，正名金盏花。宋代梅尧臣《吴正仲遗二物咏之·金盏子》："黄金盏何小，白玉碗无瑕。"

5　汪懋麟原词："寒气暗侵帘幕，孤负芳春小约。庭梅开遍不归来，直恁心情恶。　独抱影儿眠，背看灯花落。待他重与画眉时，细数郎轻薄。"

6　周振兴和词："月透白云纱幕，苦盼鹊桥每约。匆匆一夕梦期来，凤恨成新恶。　念里怎堪眠，泪雨清清落。金风玉露瞬忽时，总是欢情薄。"

7　东君，司春之神。宋代辛弃疾《满江红·暮春》词："可恨东君，把春去，春来无迹。"

纶巾解处待归时，不论桑田薄。

2018 年 7 月 31 日

菩萨蛮·仲秋感怀兼和周振兴（二首）

周振兴发来两首《菩萨蛮》词《仲秋望远》[1]和《仲秋闲吟》[2]，遂次韵和作。

一

秋高塞外横空碧，眼前景色还如夕。

少小旧村庄，惹人常望乡。

归来行似客，飞倦林间翮。

蹲坐院门边，心平身也安。

二

天涯寻遍安身处，夜深明月临窗户。

酒满即须干，相知无一言。

凝神杯里醑，回忆当年语。

聚散两茫茫，又逢秋转凉。

2018 年 9 月 18 日

1　周振兴原词："秋山渐暗寒烟碧，青湖棹慢扁舟夕。暝色染临庄，梦怀飞故乡。　酒陪孤独客，鹭展翩跹翻。遥望远天边，苍鹰何处安？"

2　周振兴原词："云中冷月偷窥处，燕山脚下渔家户。秋夜宿湖干，借风听水言。　笛声酬绿醑，对影长无语。凝目尽苍茫，寒辉催晚凉。"

144

鹤冲天·次韵周振兴

周振兴发来一首《鹤冲天·研词牌之由而抒今感》词[1]，遂次韵和作。

超然虎奋，声震荒原上。
霹雳及时雨，青松障。
武与文并举，披荆路、东方亮。
春梦回头想。
借田撒籽，勿忘厚加粪壤。

风平不见池中浪。
待闲云尽散，倾家酿。
坐看观鱼者，红酥手、宫墙望。
柳似当年样。
辍耕空怅，漫思猛将贤相。

2018年11月21日

一丛花·孟冬思乡次韵周振兴

周振兴发来一首《一丛花·孟冬感怀》词[2]，遂次韵和作。

1　周振兴原词："寒门苦奋，希冀冲天上。谁料暴风雨，无边障。古曾凭进举，前途路、堪明亮。今且休思想。稗苗痈籽，裔满沃田肥壤。　推窗看破云间浪。总归常聚散，尘烟酿。似见凌波者，闲袖手、低眉望。暗笑人间样。自寻惆怅，曷不白衣卿相！"

2　周振兴原词："夕阳斜射落窗前。思绪漫无边。穿云一过寒空去，寞天里、难觅鹰鸢。败紫遍城，枯黄满目，萧瑟此江山。　急期花信报春妍。才好悦新娟。本应咏雪吟孤梅，却无情、梅失娇颜。华苑魂牵，芳丛梦绕，一醉蕊香绵。"

淅淅微雨唤从前。寻梦小村边。

溪流解冻潺潺去，浩天里、喜放飞鸢。

无由进城，有心张目，遥望大青山。

年年冰雪破春妍。月色复娟娟。

梅虽逊雪三分白，忒多情、换了新颜。

耕牛要牵，壕沟须绕，柳树又飘绵。

2018 年 11 月 25 日

五律·偶感

　　工作岗位调整后，精神顿觉轻松。回想这些年来的风风雨雨，彻底悟到，人还是要过适意的生活，而不能受世俗的影响。同时，也对一些古贤的人生选择有了切身的体会。遂赋诗记怀。

极目满山川，清风送我还。

生涯原有限，芳草[1]却无边。

貔虎徒呈勇，枭狐空要奸。

多情岩下水，傍驿复年年[2]。

2017 年 4 月 22 日

1　《离骚》："何昔日之芳草兮，今直为此萧艾也。"

2　唐代罗隐《筹笔驿》诗："惟余岩下多情水，犹解年年傍驿流。"

七律·戏题友人忆女儿小时趣事

　　昨天中饭时，胡文泉带着从国外回来的女儿在食堂吃饭。他说起在女儿小时候指点作文该怎么写，女儿说"想不到你的水平这么差"。女儿剩下了饭菜，胡总说："如果在家里，我就替你吃了，这里有点不好意思。"我逗他："如果你吃了，我给你写一首诗。"胡总说："我不吃，你也写一首。"昨天晚上，脑子里想起几个句子，今天在路上整理成诗，以兑现昨天对胡总的心诺。

　　　　岁月无痕鬓角斑，闲情停箸话当年。

　　　　开题不易作文易，求教似玩逗尔玩。

　　　　娇女从来留饭量，阿爹也会惜余餐。

　　　　离家虽久天伦重，相伴亲慈日日欢。

2017 年 7 月 12 日

七律·三友夜话

　　这几天在上海参加集团年会。今天晚上，与刘开新和周振兴聊天。周振兴讲他给深圳一个研究生同学的别墅写了一幅中堂，内容是刘禹锡的《陋室铭》（他的同学点名要的），结果装裱的尺寸不合规格，挂上去显得不协调。在别墅里挂一幅《陋室铭》，本身就是一件具有讽刺意味的事情。遂赋诗记怀。

　　　　老友推心话旧人，鸿儒小聚品茶馨[1]。

　　　　离京八载融南粤[2]，读帖半生喜密云[3]。

1　唐代刘禹锡《陋室铭》："斯是陋室，惟吾德馨。苔痕上阶绿，草色入帘青。谈笑有鸿儒，往来无白丁。"

2　刘开新从北京来到广东工作，已经 8 年了。

3　周振兴在密云有一处别墅，经常在那里吟诗填词、研习书法。

挂字豪宅厅染色，藏书陋室墨含春。

玄都观里花无迹，唯剩刘郎桃树魂[1]。

2017 年 1 月 8 日

七律·翁源兰花咏

微信公众号"诗词世界"发布征文启事，中国唐社、广东省翁源县书堂诗社联合举办"广东省翁源县'兰乡情'咏兰诗、词、赋征文活动"。遂赋诗记怀。

深谷幽幽粤北芳，采樵不必渡滃江[2]。

盛名传世皆因水[3]，宝地通神尽染香。

蕙草新时鲜过尺，梅花谢后再无双。

春风岁岁都成咏，便是中华第一乡[4]。

2017 年 11 月 11 日

七律·酬付建州

上周，校友王智全请我一起接待河南郑州书画院副院长付建州先生全家。付先生送我一本他的画册和一幅"上善若水"条幅，我回赠他一本《至乐斋诗抄》（第三部）。智全夫人要我写一首诗，我说一时半会儿没有句子。今天有点闲情，翻阅画册，遂赋诗相赠。

1　唐代刘禹锡《玄都观桃花》："玄都观里桃千树，尽是刘郎去后栽。"

2　滃江，珠江水系北江左岸最大支流，发源于广东省翁源县船肚东，纵贯翁源县，于英德市东岸嘴汇入北江。

3　翁源县境内的滃江流域，有 6 条集雨面积 100 平方公里以上的支流。

4　翁源县是中国最大的兰花生产基地。

文房四宝掌中轻，暮鼓晨钟贵有恒。

大象无形[1]凝素练[2]，佛缘不浅铸虔诚。

银钩铁画榜书范[3]，云水禅心名士风。

茶酒余香谈故事，鹅池[4]映照满天星。

2018 年 1 月 13 日

五律·次韵陈万斌（二首）

一

陈万斌从微信发来一首《岁暮慨事》诗[5]，遂次韵和作。

天轨辟离纷[6]，知音愈少闻。

品茶谈故事，读史赏铭文。

逐利同科辈，争权异党群。

餐霞兼饮瀣[7]，何必识明君。

2018 年 1 月 17 日

---

1 《道德经》："大方无隅，大器免成。大音希声，大象无形。"

2 《墨子·节葬下》："文绣素练，大鞅万领。"

3 榜书，古称"署书"，又称"擘窠大字"，就是以大字题署官殿匾额。付先生以榜书而闻名。

4 相传为晋代大书法家王羲之养鹅处，在浙江绍兴戒珠寺前。池边建有碑亭，石碑刻有"鹅池"二字，相传是王羲之与王献之父子俩共同写就的。

5 陈万斌原诗："岁暮看纷纷，荒唐不忍闻。扶头干实事，奋袂说虚文。屠狗功名辈，添花媚惑群。逢时成沆瀣，彪炳是忠君。"

6 天轨，天道的意思。《汉书·扬雄传上》："惟天轨之不辟兮，何纯絜而离纷。"

7 清代章学诚《文史通义·质性》："屈原忧极，故有轻举远游、餐霞饮瀣之赋。"

149

二

陈万斌从微信发来一首《岁暮慨事》诗[1]，遂次韵和作。

山雨满楼风[2]，晴天其后从。

开窗邀霁月，向晚对霓虹。

万岁新腔调，千篇旧色空。

常思足下路，都在不言中。

2018 年 1 月 19 日

七律·酬李一农（三首）

爱情手册

李一农在朋友圈中发了一首《爱情手册》的现代诗，要我和作一首。遂依其诗意奉和。

所谓痴情总是虚，阴阳合体两欢愉。

花前莫要谈分手，月下还将计买车。

初恋何如随异趣，多心未必宜同居。

一池春水常掀浪，哪个憨儿肯养鱼。

2018 年 2 月 14 日

饺子

李一农在朋友圈中发起同题诗创作，这次的主题是《饺子》，遂赋诗助兴。

沸水腾腾波浪间，家人围坐俱开颜。

---

1 陈万斌原诗："英雄唱大风，天下景相从。谁指风前月？皆期雨后虹。翻新难着调，述古已违空。回首来时路，南柯一梦中。"

2 唐代许浑《咸阳城东楼》诗："溪云初起日沉阁，山雨欲来风满楼。"

面皮随喜包银币，肉馅解馋蘸醋酸。

腹储千言供写字，胸藏一事莫愁钱。

改朝更岁无他物，共与诗文常保鲜。

2018 年 2 月 19 日

空

李一农的同题诗友团队今天以《空》为题，遂赋诗助兴。

空色从来不易分，千山万壑化为神。

静观世事终无趣，笑看凡间莫闭门。

寺庙烧香加佛火，江湖掬水洗征尘。

洪荒任尔沧桑变，烟气盈怀做主人。

2018 年 2 月 24 日

五律·秋兴（二首）

在朋友圈里看到一位唐石成先生写了一首《秋雨夜感》诗[1]，感觉很有新意，遂次韵和作。将诗发林田生，他也发来一首现代诗[2]，遂依其诗意而和作。将诗发到朋友圈中，周振兴留言："八秋写八意，八意何其深。欲赋秋中趣，且做秋中人。"

一

秋雨邀长夜，秋风伴海生。

秋云人不遣，秋露草微明。

1　唐石成原诗："秋雨时来夜，秋心暗自生。秋愁无处遣，秋意有谁明？秋梦终成幻，秋花不复荣。秋期今已误，秋雁苦伶仃。"

2　林田生原诗："抹不去的秋忆／还不清的秋债／扶不起的秋残／拾不尽的秋果／藏不住的秋情。"

秋季随冬幻，秋丁因孔荣[1]。

秋蝉非自误，秋影也伶仃。

二

秋花容易谢，秋忆最深沉。

秋气催南雁，秋声唤远人。

秋枝蝉肯栖，秋叶茧犹存。

秋色随风去，秋香碾作尘。

2018 年 8 月 29 日

倾杯·戊戌孟冬次韵周振兴

周振兴发来一首《倾杯·戊戌十月廿五寄意》词[2]，遂次韵和作。

雁去衡阳[3]，雪飘乡里，皑皑尽掩阡陌。

帝阙雾重，塞北月暗，暮日惊魂魄。

依稀爆竹声声处，或许新除夕？

行程愈紧，山路上，不见长天澄碧。

默默，心知所以，马蹄飞快，谁记鬃毛色？

1　秋丁，旧时农历八月第一个丁日，是祭祀孔子的日子。宋代吴自牧《梦粱录·八月》："八月上旬丁日，太宗武府庠县学俱行秋丁释奠礼。"明代陶宗仪《辍耕录·丁祭》："（王文康）既达北庭，值秋丁，公奏行释奠礼，世祖说，即命举其事。"

2　周振兴原词："瑟蔽昏阳，厚霾千里，残田败野荒陌。朔气本重，黛岭更暗，水失汪淼魄。箫音鼓遍京畿处，正紫微衰夕。鸦声凑紧，枯秒上，偶一星残碧。　静默，愁秋杳以，冷冬寒快，何觅纷纭色？把酒醅先贤，遥心寻古趣，飘然仙客。五柳荫旋，桃源风渐，醉里芳菲茁。醒来惑，天越黑，赶将衿勒。"

3　宋代范仲淹《渔家傲·秋思》词："塞下秋来风景异，衡阳雁去无留意。"

自古论愚贤，无非凭兴趣，何为狂客？

地转天旋，云横风渐，造化从来忒。

纵疑惑，岩洞黑，一尊弥勒。

2018 年 12 月 3 日

七律·次韵周振兴收获友人寄赠腊味诗

周振兴发来一首《七律·特谢郭总自成都专门寄送亲手精心制作之川味特色腊肉腊肠》诗[1]，遂次韵和作。

特色佳肴蜀道来，鹅毛不重贵情怀。

祖传腊味合家制，自创包装只手裁。

凤宿梧桐常寡语，人生天地共三才[2]。

草庐虽简成名胜[3]，晤对入心茅塞开。

2018 年 12 月 25 日

1　周振兴原诗："美食遥从蜀地来，香飘满室乐开怀。良朋聚意精工制，好友倾心仔细裁。必借当年诗圣语，以夸此世郭荣才。锦官自古聪灵胜，今更芳华旺盛开。"

2　三才：指天、地、人。《易传·系辞下》："有天道焉，有人道焉，有地道焉。兼三才而两之，故六。六者非它也，三才之道也。"

3　草庐，指成都的武侯祠和杜甫草堂。

古韵篇

五律·依韵唐代韦应物《简卢陟》诗

最近，网上流行唐代韦应物《简卢陟》诗的最后两句"我有一瓢酒，可以慰风尘"[1]，请网友接续。韦诗不是律诗，因此不合平仄，我稍微改动了一下次序，续写一首。

我有一瓢酒，宽心也洗尘。

旅途风恋雨，客舍树含春。

白首青山下，征帆南海滨。

欲听天籁曲，当问采樵人。

2016 年 3 月 4 日

七言排律·次韵唐代白居易《新制绫袄成感而有咏》

前天，在微信朋友圈中看到白居易的两句诗："鹤氅毳疏无实事，木棉花冷得虚名。"[2]遂次韵和作。

御冷棉衣慈母成，美人香草或言轻。

养尊居士能闲坐，卖力征夫总远行。

财富虚空因琐事，精神实在废功名。

星河点点天还夜，旭日瞳瞳月未明。

苛政急如汤火救，慈心堪比圣贤情。

六根未净相思苦，七窍常通黎庶声。

1　韦应物原诗："可怜白雪曲，未遇知音人。恓惶戎旅下，蹉跎淮海滨。涧树含朝雨，山鸟呼余春。我有一瓢酒，可以慰风尘。"

2　白居易原诗："水波文袄造新成，绫软绵匀温复轻。晨兴好拥向阳坐，晚出宜披踏雪行。鹤氅毳疏无实事，木棉花冷得虚名。宴安往往叹侵夜，卧稳昏昏睡到明。百姓多寒无可救，一身独暖亦何情！心中为念农桑苦，耳里如闻饥冻声。争得大裘长万丈，与君都盖洛阳城！"

白首终究归老丈，缘深何用惧围城。

2016 年 4 月 17 日

兰陵王·次韵周邦彦同调词《柳》兼和周振兴

周振兴从微信上发来一首《兰陵王·次韵周邦彦兼古北水镇寄意》词[1]，读周邦彦《兰陵王·柳》词[2]，遂次韵和作。

贡香[3]直，端午坟前树碧。

荒坡上、滋味几番，欲诉无言看青色。

微躯已许国，当识、潮阳谪客[4]。

天涯路、知我远来，秦岭蓝关寄书尺[5]。

寻亲乃寻迹，却怕碰心弦，聊赴筵席。

家贫屋陋残汤食。

思岁月飞快，日光温暖。

乡邻非是旧馆驿，话题串南北。

1　周振兴和词："肃烟直，司马台边水碧。拾级上、轻喘数番，只步无暇看闲色。思行入故国，须识、今稀睿客。徒茫路、他去尔来，留下匆怀不及尺。　关山旧踪迹，月照满弓弦，秦汉残席。嘶声鼓角难全食，愁令箭凌快，何顾寒暖。飞驰鞍马过岭驿，剑锋断南北。　悱恻，忆齐积，蓦然梦催回，红焰凉寂。忽然放眼游人极。酒榭握檐手，壁封尘笛。心头前事，幻境里、纵泪滴。"

2　周邦彦原词："柳阴直，烟里丝丝弄碧。隋堤上、曾见几番，拂水飘绵送行色。登临望故国，谁识、京华倦客。长亭路、年去岁来，应折柔条过千尺。　闲寻旧踪迹，又酒趁哀弦，灯照离席。梨花榆火催寒食。愁一箭风快，半篙波暖，回头迢递便数驿，望人在天北。　凄恻，恨堆积。渐别浦萦回，津堠岑寂。斜阳冉冉春无极。念月榭携手，露桥闻笛。沉思前事，似梦里、泪暗滴。"

3　上坟用的香，表示与先人沟通的意思。

4　唐代大文豪韩愈晚年因向唐宪宗上《谏佛骨表》而被贬为潮州刺史。

5　唐代韩愈《左迁至蓝关示侄孙湘》："云横秦岭家何在？雪拥蓝关马不前。知汝远来应有意，好收吾骨瘴江边。"

悲恻，痛淤积。纵四季轮回，长夜孤寂。

黄泉白鹤终难极。

忆冷雪搓手，暑天吹笛[1]。

桩桩遗事，蜡烛里、点点滴。

2016 年 6 月 11 日

七律·次韵宋代程颢《偶成》

校友高淑丽在微信上发了一首宋代程颢的《偶成》诗[2]，遂次韵和作。

岁月悠悠改面容，年年幸遇百花红。

春风秋雨道难得，冬暖夏凉理不同。

久厌凡尘天际外，常思故土梦魂中。

归时唯有读书乐，君子谦谦[3]莫自雄。

2016 年 7 月 10 日

1　小时候的老家，冬天常常达到零下 30 摄氏度，小孩子用雪搓手，反而会产生热气。夏秋之交农闲时，一些下乡和回乡知识青年搞一些文艺活动，有人在树下吹笛子。

2　程颢原诗："闲来无事不从容，睡觉东窗日已红。万物静观皆自得，四时佳兴与人同。道通天地有形外，思入风云变态中。富贵不淫贫贱乐，男儿到此是豪雄。"

3　《易经·谦》："谦谦君子，卑以自牧也。"

蝶恋花·偶怀次韵纳兰容若同调词《出塞》[1]

读纳兰容若《蝶恋花·出塞》词，遂次韵和作。

天下名山僧占据[2]。

唯我心中，酒肉穿肠去。

只有深人无浅语[3]，乌鸦讥笑梧桐树。

应景文章难作数。

披甲操戈，百战寻归路。

一诺千金[4]非妄许，是真君子经风雨。

2016 年 9 月 15 日

七律·次韵明代于谦《观书》[5]

读明代于谦《观书》诗，遂次韵和作。

开卷犹如访故人，会心一笑自然亲。

砚中浓墨凝成字，杯里清茶洗去尘。

1　纳兰容若原词："今古河山无定据。画角声中，牧马频来去。满目荒凉谁可语？西风吹老丹枫树。　从前幽怨应无数。铁马金戈，青冢黄昏路。一往情深深几许？深山夕照深秋雨。"

2　《增广贤文》："世间好语书说尽，天下名山僧占多。"

3　清代赵翼《瓯北诗话·杜少陵诗》："其笔力之豪劲，又足以副其才思之所至，故深人无浅语。"

4　《史记·季布栾布列传》："得黄金百斤，不如得季布一诺。"唐代李白《叙旧赠江阳宰陆调》诗："一诺许他人，千金双错刀。"

5　于谦原诗："书卷多情似故人，晨昏忧乐每相亲。眼前直下三千字，胸次全无一点尘。活水源流随处满，东风花柳逐时新。金鞍玉勒寻芳客，未信我庐别有春。"

159

铜臭积年堂庙满，草香换季陇园新。

光阴百代无非客[1]，过尽残冬又早春。

2016 年 11 月 18 日

七律·次韵陈寅恪《忆故居》[2]

在网上读到一首国学大师陈寅恪先生的《忆故居》诗，回忆起自己的儿时景象，遂次韵和作。

半生游宦觅良方，水上浮萍无处藏。

身累肚饥淫雨日，衣薄天冷背坡阳。

煤油灯下笔头利，干草垛边夜色凉。

闭眼招来年少梦，虽非去国也怀乡[3]。

2016 年 12 月 5 日

七绝·次韵南怀瑾《明志诗》[4]

读南怀瑾先生的《明志诗》，遂次韵和作。

1　唐代李白《春夜宴桃李园序》："夫天地者，万物之逆旅也；光阴者，百代之过客也。"

2　陈寅恪原诗："序：寒家有先人之散庐二：一曰靖庐，在南昌之西门，门悬先祖所撰联，曰'天恩与松菊，人境托蓬瀛'；一曰松门别墅，在庐山之牯岭，前有巨石，先君题'虎守松门'四大字。今卧病成都，慨然东望，暮景苍茫，回忆平生故居，赋此一诗，庶亲朋览之者，得知予此时情绪也。　渺渺钟声出远方，依依林影万鸦藏。一生负气成今日，四海无人对夕阳。破碎山河迎胜利，残余岁月送凄凉。松门松菊何年梦，且认他乡作故乡。"

3　宋代范仲淹《岳阳楼记》："登斯楼也，则有去国怀乡，忧谗畏讥，满目萧然，感极而悲者也。"

4　南怀瑾原诗："不二门中有发僧，聪明绝顶是无能。此身不上如来座，收拾河山亦要人。"

不入空门不慕僧[1]，诗文养性谅还能。

劳神何必争闲座，明月清风最可人。

2016 年 12 月 16 日

五绝·次韵张学良

　　最近在网上观看有关张学良的纪录片。张学良在被囚禁期间写过一首诗[2]。张学良在接受访谈时多次说过，他对什么事情也不在乎，明天要枪毙他，今天晚上照样睡觉。但从这首诗上来看，他对一些事情还是很在乎的。世界上的事情，总有内在的联系，尽管有些事情表面上并无相干。往事如烟，没有什么事是不能放下的。遂次韵和作。

心境由环境，天寒就地寒。

人生何所得？世事总相干。

2017 年 8 月 16 日

七绝·次韵张学良

　　在网上观看有关张学良的纪录片，看到他写的一首诗[3]。看来，他对一些往事还是念念不忘，做不到不在乎。遂次韵和作。

惧晚催晨怨闹钟，月光无意窥帘胧。

天明独自登舟去，好借雄风到海东。

2017 年 8 月 17 日

　　1　唐代王维《叹白发》诗："一生几许伤心事，不向空门何处销。"宋代陆游《醉题》诗："不学空门不学仙，清樽随处且陶然。"

　　2　张学良原诗："山居幽处境，旧雨引心寒。辗转眠不得，枕上泪难干。"

　　3　张学良原诗："愿起高楼铸晓钟，力不逮兮眼朦胧。泪坠涛中空自去，如何流得到辽东。"

七律·次韵宋代欧阳修《赠王介甫》¹

读欧阳修《赠王介甫》诗，遂次韵和作。

春风一绿胜千首²，墙角寒梅送暖年³。

变法篇章同史在，弄潮旗帜比涛先。

黎明气数安眠态，体制悲歌腐朽弦。

丞相骑驴人不识⁴，半山园里鸟鱼连⁵。

2017 年 1 月 10 日

七律·次韵宋代王安石《奉酬永叔见赠》⁶

王安石读欧阳修《赠王介甫》诗后，回赠一首《奉酬永叔见赠》，遂次韵和作。

典籍精华依旧在，安邦大略曷能穷？

难陪新进⁷苏才子，善养小民王荆公。

1　欧阳修原诗："翰林风月三千首，吏部文章二百年。老去自怜心尚在，后来谁与子争先。朱门歌舞争新态，绿绮尘埃拂旧弦。常恨闻名不相识，相逢樽酒曷留连？"

2　宋代王安石《泊船瓜洲》诗："春风又绿江南岸，明月何时照我还。"

3　王安石《梅》诗："墙角数枝梅，凌寒独自开。"

4　有一次苏东坡乘船经过金陵，王安石特地骑着驴子，穿着粗布衣服到江边迎接。苏东坡也不冠而敬揖曰："轼今日以野服见大丞相。"王安石笑着说："礼岂为我辈设哉！"

5　王安石《营居半山园作》："赎鱼与之游，喂鸟见如旧。"

6　王安石原诗："欲传道义心犹在，强学文章力已穷。他日若能窥孟子，终身何敢望韩公。抠衣最出诸生后，倒屣尝倾广座中。只恐虚名因此得，嘉篇为贶岂宜蒙。"

7　宋代苏轼《湖州谢上表》："陛下知其愚不适时，难以追陪新进；察其老不生事，或能牧养小民。"

162

赤壁生辉双赋[1]后，江宁增色半山[2]中。

此情此景此心得，不用先贤再启蒙。

2017 年 1 月 10 日

七律·次韵明代王阳明《杖锡道中又用曰仁韵》[3]

林田生从微信发来一首陈万斌的《次韵追和王阳明〈杖锡道中又用曰仁韵〉》诗[4]以及他自己的和诗[5]。我在网上找到了王阳明的学生徐爱（字曰仁）的原诗[6]和王阳明的《杖锡道中又用曰仁韵》诗，遂次韵和作。

山水初逢未有名，都因拾趣是非生。

夕阳褪色才成暝，高岭穿云便见晴。

野鹤远尘[7]随处宿，秋蝉饮露向天声[8]。

莲花台上谁端坐，能佑吾侪享月清。

2017 年 1 月 11 日

1　双赋，指苏轼的前后《赤壁赋》。

2　半山，指王安石晚年居住的南京半山园。

3　王阳明和诗："每逢佳处问山名，风景依稀过眼生。归雾忽连千嶂暝，夕阳偏放一溪晴。晚投岩寺依云宿，静爱枫林送雨声。夜久披衣还起坐，不禁风月照人清。"

4　陈万斌和诗："难逢佳处忘山名，谁说风光自意生？浓雾长遮千嶂暝，夕阳悭放一溪晴。几人修得依云宿，今日期听打雨声。一色昏沉钟磬起，何时风月照人清？"

5　林田生和诗："每逢风雨忘山名，泥泞曲折过眼生。迷蒙远近千嶂暝，夕阳更懂惜黎明。晚来寒气逼人宿，蜡梅初绽盼雨声。每每披衣磨初心，夜夜月低照人清。"

6　徐爱原诗："飞锡开山旧有名，林深草合路今生。岩溪万叠尽围寺，雷雨一番初放晴。石榴泠泠侵夜枕，风蝉历历动秋声。梦魂迥与尘寰隔，煮茗焚香僧亦清。"

7　唐代韦应物《赠王侍御》诗："心同野鹤与尘远，诗似冰壶见底清。"

8　唐代骆宾王《蝉》诗："垂缕饮清露，流响出疏桐。"

七律·次韵宋代欧阳修《唐崇徽公主手痕》[1]

看《百家讲坛》栏目唐宋八大家的欧阳修"人生自有诗意"部分，其中讲到欧阳修的一首《唐崇徽公主手痕》诗，联想起汉代王昭君出塞的故事，遂次韵和作。将诗发到朋友圈，周振兴和作一首《和殷公并次韵欧阳修〈唐崇徽公主手痕〉》诗[2]。

残阳塞北鸟啾啾，好似昭君诉苦愁。

国弱和亲人不返，性刚画像笔难留[3]。

兴亡哪管西施累，形势或非刘敬[4]谋。

勒勒车前牛喘息，风摇青冢入寒秋。

2017 年 2 月 19 日

五律·次韵白居易《自咏五首（之三）》[5]

读唐代诗人白居易《自咏五首（之二）》诗，遂次韵和作。

昔怀天下事，只为万民欢。

未解庸身懒，唯忧众口难。

樵夫识鸟乐，食客恋羹盘。

---

1 欧阳修原诗："故乡飞鸟当啁啾，何况悲筋出塞愁。青冢埋魂知不返，翠崖遗迹为谁留？玉颜自古为身累，肉食何人与国谋。行路至今空叹息，岩花野草自春秋。"

2 周振兴和诗："高云绝鸟断鸣啾，月榭瑶台照别愁。朔气寒风吹鹤返，银辉旧壁谢诗留。真雄不为名声累，赝杰常颂左右谋。两翮凌空浮宇息，逍遥冬夏与春秋。"

3 王昭君以民间女子的身份被选入宫，由于不肯贿赂宫廷画师毛延寿，毛延寿将王昭君画得并不是十分美丽，因此没有被选入汉元帝的后宫之中。

4 刘敬，本名娄敬，后因汉高祖刘邦赐姓改名刘敬，他是汉朝初期对匈奴采取和亲政策的倡导者。

5 白居易原诗："公私颇多事，衰惫殊少欢。迎送宾客懒，鞭笞黎庶难。老耳倦声乐，病口厌杯盘。既无可恋者，何以不休官。"

君看孙行者，当初也是官[1]。

2017 年 9 月 30 日

迎新春·次韵宋代柳永同调词兼和周振兴

昨天，周振兴发来一首《迎新春·次韵柳耆卿〈迎新春〉[2]兼戊戌元始寄怀》词[3]，遂次韵和作。

夜半和诗律，笑杀淮南黥布[4]。

谁管阳春煦。

竹多节、经才五[5]。

四更灯、柔光出户。

炼句似织绮，机梭飞度。

一幅无序树。

巍然耸，喤喤钟鼓[6]。

1　孙悟空，中国著名的神话人物。被玉皇大帝先后封为弼马温和齐天大圣。因大闹天宫而被如来佛祖压在五行山下五百年。后经观音点化，被唐僧救出，法名悟空，保护唐僧赴西天取经，一路降妖除魔，不畏艰难困苦，历经九九八十一难，最后取得真经修成正果，被封为斗战胜佛。

2　柳永原词："蝈管变青律，帝里阳和新布。晴景回轻煦。庆嘉节、当三五。列华灯、千门万户。遍九陌罗绮，香风微度。十里然绛树。鳌山耸，喧天萧鼓。　渐天如水，素月当午。香径里、绝缨掷果无数。更阑烛影花阴下，少年人、往往奇遇。太平时、朝野多欢，民康阜、随分良聚。堪对此景，争忍独醒归去。"

3　周振兴和词："爆竹曷音律？焰火燃烟云布。悄觉东风煦。洽春节、杯三五。看霓灯、遥楼近户。舞彩练靡绮，华宵绵度。光电妆夜树。宣牌耸，如播鼙鼓。　静心渊水，独享晨午。思念里、阶馨梅谢何数！流年每逝笙歌下，寂中人、厌了繁遇。正喧时、冷眼狂欢，形安阜、真情难聚。休恋华景，惟抱素朴来去。"

4　英布，九江郡六县（今安徽六安市）人。秦末汉初名将，早年坐罪，受到黥刑，俗称黥布。初随项梁起义，后叛楚归汉，辅佐刘邦打败项羽，建立汉朝，封为淮南王，与韩信、彭越并称汉初三大名将。韩彭被杀后，心生畏惧。后起兵反叛，兵败被杀。

5　五经，一般指儒家典籍《诗经》《尚书》《礼记》《周易》和《春秋》的合称。

6　汉代张衡《东京赋》："万舞奕奕，钟鼓喤喤。"

冻冰于水，滴汗当午。

田地里、雪消垄垄成数。

青山远眺青云下，去年人、有幸重遇。

问询时、攀上新欢，登高阜、鸥鹭频聚。

天日耀景，征马绝尘而去。

2018 年 2 月 23 日

五律·次韵唐代骆宾王《在狱咏蝉》[1]兼和周振兴

周振兴发来一首《五律·次韵骆宾王〈在狱咏蝉〉洽意》诗[2]，遂次韵和作。

牧童开口唱，林樾旷音深[3]。

日落山留影，人忙鸟费吟。

愚难求仕进，眠不见星沉。

何物着其洁，唯余一寸心。

2018 年 2 月 27 日

1　骆宾王原诗："西陆蝉声唱，南冠客思深。那堪玄鬓影，来对白头吟。露重飞难进，风多响易沉。无人信高洁，谁为表予心。"

2　周振兴和诗："击节无声唱，操琴寄意深。月华移竹影，水静入诗吟。舞翰飞毫进，铺宣着墨沉。世今何净洁？只为我冰心。"

3　清代袁枚《所见》诗："牧童骑黄牛，歌声振林樾。"

五律·次韵唐代杜审言《和晋陵陆丞早春游望》¹兼和周振兴

周振兴发来一首《五律·次韵杜审言〈和晋陵陆丞早春游望〉兼怀》诗²，遂次韵和作。

造化偶为人，积哀而自新。

不眠思至曙，畅饮醉酌春。

雷动惊飞鸟，鹿呦食野苹³。

南腔与北调，念母泪沾巾。

2018 年 2 月 27 日

1　杜审言原诗："独有宦游人，偏惊物候新。云霞出海曙，梅柳渡江春。淑气催黄鸟，晴光转绿苹。忽闻歌古调，归思欲沾巾。"

2　周振兴和诗："本是草根人，迎风沼雨新。凌晨期早曙，落暮盼三春。阳灿如飞鸟，波惊似浅苹。禁声无颂调，默首捻青巾。"

3　《诗经·小雅·鹿鸣》："呦呦鹿鸣，食野之苹。"

景物篇

五绝·题水仙花兼和林田生

林田生发来一首《题水仙花》诗[1]，遂次韵和作。

雅蒜[2]本非花，银台发嫩芽。

违拂王母意，落难受人夸[3]。

2016 年 2 月 13 日

七绝·次韵林田生（二首）

题南宋马远《月下观梅图》

林田生发来一首《题宋马远〈月下观梅图〉》诗[4]，遂次韵和作。

偏安一角露残枝，落雪半边梅放迟[5]。

万事元知空梦远，王师北定已非时[6]。

2016 年 2 月 13 日

1　林田生原诗："不慕高山花，乱石发新芽。甘守溪边香，无须众人夸。"

2　水仙的鳞茎生得颇像洋葱、大蒜，故六朝时称"雅蒜"，宋代称"天葱"。之后，人们还给它取了不少巧妙、美丽的名字，如金盏、银台、俪兰、雅客、女星等。

3　传说武周武则天女皇要百花同时开放于她的御花园，天上司花神不敢违旨，福建的水仙花六姐妹被迫西上长安。小妹妹不愿独为女皇一人开花，行经长江口，见江心有块净土，就悄悄留在崇明岛。因此，福建水仙五朵花一株开，崇明水仙一朵怒放。

4　林田生原诗："千里孤舟梦芳枝，万叠空山独醒迟。痴情默默两心知，春芽才发落红时。"

5　马远是南宋光宗、宁宗时的画院待诏。他的山水画，往往留出广大空间而只画一角或半边，极富诗意，因此被时人称为"马一角"。《月下观梅图》是一件团扇小景画山水作品，其左下半边的梅枝斜出石上，向右侧和右上角分别蔓延；一持杖高士，悠然自在地坐于山石一角；一携琴童子，紧随高士身后而立于山石旁，两人都瞭望前方，静静赏梅。

6　宋代陆游《示儿》诗："死去元知万事空，但悲不见九州同。王师北定中原日，家祭无忘告乃翁。"

偶感

林田生发来一首诗[1]，声明是应景，发一朋友约见面。我回复"应景也是好诗"。遂次韵和作。

入得凡尘未有闲，红花绿叶不知难。

参禅问道终归老，水是水来山是山。

2018 年 9 月 9 日

七律·次韵林田生（三首）

咏兔

林田生从微信发来一首《兔的委屈》诗[2]。这首诗的意境深远，遂依其诗意和作。

生来灵动善飞奔，警觉非常躲猛禽。

黑白反光颜易辨，雌雄傍地性难分[3]。

邀龟赛跑输名誉[4]，触树丢锄笑傻人[5]。

讨厌冯谖强用计[6]，广寒宫里且存身[7]。

2016 年 11 月 13 日

---

1 林田生原诗："未老得闲始是闲，欲见未见终难。何时再聚待秋老？遍数鸥雁越关山。"

2 林田生原诗："灵动奔跑 / 原是生存基因 / 赋予的本能 / 人类非把乌龟 / 拉来与我赛跑 / 明明是忙碌四季的收获 / 为防不测，果实四处贮藏 / 人们又非给我戴上 / "狡兔三窟"的恶名。"

3 古乐府《木兰诗》："两兔傍地走，安能辨我是雄雌？"

4 《龟兔赛跑》是一则耐人寻味的寓言故事，兔子主动提出与乌龟赛跑，中途兔子睡了一觉，结果输了比赛。

5 《韩非子·五蠹》："宋人有耕田者。田中有株，兔走触株，折颈而死。因释其耒而守株，冀复得兔。兔不可复得，而身为宋国笑。"

6 战国时，齐国孟尝君的门客冯谖对他说："狡兔有三窟才能免于一死。"于是他出谋划策，为孟尝君办了三件大事，巩固了孟尝君的地位。

7 中国古代神话故事中认为，月亮的广寒宫里有一只玉兔，日常工作就是捣药。

171

咏炊烟

林田生从微信发来一首《炊烟》诗[1]，遂依其诗意和作。将诗发在微信朋友圈中，女儿的班主任廖祖海老师在微信上留言："您让我感觉回到小时候的家乡小村庄的情形，温馨暖人。也让我想起了我的母亲！"语文老师封清华留言："画面太美了！这是我非常熟悉的农村冬天的早晨画面，可惜文采不够、水平不行，只能欣赏您的大作，我自己却难以表达！"我回复他们："我们都是田野之子！"

旧日炊烟梦里来，午间小憩近窗台。

灶前蹲坐娘生火，林里穿行我捡柴[2]。

大雪封门薄被冷[3]，春风送暖冻河开。

村村好景家家画，直向青天队队排[4]。

2016年11月17日

戊戌重阳

林田生发来一首《反意和陈公〈戊戌重九〉[5]》诗[6]，遂次韵和作。

岁月与人结世仇，年年不忘送寒秋。

白云愁煞丹青手，黄叶消磨智慧头。

1　林田生原诗："炊烟是无根的藤／省略了绿叶装饰／唯有与云的灵魂相融／才是终生的信仰／炊烟是条思乡的路／在生命四季里不设关卡／只供在梦中行驶／炊烟是母亲永远的围巾／在童年的田野里温暖／炊烟是云的姐妹／在天上人间／各自洁白，各自温柔。"

2　我在上小学期间，负责全家烧火做饭的燃料。平常放学之后的工作就是去野地里捡牛粪、马粪，晒干了可以燃烧。秋天时节，就去村外的小树林里捡树枝和搂树叶，前者可以烧火，后者冬天可以喂羊。

3　小时候，老家的冬天经常下大雪，有时夜里雪大，会把门封住。有一次，父亲把我从窗户送到外面，用小铁铲把封住家门的厚雪清除掉。

4　秋收期间，人们傍晚从地里收割庄稼后往村里走，从山坡地上可以看到村里没有下地的女人生火做饭，家家户户都有炊烟冒出来。现在回想起来，真是一幅引人入胜的美好图画。

5　陈万斌原诗："西风匝地遍生仇，以后人间怕记秋。重九谁人杯在手？过三此际事挠头。预愁明月难通海，正恨今朝已上楼。万里萧森悲极目，江湖不许弄扁舟。"

6　林田生和诗："西风无端结新仇，人间终归最忆秋。重九依旧杯在手，岂因冷箭伤心头。敢问明日必通海，秋尽春日已上楼。万里绿染喜极目，江湖险恶偏弄舟。"

172

佛寺钟浮什刹海[1]，洞庭波碎岳阳楼。

孤帆远影楚天目，万里长江一叶舟。

2018 年 10 月 17 日

五律·次韵林田生（二首）

一

林田生从微信发来一首《望雪》诗[2]，遂依其诗意和作。

茫茫山冈上，谁与遥相望？

小径唤西风，疏星陪月亮。

梅香输白色，雪骨塑金榜。

君子如麟凤，难求不易养。

2018 年 2 月 25 日

二

林田生从微信发来一首《韵和谢公〈六十偶得〉》诗[3]，遂次韵和作。

遵贤致仕礼，七十宴琼林。

伏案观经史，抬头看彩云。

能安唯自乐，难改是乡音。

───────────

1　北京什刹海在历史上曾建有王府、寺观、庵庙等多达 30 余座，现尚存十几处，其中有一座钟鼓楼。

2　林田生原诗："月亮与太阳／暗恋了千年万载／在不同轨迹上／各自热烈／各自冷清／雪，是他们共同的往事／年年翻，季季想／雪，是他们心灵的契约／洁净又温馨／雪，是他们爱的结晶／从天空，从高山／从树梢，从屋顶／轻轻，从容／回响在琴声里／重生在诗篇中。"

3　林田生原诗："吾亦临退龄，侧身过丛林。窗外喧嚣起，山中布乌云。四时捧书乐，日日听清音。松涛半坡处，观海更舒心。"

牧马松涛处，常怀伯乐心。

2018 年 7 月 7 日

七律·次韵清代张问陶《梅花》（八首）

素有明代第一诗人之誉的高启，写过九首《梅花》诗。我于 2016 年年初陆续和作了九首。清代诗人张问陶写过八首《梅花》诗，被人称为名作。自古咏梅花诗很多，张问陶的这八首诗，很少正面咏梅花，所描写的大多是梅花的品格。我非常喜欢张诗，陆续次韵和作了几首。今天下午，从老家内蒙古回深圳，在呼和浩特白塔机场候机厅和飞机上，完成了全部八首诗的和作。

一 [1]

一云独染不成霞，月色多情或可赊。

未揽秋风吹叶落，但随银雪盖峰斜。

暗香 [2] 极少施功用，旭日时常照锦华。

春意盎然说再见，群芳争艳却无花。

二 [3]

坡前驿外断桥生 [4]，玉骨冰肌一样清。

香气陪君欺美色，寒风拽我动诗情。

象牙塔上经纶手，浮世舟中宇宙名。

1　张问陶原诗："一林随意卧烟霞，为汝名高酒易赊。自誓冬心甘冷落，漫怜疏影太横斜。得天气足春无用，出世情多鬓未华。老死空山人不见，也应强似洛阳花。"

2　宋代王安石《梅花》诗："遥知不是雪，为有暗香来。"

3　张问陶原诗："野鹤闲云寄此生，暗香真到十分清。转怜桃李无颜色，独抱冰霜有性情。赠我诗难应束手，笑他人俗也知名。开迟才觉春风暖，先听流莺第一声。"

4　宋代陆游《卜算子·咏梅》词："驿外断桥边，寂寞开无主。"

春到人间分外暖，河开雪化寂无声。

三¹

年年腊月绽开迟，紫气东来谁可知。

抽鼻嗅香休省略，凝神入夜要深思。

坡前瑞雪输香²日，驿外行人养眼枝。

花愈新鲜景愈好，高山流水³最相宜。

四⁴

人稠最好憩山村，自享清闲自带樽。

香淡或能熏淡酒，色红岂可染红门。

群芳碌碌枝无骨，孤树铮铮叶有痕。

不妒牡丹何媚尉⁵，东君⁶从未授私恩。

五⁷

难舍凡间惜旧缘，花开花落复年年。

1　张问陶原诗："花中资格本迟迟，铁石心肠淡可知。此世何人能领略，为君终夜费相思。看来风雪无多日，香到园林第几枝。自是不开开便好，清高从未合时宜。"

2　宋代卢梅坡《雪梅》诗："梅须逊雪三分白，雪却输梅一段香。"

3　《列子·汤问》："伯牙鼓琴，志在登高山，钟子期曰：'善哉，峨峨兮若泰山。'志在流水，曰：'善哉，洋洋兮若江河。'"

4　张问陶原诗："梦绕寒山月下村，一枝相对夜开樽。繁华味短宜中酒，攀折人多好闭门。风信严时清有骨，尘缘空后淡无痕。从来不识司香尉，只仗东皇雨露恩。"

5　司香尉，主管烧香之类事务的官员。清代袁枚《随园诗话》（卷九）："他生愿作司香尉，十万金铃护落花。"

6　东君，司春之神。宋代辛弃疾《满江红·暮春》词："可恨东君，把春去，春来无迹。"宋代严蕊《卜算子·不是爱风尘》词："花落花开自有时，总赖东君主。"

7　张问陶原诗："铜瓶纸帐老因缘，乱我乡愁又几年。莫笑神情如静女，须知风骨是飞仙。生来逸气应无敌，悟到真空信可怜。世外清名原第一，不修花史亦流传。"

巫山洒泪巫山女[1]，鸡犬升天鸡犬仙[2]。

不是清高才树敌，只因俗气最堪怜。

岁寒三友[3]居其一，傲雪凌霜[4]众口传。

六[5]

转瞬一年无影踪，已收麦浪万千重。

枝枝直上风先折，朵朵徐开雪后逢。

云里波涛穿白鹤，山中藤蔓妒青松。

凋零也似平常好，淡淡清香因墨浓。

七[6]

谁见孤芳合抱团，崭新一朵[7]受讥弹[8]。

花香未溢枝先觉，春意已浓雪犯难。

白鹤翩翩翻气韵，朔风瑟瑟笑天寒。

清高不是真风格，遇有知音慧眼看。

1　巫山神女是我国历史上脍炙人口的神话传说，赤帝（南方天帝）之女，名曰瑶姬，未嫁而死，葬于巫山之阳，精魂依草，实为灵芝。最早见于《山海经》，屈原的《九歌·山鬼》和宋玉的《高唐赋》《神女赋》中都有描述。

2　汉代王充《论衡·道虚》："淮南王刘安坐反而死，天下并闻，当时并见，儒书尚有言其得道仙去，鸡犬升天者。"

3　松、竹、梅经冬不衰，因此有"岁寒三友"之称。

4　宋代杨无咎《柳梢青》："傲雪凌霜，平欺寒力，挽借春光。"

5　张问陶原诗："回首山林感旧踪，雪花吹影一重重。记从驿使春前折，又向瑶台月下逢。对客岂无能舞鹤，赏心还是后凋松。天人装束天然好，便买胭脂画不浓。"

6　张问陶原诗："香雪蒙蒙月影团，抱琴深夜向谁弹。闲中立品无人觉，淡处逢时自古难。到死还能留气韵，有情何忍笑酸寒。天生不合寻常格，莫与春花一例看。"

7　宋代苏轼《再和杨公济梅花》诗："斩新一朵含风露，恰似西厢待月来。"

8　三国曹植《与杨德祖书》："世人之著述，不能无病，仆尝好人讥弹其文，有不善者，应时改定。"

八[1]

天寒也会惜芳枝，大地无形不载私。

驿外桥边谁顾此，美人香草[2]尔独知。

众生常笑弥勒相，佛祖难吟讽喻诗。

松竹凋于冰雪后，唯君俏丽报春时[3]。

2016 年 2 月 14 日

七言排律·次韵吴昌硕《墨梅图》题画诗[4]

早上赖床，在微信上看到吴昌硕作于 1914 年的《墨梅图》并题画诗，顿觉思如泉涌，遂次韵和作。

蜡梅着色徒寻累，任雪争春任我睡。

昨夜床头报复醒，今晨被里折磨胃。

浓烟烽火家如寄，深谷青山僧恋寺。

邀宠众芳施艳未，凌寒独秀遭谁忌。

庭前零落或心茫，野外长生非自媚。

冷雾凝霜霜化无，尘泥封土土含气。

---

1 张问陶原诗："腊尾春头放几枝，风霜雨露总无私。美人遗世应如此，明月前身未可知。照影别开清净相，传神难得性灵诗。万花何苦争先后，独自能香亦有时。"

2 汉代王逸《离骚经序》："《离骚》之文，依《诗》取兴，引类譬喻，故善鸟、香草、以配忠贞……灵修、美人，以譬于君。"

3 毛泽东《卜算子·咏梅》词："俏也不争春，只把春来报。"

4 吴昌硕原诗："苦铁苦受梅花累，草堂寂历求酣睡。人间何事贵独醒，苦以冰霜涤肠胃。山僧磨墨远道寄，繁枝索貌孤山寺。二月春寒花着未，下笔恐触造物忌。出门四顾云茫茫，人影花香忽相媚。此时点墨胸中无，但觉梅花着清气。枯条着纸墨汁干，时有栖禽落远势。当年木榻移栖霞，记得里湖同寝馈。岭上月色迟不来，行脚从之踏寒翠。莓苔同坐香同参，上乘禅能通一鼻。别泪春来挥几度，忍饿空山定憔悴。愧无粥饭共朝餐，画里梅花足心醉。"

墨飞一片染枝干，蕊挂数颗活态势。

云厚遮阳来赏霞，池深积雨好存馈。

此花不是拜如来，戒指尚能镶翡翠。

地冻最难掘地参，人穷岂可仰人鼻。

陪同日月常空度，回顾青春休沮悴。

颜嫩肤鲜慎勿餐，暗香流远蜂蝶醉。

2016 年 2 月 20 日

相见欢·牡丹吟兼和周振兴

昨天，周振兴发来一首《相见欢·青衣》词[1]，联想到与友人相约去河南洛阳看牡丹，遂次韵和作。

牡丹国色天香[2]，费沉吟，

熏染洛阳春气欲飞扬。

凝醉目，情思掩，动柔肠。

最怕佳人垂泪洗红妆。

2016 年 3 月 16 日

1　周振兴原词："袖中飞去沉香，醉烛吟，摄取英雄魂魄寄云扬。　清秋目，娇泪掩，断愁肠。共与妾身交盏卸浓妆。"

2　唐代李正封《牡丹诗》："国色朝酣酒，天香夜染衣。"唐代李濬《松窗杂录》："上颇好诗，因问脩己曰：'今京邑传唱牡丹花诗，谁为首出？'脩己对曰：'臣尝闻公卿间多吟赏中书舍人李正封诗曰：天香夜染衣，国色朝酣酒。'"

七律·凤凰咏

　　昨天，把徒步活动的诗发林田生，他回复："林大鸟多凤凰少。"我回复："凤凰落架不如鸡。"今天早上，他回复："鸡无论凭墙、依树，都无法成为凤凰。"我回复："列宁在评价伯恩斯坦时说过，鹰有时候飞得比鸡还低，但鸡永远飞不了鹰那么高！"遂赋诗记怀。

　　　　庄子逍遥惠子迷，望穿秋水物难齐¹。

　　　　凭墙依树皆随梦，埋首啄虫未觉低。

　　　　鹰隼高飞五岳顶，鹓雏俯视夜郎西。

　　　　任他腐鼠成滋味²，凡鸟梧桐不敢栖。

2016 年 3 月 21 日

七律·木棉咏兼和林田生

　　上周日，林田生发来一首《致木棉花》的自由诗³，我回复："这首诗好！视角独特，理与情相得益彰。上乘！"今天依其诗意和作一首。

　　　　落叶乔材号木棉，彤云片片竞朱颜⁴。

　　　　花红似火无须绿，枝密如冠可盖天。

---

　　1 《庄子》中有《逍遥游》《秋水》和《齐物论》等篇章。惠子，即惠施，是庄子的好朋友，两人经常进行论辩，庄子往往拿惠子进行调侃。

　　2 《庄子·秋水》："南方有鸟，其名为鹓雏，子知之乎？夫鹓雏发于南海而飞于北海，非梧桐不止，非练实不食，非醴泉不饮。于是鸱得腐鼠，鹓雏过之，仰而视之曰：吓！"唐代李商隐《安定城楼》诗："不知腐鼠成滋味，猜意鹓雏竟未休。"

　　3 林田生原诗："有人嘲讽你／高昂挺拔的躯干／从未经受冰雪的考验／有人质疑你／只会在高枝开花／从未托出甜美的硕果／我说，长在南国／何必披雪饮冰才证明顽强／还有，即便开花无果又如何／年年一次怒放／让人读懂生命的曾经……"

　　4 木棉又称红棉，春天时一树橙红，开着橘红色的花。

梁栋岂为行道树，枯枝难架逆风帆。

莫讥生长喜温热[1]，冰雪何曾到岭南。

2016 年 4 月 12 日

五言排律·木棉咏兼和濮继龙

昨天收到濮继龙先生发来一首《木棉》诗[2]，濮公写了一个长序[3]，说明自己读唐人长诗的感受，很有见地。遂次韵和作。

岭南生木棉，茎向浩空直。

意适居闲地，法行成国植[4]。

虬根穿石中，老干置河侧[5]。

材大难量丈，天高何比尺。

1　木棉喜温暖干燥和阳光充足环境，不耐寒，稍耐湿，忌积水，耐旱，抗污染、抗风力强，深根性，速生，萌芽力强。

2　濮继龙原诗："南国有木棉，伟岸挺且直。不争风水地，随处皆可植。或在密林中，或在行人侧。立根万丛中，恨不高千尺。盛夏冠如盖，荫庇往来客。虽无霜雪苦，入秋自萧瑟。春早唤渠醒，无叶花先出。其萼大如卵，它花羞无色。姹紫何足论，嫣红方出格。熠熠满枝头，煌煌如焰赤。妍在万绿丛，炫燃独一翩。众芳争艳时，春去追不得。叶出花渐老，落地如弃物。车马碾为泥，帚驱下沟壑。英雄落寞时，委顿无人恻。花堕子健长，离蒴柔无骨。飘絮温如绵，充枕无须织。小材有小用，尽责了无饰。我叹木棉好，相知无阻隔。感君红花好，复感凌霄碧。众生皆如此，了无万全策。但求心自安，岂顾他人谪。"

3　濮继龙原序："本年初，宅家。重拾《全唐诗》以慰寂寥。经二十日，已阅其十之四。计以抗疫时日，当可完璧。唐人习诗，五古长韵系基本功。其旨不在炼句，在东拉西扯，恣意铺陈，卖弄辞藻与故识，兼习诗韵。唐人五古，动辄数十韵。蝇豆之题，有敷衍至百韵如杜甫《秋日夔府咏怀寄郑监李宾客一百韵》，刘禹锡之《游桃源一百韵》，元稹之《代曲江老人百韵》《酬翰林白学士代书一百韵》《酬乐天东南行诗一百韵》及白居易《代书诗一百韵寄微之》《和梦游春诗一百韵》《渭村退居，寄礼部崔侍郎、翰林钱舍人诗一百韵》者。唐人且以此冗长为得意，如元稹所放言'书出步虚三百韵，蕊珠文字在人间'。此固吾之不喜者也。然其凝练之功，亦不可抹。近日清晨出阁放风之时，忽见木棉顿开，姹满枝头，神为之振。以十一陌、十三职等入声韵相苟且，得五言二十二韵如题。公诸同好，不敢以求教于大家。"

4　明代冯梦龙《智囊补》："君子谓坚能用法矣，法者国之植也。"

5　《诗经·魏风·伐檀》："坎坎伐辐兮，置之河之侧兮。"

雨急当御盖，日炙酬行客。

沥胆尝甘苦，乐心调鼓瑟[1]。

众花还未醒，尔叶已先出。

无乳才孵卵，有颜能秀色。

栋梁招议论，杂树交枝格[2]。

无果不低头，有青能变赤。

株连结密丛，叶茂落轻翩。

质朴莫趋时，根深终有得。

古今方谓老，悲喜非由物[3]。

花易化春泥，叶难填欲壑。

盛衰遵四时，否泰余空恻。

不作灌乔长，宁生松柏骨。

凋零丝絮绵，怒放游人织。

行道也堪用，观光更可饰。

花无百日红，山有千重隔。

抬首白云好，俯身池水碧。

聊翻种树书，休念平戎策[4]。

无药保身安，心闲少祸谪[5]。

2020 年 3 月 12 日

---

1 《荀子·乐论》："君子以钟鼓导志，以琴瑟乐心。"

2 北周庾信《小园赋》："草树混淆，枝格相交。"

3 宋代范仲淹《岳阳楼记》："不以物喜，不以己悲。"

4 宋代辛弃疾《鹧鸪天》词："却将万字平戎策，换得东家种树书。"

5 宋代苏轼《病中游祖塔院》诗："因病得闲殊不恶，安心是药更无方。"

五律·南宁青秀山咏

在南宁青秀山游览时，看到铁树开花，心里很受触动。铁树都能开花，人间还有什么事情不会出现转机呢？遂赋诗记怀。

雨中青秀山，张伞踵相连。

苏铁一千岁[1]，人生两百年[2]。

宁为观赏物，莫恋长生天。

郁郁池边绿，随云化紫烟。

2016 年 5 月 13 日

七律·次韵周振兴（八首）

月季咏

周振兴在微信上发了一组月季花的照片并一首《咏月季》诗[3]，遂次韵和作。

花红月月[4]却喑喑[5]，不妒群芳暗吐芬。

1　苏铁，俗称铁树，最为出名的是其开花，被称为"铁树开花"。苏铁喜暖热湿润的环境，不耐寒冷，生长甚慢，寿命约 200 年。在中国南方热带及亚热带南部树龄 10 年以上的树木几乎每年开花结实，而长江流域及北方各地栽培的苏铁常终生不开花，或偶尔开花结实。

2　《毛泽东诗词十九首》公开发表之后，很多人纷纷为之做注。毛泽东对《沁园春·长沙》中的"击水"一词做了自注："击水：游泳。那时初学，盛夏水涨，几死者数，一群人终于坚持，直到隆冬，犹在江中。当时有一篇诗，都忘记了，只记得两句：自信人生二百年，会当水击三千里。"

3　周振兴原诗："人间入夏众花喑，五月衔芳汝尽芬。古道萧墙独盛郁，新园静里万千芸。无心桂冠争国色，有意娇颜润故人。欲品馨德须久日，常观蕾放更情深。"

4　月季被称为花中皇后，四季开花，一般为红色，因此被称为"月月红"。明代王象晋《群芳谱》："月季一名'长春花'，一名'月月红'……逐月开放，四时不绝。"

5　喑喑，默默的意思。

非短周期常郁郁，既多品种便芸芸[1]。

羡君四季观春色，剩我孤身念远人。

识尽风流唯丽日，盈杯[2]谁解夜犹深？

2016 年 5 月 22 日

骆驼咏

昨天，周振兴在微信上发了一首《七律·骆驼》诗[3]，遂次韵和作。

异兽从天生大漠，不哀草木不悲秋。

稳当足下开新路，致远途中涉旧流。

向日无言能负重，前途来轸可方遒[4]。

辛酸祥子[5]非模范，人力难为普度舟。

2016 年 10 月 5 日

麻将咏

周振兴从微信上发来一首《七律·麻将》诗[6]，遂次韵和作。

游戏从来皆为赌，寄生麻雀毁粮仓。

四人围坐烟云泛，一宿难眠月色长。

和者坐庄频起念，笑声灌顶易衡量。

1　月季的品种繁多，世界上已有近万种，中国有千种以上。

2　五代李珣《渔歌子·荻花秋》词："酒盈杯，书满架，名利不将心挂。"

3　周振兴原诗："苍茫深处无边漠，辽阔旻天万里秋。独涉飞沙征险路，悠行酷境尽风流。双峰忍负千钧重，一志终成世代道。傲首堪为人效范，埋头只作度难舟。"

4　《后汉书·左周黄传论》："往车虽折，而来轸方遒。"宋代程俱《借居毗陵东门（之四）》诗："前车接来轸，后椁纷相摩。"

5　祥子，老舍名著《骆驼祥子》中的主人公，职业是人力车夫。

6　周振兴原诗："闻传此术皆言赌，可溯根源出太仓。百雀偷粮须治泛，二差合计谋长。庸将较劲输赢念，智把察人信义量。笑摆风云筛过客，勘收挚友鉴贤良。"

百代光阴都是客，秉烛游夜梦辰良[1]。

2016 年 10 月 7 日

忆蓟门

周振兴从微信上发来一首《七律·次韵祖咏〈望蓟门〉[2]并国庆记怀》诗[3]，回想自己自 1988 年去北京参加工作，快要 30 年了。离开北京也很多年了，颇多感慨，遂次韵和作。

都门东望[4]寸心惊，已历卅年无所营。

街阔推车须踏雪[5]，日长伏案不求旌[6]。

中秋念母多情月，除夕值班不夜城[7]。

惭愧曾为州县吏[8]，铮铮岂可跪繁缨[9]。

2016 年 10 月 7 日

忆金陵（二首）

一

周振兴从微信发来一首《七律·丙申晚秋南京印象》诗[10]。我于前年去过一次南京，

1　唐代李白《春夜宴从弟桃李园序》："夫天地者，万物之逆旅也；光阴者，百代之过客也。而浮生若梦，为欢几何？古人秉烛夜游，良有以也。"

2　唐代祖咏《望蓟门》诗："燕台一去客心惊，笳鼓喧喧汉将营。万里寒光生积雪，三边曙色动危旌。沙场烽火连胡月，海畔云山拥蓟城。少小虽非投笔吏，论功还欲请长缨。"

3　周振兴和诗："飞鸢独上白云惊，司马台边古战营。银汉清辉寒似雪，萧枫黄叶瑟如旌。边关断路濒天月，燕岭残华伴蓟城。千载官袍宣浊吏，金戈铁马哭长缨！"

4　唐代白居易《长恨歌》："东望都门信马归，归来池苑皆依旧。"

5　20 世纪 80 年代末、90 年代初，我在北京工作期间，骑自行车上下班。冬天雪厚，自行车无法骑行，只好在某些路段推着车走。

6　我在求学的各个时期，曾经获得过各类奖状。

7　有一年除夕在单位值班，整个晚上鞭炮不断，北京城的空中到处是焰火的光亮。

8　我曾经两次在地方政府任职。清代郑板桥《潍县署中画竹呈年伯包大中丞括》诗："些小吾曹州县吏，一枝一叶总关情。"

9　繁缨，古代天子、诸侯所用辂马的带饰。繁，马腹带；缨，马颈革。《礼记·礼器》："大路繁缨一就，次路繁缨七就。"

10　周振兴原诗："冷雨微风建业行，寒云碧练过江城。六朝旧事随烟去，民国残舟逐浪倾。绿

当时的一些感受已经通过几首诗词表达了。今天读振兴兄的诗，又引发一些感想，遂次韵和作。

秋风随雨踏江行，几片寒云罩石城。

三月烟花才过去，六朝遗韵又翻倾。

秦淮河畔紫薇树，王谢堂前[1]残夜莺。

远眺钟山灯闪烁，耳边回荡怒涛声。

2016 年 10 月 23 日

二

周振兴从微信发来一首《七律·丙申晚秋南京印象（二）》诗[2]，遂次韵和作。

金陵残梦入红楼，散尽风烟又晚秋。

夫子庙前金粉树，秦淮河上彩舟流。

火烧赤壁华容路，舌战群儒忠武侯。

五丈原头无好酒，隆中对策变空谋。

2016 年 10 月 25 日

白洋淀咏

周振兴发来一首《七律·华北明珠赞》诗[3]，遂次韵和作。

雁正凌空水正秋，云帆点点向潮头。

浮天有岸山光滟，润雨无声楚客悠。

草凝茵缘老树，紫藤画壁诱新莺。秦淮十里华灯烁，秋夜霓光照酒声。"

1　唐代刘禹锡《乌衣巷》诗："旧时王谢堂前燕，飞入寻常百姓家。"

2　周振兴原诗："钟山风雨撼陵楼，千古浮华逐醉秋。玄武湖烟封碧树，紫金林岭漫苍流。退思独步平岖路，放眼唯怜胜败侯。欲效荆公沽野酒，时疑子敬误仲谋。"

3　周振兴原诗："故地重游正早秋，念怀尤切涌心头。熙阳耀映波光滟，淑气飞旋水色悠。摇曳蒹葭迎俊鹭，含羞菡苕引娇鸥。谁言北国无奇景，不让江南胜一筹。"

漠漠江湖双白鹭，飘飘南北一沙鸥[1]。

千年不改当时景，何用忧心苦运筹。

2018 年 9 月 7 日

宝剑吟

周振兴发来一首《七律·观大海兄拜谒邓公故居多帧照片共抒念怀以记》诗，遂次韵和作。

剑在匣中鸣不平，主人无故恨迟生。

淮阴钻胯[2]冲天志，勾践卧薪[3]复国情。

三次铗歌[4]缘债起，十年壮士替爷征[5]。

龙泉在手休言梦，斩尽妖魔隐姓名。

2018 年 10 月 13 日

五律·次韵周振兴（四首）

江南晚秋

前天，周振兴从微信发来一首《五律·晚秋》诗[6]，遂次韵和作。

竹简添情趣，嫦娥窥北窗。

1　唐代杜甫《旅夜书怀》诗："飘飘何所似，天地一沙鸥。"

2　典出《史记·淮阴侯列传》所载韩信受辱胯下的故事。

3　典出《史记·越王勾践世家》所载勾践卧薪尝胆的故事。

4　《战国策·齐策四》：齐人冯谖做孟尝君的门客，因待遇问题而三次弹剑而歌发牢骚。孟尝君提高了他的待遇，"于是冯谖不复歌"。后来冯谖为孟尝君谋划，营就三窟，为孟尝君手下最得力的谋士。

5　《木兰诗》："阿爷无大儿，木兰无长兄，愿为市鞍马，从此替爷征。"

6　周振兴原诗："庙老僧无趣，斜阳夕照窗。南山石屋独，北水玉鸳双。采栗层枝尽，拿云叠霭降。虚怀齐谷牝，浩气动川江。"

丽人花下独，紫燕雨中双[1]。

秋意岭南尽，朔风塞北降。

水经溪谷牝[2]，流汇自成江。

2016 年 10 月 29 日

丁香咏

周振兴从微信发来一首《五律·丁香》诗[3]，遂次韵和作。

花瓣红偏紫，清香出弱枝。

芬芳常入画，愁结可裁诗。

嗅蕊原无味，含苞别有姿。

离情输岁月，春去转秋思。

2018 年 4 月 22 日

咏鹰

周振兴从微信发来一首《五律·鹰》诗[4]，遂次韵和作。

悬崖绝壁处，雀鸟不能寻。

兔穴多非乐，弓弦响若琴。

草枯难隐物，风骤易纠心。

展翅无疆域，俯冲点点岑。

2018 年 5 月 7 日

1　宋代晏幾道《临江仙》词："落花人独立，微雨燕双飞。"

2　《礼记·易本命》："丘陵为牡，溪谷为牝。"

3　周振兴原诗："一片幽香紫，云霞染细枝。感时春作画，忍别鸟衔诗。属意耽清味，伤怀恋雅姿。风华年四月，与尔苦相思。"

4　周振兴原诗："常在苍茫处，云深影莫寻。翘凌风上乐，翩抚霭中琴。偶顾尘寰物，全知草木心。扶摇空万域，望断小崖岑。"

白洋淀咏

周振兴发来一首《五律·白洋淀放歌》诗[1]，遂次韵和作。

景是原来景，天非昔日天。

鱼衔芦苇叶，风动旅游船。

抬眼浮云去，回头碧野前。

微醺还醒目，犹记是何年。

2018 年 9 月 7 日

桂枝香·次韵周振兴同调词《白洋淀怀古》

周振兴发来一首《疏帘淡月·白洋淀怀古》词[2]，遂次韵和作。

秋风送爽，带朵朵白云，起伏如浪。

远眺燕京犹近，运河通畅。

水光潋滟西湖若，苇中荷、藕香花放。

夕阳山色，渔歌鹭舞，四周平旷。

望中原遐思荡漾，念故国神游，几多惆怅。

跃马平川沼泽，翼张龙亢。

古今无数兴亡事，惹英豪、生死流宕。

1　周振兴原诗："又见苍茫景，渔歌响碧天。荷风摇细叶，苇浪掩轻船。孤鹜悠然去，群鸥
自在前。老翁舒远目，一望越千年。"

2　周振兴原词："秋高气爽，正浩碧白云，微滟轻浪。舒目平湖远近，惠风和畅。扁舟一叶
游仙若，渡馨荷、鹭惊鸥放。水光天色，菱歌苇舞，意飞神旷。　更惹我遐思漫漾。昔携侣曾游，
年少惆怅。望断汪洋大泽，壮怀弥亢。梦回燕赵千秋事，念中华、谁主升宕？汉星秦月，唐风宋
韵，已成神往！"

188

一轮明月，两行诗韵，你来他往。

2018 年 9 月 9 日

七律·洛阳景观（二首）

龙门石窟

借大学同学在河南郑州聚会之际，游览了洛阳龙门石窟和白马寺。遂赋诗记咏。

洛都山水首龙门，伊阙[1]佛龛无主人。

未进白园[2]留憾事，却听靓妹诉奇闻。

香山寺[3]里皇家愿，琵琶峰[4]头天外云。

武曌豪捐脂粉费[5]，皆为浣女洗沙金[6]。

2016 年 8 月 6 日

白马寺

鸿胪寺里沐佛光，白马驮经到洛阳[7]。

1　龙门是洛阳南面的天然门户，这里两岸香山、龙门山对立，伊水中流，远望就像天然的门阙一样。因此自春秋战国以来，这里就获得了一个形象化的称谓——伊阙。隋炀帝都洛阳，因皇宫大门正对伊阙，古代帝王又以真龙天子自居，因此得名"龙门"，沿用至今。

2　白园是洛阳龙门石窟景区内，一处为纪念唐代文豪白居易而修建的人文自然胜景。我们这次由于时间紧而未能入园参观，只能在参观途中听漂亮的女导游介绍里面的情况。

3　龙门香山寺位于洛阳城南 13 公里处的香山西坳，紧邻龙门石窟。白居易曾捐资六七十万贯，重修香山寺，并撰《修香山寺记》，寺名大振。

4　白园坐落于龙门东山琵琶峰上，这里东西两山对峙，伊河由南向北穿山而过。

5　武则天称帝时重修香山寺，并常来此游幸，御香山寺中石楼坐朝，留下了"香山赋诗夺锦袍"的佳话。

6　唐代刘禹锡《杂曲歌辞·浪淘沙》诗："日照澄洲江雾开，淘金女伴满江隈。美人首饰侯王印，尽是沙中浪底来。"

7　东汉永平十年（67 年），两位印度高僧与东汉使者一道，用白马驮载佛经、佛像来到洛阳。汉明帝刘庄（光武帝刘秀之子）见到佛经、佛像，十分高兴，对两位高僧极为礼重，亲自予以

189

西域高僧才布道，东都古刹便开张。

君王一梦[1]千年事，庭院山门百姓殃。

做法难弥功德浅，当年台井记兴亡[2]。

七律·留园偶感

大前天晚上，与刘开新、游雁凌和李阳在上海闵行区留园饭馆吃饭。当时有一些感想，今天整理成一首完整的诗。

日月星辰不护私，横江一苇[3]有谁知。

天长寂寂传天籁，酒满悠悠覆酒卮。

命弱由来成借口，运强最好做谦辞。

山川河岳钟奇气[4]，雨啸风呼尽是诗。

2016 年 9 月 25 日

五律·戏咏重庆长江

昨晚在长江边散步，看到对岸"朝天门"三字和岸堤上明显的水位痕迹。江水浑

接待，并安排他们在当时负责外交事务的官署"鸿胪寺"暂住。第二年，汉明帝敕令在洛阳西雍门外三里御道北兴建僧院。为纪念白马驮经，取名"白马寺"。"寺"字即源于"鸿胪寺"之"寺"字，后来"寺"字便成了中国寺院的一种泛称。

1　东汉永平七年（公元 64 年），汉明帝刘庄夜宿南宫，梦见一个身高六丈、头顶放光的金人自西方而来，在殿庭飞绕。次日晨，刘庄将此梦告诉大臣们，博士傅毅启奏，西方有神，称为佛，就像梦到的那样。汉明帝听罢大喜，派大臣蔡音、秦景等十余人出使西域，拜求佛经、佛法。

2　白马寺的寺址从未迁动过，因而汉时的台、井仍依稀可见。

3　宋代苏轼《赤壁赋》："白露横江，水光接天。纵一苇之所如，凌万顷之茫然。"

4　毛泽东《七古·送纵宇一郎东行》诗："年少峥嵘屈贾才，山川奇气曾钟此。"

190

浊，没有清流之状，遂生出一些感慨而咏诗记怀。

两江汹涌水，交汇朝天门。

燥热行人汗，微风堤岸痕[1]。

巫山不见雨，神女或乘云。

莫问三峡事，断流伤妾心。

2018 年 6 月 26 日

七律·咏菊兼和陈万斌

陈万斌发来一首《题同人盂冬深圳菊花摄影》诗[2]，遂次韵和作。

此花开尽更无花[3]，韵味天生入万家。

陶令采它心近暮[4]，黄巢咏尔意分瓜[5]。

东篱墙下清香酒，会稽山前黄蕊茶。

傲世孤标忠烈胆，携壶对月酌流霞。

2018 年 12 月 2 日

1　江水水位低落，可以看到堤岸上高于水面数米的印痕。

2　陈万斌原诗："不飞黄叶绽黄花，禹甸尧封只此家。一绿朝朝兼暮暮，多花色色尽瓜瓜。菊杯在手谁斟酒？陶令扶头只赌茶。不等梅花先放胆，镜中赢得脸添霞。"

3　唐代元稹《菊花》诗："不是花中偏爱菊，此花开尽更无花。"

4　晋代陶渊明《饮酒》诗（其五）："采菊东篱下，悠然见南山。"

5　唐代黄巢《题菊花》诗："他年我若为青帝，报予桃花一处开。"《不第后赋菊》诗："待到秋来九月八，我花开尽百花杀。冲天香阵透长安，满城尽带黄金甲。"

节日篇

七律·清明感怀（二首）

今天上坟之后心情特别低落。想到去年父亲还在，今后却永远也见不到了。遂赋诗记怀。读宋代高翥《清明》诗[1]，又次韵和作。

一

又是清明雨打尘，稀疏荒草岭头风。

上坟心痛千行泪，临纸情哀万点星。

一载离愁凝块垒[2]，终生遗恨入沧溟[3]。

先君若解相思苦，梦里回家伴月升。

二

墓地成园如祖田，亲人祭奠更凄然。

树冠枝密栖蝴蝶，旷野草低悲杜鹃。

香火迎风燃岭上，纸灰和泪落胸前。

恓惶兄弟争相醉，今夜通神梦九泉。

2016 年 4 月 3 日

1　高翥原诗："南北山头多墓田，清明祭扫各纷然。纸灰飞作白蝴蝶，泪血染成红杜鹃。日落狐狸眠冢上，夜归儿女笑灯前。人生有酒须当醉，一滴何曾到九泉。"

2　宋代刘弇《莆田杂诗》（十六）："赖足樽中物，时将块垒浇。"清代蒲松龄《聊斋志异·仙人岛》："一身剩有须眉在，小饮能令块垒消。"

3　唐代元稹《侠客行》："此客此心师海鲸，海鲸露背横沧溟。"清代陈梦雷《登劣崛峰》诗（之二）："泉归洞壑声闻静，天入沧溟法界空。"

194

五律·五四青年节感怀

今天是五四青年节，收到徐福顺发来的微信："心中存阳光，脚下生力量。"他似乎是在练习书法，为退休做准备了。遂赋诗记怀。

五四再回眸，光阴几度秋。

岁新人已老，春去水还流。

德赛[1]非残梦，兴衰系楚囚[2]。

眼前何所现？海浪戏沙鸥[3]。

2016年5月4日

七律·亲属聚会暨端午节感怀

此次回老家探亲，每天都与亲属聚会，感受到浓浓的亲情，尤其是姥爷已经90岁了，每次都参加，真是整个家族的福气。遂赋诗记怀。

少年识尽愁滋味[4]，半百沧桑捧寿星。

寄语贤侄追往事，聆听长辈叹飘零。

晚生有幸能圆梦，老树无由不护庭。

先父已随白鹤去，唯余忠孝好家风。

2016年6月8日

1　五四运动期间，热血青年打出了"民主（音译为德莫克拉西）"和"科学（音译为赛因斯）"的旗帜，简称"德先生"和"赛先生"。

2　楚囚，本指春秋时被俘到晋国的楚国人钟仪，后用来借指被囚禁的人，也比喻处境窘迫、无计可施的人。

3　这天，我正在大连，从车窗望出去，海岸边有鸟飞翔，设想它们是沙鸥吧。

4　宋代辛弃疾《丑奴儿·书博山道中壁》词："少年不识愁滋味，爱上层楼。爱上层楼，为赋新词强说愁。"

五律·立秋兼和刘开新

昨天，刘开新在微信上发了一首诗[1]，遂次韵和作。

暴雨台风后，新凉又一秋。

云传织女意，月上柳梢头[2]。

赘肉无端减，痴心未肯休。

何时百姓乐？腐物被天收。

2016年8月8日

沁园春·中秋感怀次韵毛泽东同调词《长沙》

今天从北京乘飞机回包头。今天是毛泽东忌辰，在北京机场候机时在网上读他的《沁园春·长沙》词[3]。我这次是回故乡陪母亲过中秋节，人生际遇不同，但很多时候的心境是一样的。遂次韵和作。

转眼中秋，故土重回，老母白头。

仍草丰绿遍，树高叶染；

轩窗景透，街市车流。

卧室成空，酒瓶尽底，思念先翁无理由。

心犹廓，纵经天纬地，月隐云浮。

1　刘开新原诗："一夜新雨后，人道是立秋。滴滴催凉意，点点上心头。暑热声浪减，老虎气焰休。百姓千门乐，打鼓庆丰收。"

2　宋代欧阳修《生查子》词："月上柳梢头，人约黄昏后。"

3　毛泽东原词："独立寒秋，湘江北去，橘子洲头。看万山红遍，层林尽染；漫江碧透，百舸争流。鹰击长空，鱼翔浅底，万类霜天竞自由。怅寥廓，问苍茫大地，谁主沉浮？　携来百侣曾游，忆往昔峥嵘岁月稠。恰同学少年，风华正茂；书生意气，挥斥方遒。指点江山，激扬文字，粪土当年万户侯。曾记否，到中流击水，浪遏飞舟！"

非为游子闲游，苦中乐汤咸酸菜稠。

有寿长君子，德音是茂[1]；

情深浩气，壮志凝遒。

悟道千山，平戎万字[2]，多少衣冠只沐猴[3]。

休轻否，濯足黄河水[4]，再送行舟。

2016 年 9 月 9 日

七律·次韵周振兴（四首）

丙申中秋

周振兴在微信上发了一首《七律·丙申八月十六日独酌君山》诗[5]，遂次韵和作。

深秋燕赵飘秋雨，正好夜阑听月光。

君在都城排寂寞，我于塞外探幽茫。

微言大义应传续，子曰诗云要发扬。

背上行囊千万里，心牵老母念家乡。

2016 年 9 月 16 日

1　《诗经·小雅·南山有台》："乐只君子，邦家之基；乐只君子，德音是茂。"

2　宋代辛弃疾《鹧鸪天》词："却将万字平戎策，换得东家种树书。"

3　《史记·项羽本纪》："项王见秦宫室皆以烧残破，又心怀思欲东归，曰：'富贵不归故乡，如衣绣夜行，谁知之者！'说者曰：'人言楚人沐猴而冠耳，果然。'项王闻之，烹说者。"宋代苏轼《锦溪》诗："楚人休笑沐猴冠，越俗徒夸瓮牖贤。"

4　《楚辞·渔父》："沧浪之水清兮，可以濯吾缨；沧浪之水浊兮，可以濯吾足。"

5　周振兴原诗："中秋月夜飞潇雨，是日无缘桂阙光。菡萏开忧昭岁寞，玉簪闭蕊入秋茫。杜公八首无人续，苏子孤词乏众扬。独自倾觞思故里，萱堂盼我早还乡。"

丙申重阳

昨天，周振兴在微信上发了一首《七律·次韵杜少陵〈秋兴八首之四〉[1]兼记丙申重阳节》诗[2]，遂次韵和作。

人生本就一盘棋，胜败如常不用悲。

动静方圆[3]心做主，黑白薄厚眼及时。

来天妙手春雷震，弃子活形骏马驰。

终了收官情境冷，复盘何必再冥思。

2016年10月10日

丁酉清明

周振兴从微信发来一首《七律·丁酉寒食节暴食有思》诗，遂次韵和作。

昨夜梦长逛九州，醒来醉卧杏花楼。

归心可渡桑乾水[4]，尽力无关魁父丘[5]。

大圣腾云云变乱，佳人赏月月增稠。

当年铁马冰河梦[6]，徒费豪情鬓染秋。

2017年4月3日

1　唐代杜甫原诗："闻道长安似弈棋，百年世事不胜悲。王侯第宅皆新主，文武衣冠异昔时。直北关山金鼓震，征西车马羽书驰。鱼龙寂寞秋江冷，故国平居有所思。"

2　周振兴和诗："一世浮生似练棋，三成偶胜不伤悲。贫寒独自为心主，寞寂孤矜向志时。聚目纵观雷电震，宁神远望乱云驰。收官莫憾人情冷，洒遍苍茫是见思。"

3　《新唐书·李泌传》："（李）泌既至，帝（唐玄宗）方与燕国公张说观弈，因使说试其能。说请赋'方圆动静'，泌逡巡曰：'愿闻其略。'说因曰：'方如棋局，圆若棋子，动若棋生，静若棋死。'泌即答曰：'方若行义，圆若用智，动若骋材，静若得意。'"

4　唐代刘皂《旅次朔方》诗："客舍并州已十霜，归心日夜忆咸阳。无端更渡桑乾水，却望并州是故乡。"

5　《列子·汤问》："以君之力，曾不能损魁父之丘，如太行、王屋何？"

6　宋代陆游《十一月四日风雨大作》诗："夜阑卧听风吹雨，铁马冰河入梦来。"

丁酉立春

周振兴发来一首《次韵王阳明〈七律·龙江留别之一〉》诗[2]，遂次韵和作而相赠。

后人莫要笑前朝，汤药原汁未见超。

百善孝先天不负，一勤心定祸难招。

薄衣有缝寒风满，老马无求长路遥。

踏破关山豪气在，封神何用火龙标[3]。

2018 年 2 月 7 日

五律·次韵周振兴（四首）

丁酉初四

今天是大年正月初四，周振兴从微信发来一首《五律·丁酉初一记怀》诗[4]，遂次韵和作。

明月上高楼，遥相念九州。

渡江不恨水，化雪即成流。

击剑何能以，挥毫未肯休。

闻鸡应早起，岂是恶声由[5]。

2017 年 1 月 30 日

1　王阳明原诗："无补涓埃愧圣朝，漫将投笔拟班超。论交义重能相负，惜别情多屡见招。地入风尘兵甲满，云深湖海梦魂遥。庙堂长策诸公在，铜柱何年折旧标。"

2　周振兴和诗："默问心中可奉朝，披云戴月与谁超？凭诚笃义无相负，至念忠仁信出招。行事不关名利满，为人岂重誉非遥。清风拂过微波在，独爱芝兰作目标。"

3　火龙标，《封神演义》中潼关守将陈桐的武器。

4　周振兴原诗："金风渡阙楼，焰映古幽州。拒马疏清水，石桥越浊流。年华从壮以，月美过阑休。既老闻鸡起，观天悟象由。"

5　《晋书·祖逖传》："中夜闻荒鸡鸣，蹴琨觉，曰：'此非恶声也。'因起舞。"

寒露

周振兴从微信发来一首《五律·寒露随笔》诗[1]，遂次韵和作。

长天亘古月，最贵是中秋。

相见恨其晚[2]，遥思怀乃愁[3]。

夜深灯愈灿，酒少兴还幽。

得失皆随意，心灵返自由。

2017 年 10 月 10 日

丁酉立春

周振兴发来一首《五律·立春随笔》诗[4]。晚上参加校友聚会，其中一位是江西九江人，想起王勃写《滕王阁序》时的盛况，遂次韵和作而相赠。

心纯能致理[5]，非智祸将然[6]。

长夜恒多梦，深情愈少眠。

凿穿大庾岭[7]，望断五津烟[8]。

孤鹜单飞日，唯余秋水涟[9]。

2018 年 2 月 7 日

1　周振兴原诗："碧云天寂月，黄叶地清秋。岁入桑榆晚，情随爱恨愁。岂怜华焰灿，更享冷辉幽。雁去无留意，新醅始醉由。"

2　《史记·平津侯主父列传》："天子召见三人，谓曰：'公等皆安在？何相见之晚也。'"

3　《楚辞·远游》："步徙倚而遥思兮，怊惝恍而乖怀。"

4　周振兴原诗："生机因物理，道法御天然。草木苏沉梦，山川醒寂眠。飞莺旋黛岭，骁骥绝苍烟。更待开河日，寒燕水自涟。"

5　《资治通鉴·唐文宗开成五年》："致理之要，在于辨君臣之邪正。"

6　《汉书·贾谊传》："凡人之智，能见已然，不能见将然。"

7　公元 675 年，王勃赴交趾（今越南）省亲时经过广州，到访宝庄严寺（今六榕寺），作了《广州宝庄严寺舍利塔碑》文。

8　唐代王勃《送杜少府之任蜀州》诗："城阙辅三秦，风烟望五津。"

9　唐代王勃《滕王阁序》："落霞与孤鹜齐飞，秋水共长天一色。"

戊戌新春

周振兴发来一首《五律·家乡过年感怀》诗[1]，遂次韵和作。

昔闻安定楼[2]，今念古涿州[3]。

结义千年事[4]，流芳万古秋。

卢沟逢晓月，易水映明眸[5]。

一场人生梦，谁能不到头！

2018 年 2 月 16 日

七律·中国广核集团成立二十二周年

今天，中国广核集团欢庆集团成立 22 周年，遂赋诗记怀。

革故鼎新忆邓公[6]，先驱探险靠员工。

争来政策筹资本[7]，派出精英下苦功[8]。

确保安全守底线，提升质量弃中庸[9]。

1　周振兴原诗："灯火映千楼，云烟漫古州。遥回年少事，更忆岁华秋。竹马迷离月，孤鹰远望眸。匆如一惊梦，已是霜满头。"

2　此处指唐代李商隐的《安定城楼》诗。

3　周振兴的老家是河北涿州。

4　《三国演义》中描写的刘备、关羽和张飞"桃园结义"的典故，就发生在涿州。

5　卢沟桥与易水河都是燕赵大地上具有历史标志性和厚重感的重要景物。

6　邓小平生前对广东核电予以了特殊的支持。1984 年，邓小平指示："深圳要办好两件事，一是建设核电站，二是办好深圳大学，深圳核电站的同志要加倍努力，把工作做好！"1986 年，香港发生反核风波，邓小平的态度很坚定："让他们闹去吧，不能改变。"

7　大亚湾核电站靠国家的政策支持，同时通过国际财团进行融资建设。

8　当时，中方派遣青年员工到法国和英国学习核电站的运行和管理知识，这些人被称为"黄金人"，就是国家为每一个人所花的钱能够以同等价值的黄金打造与本人一样大小的金人。

9　核电站从建设到运行、维修的各个环节，始终坚持"安全第一、质量第一"的方针。

成熟岂靠增年纪，文化生根不老松。

2016 年 9 月 29 日

五律·重阳节思父

今天是重阳节，读清代顾炎武《酬王处士九日见怀之作》诗[1]，愈加思念父亲，遂次韵和作。

人与年同老，相思无际涯。
孤身喝闷酒，举国赏菊花。
借取乾坤胆，采撷日月华。
又闻鸿雁讯，嘱我早还家。

2016 年 10 月 9 日

虞美人·立春日次韵宋代黄庭坚同调词

读宋代黄庭坚《虞美人·宜州见梅作》词[2]，遂次韵和作。

春风有义捎来信，花季将临近。
雪消塞外雨迟迟，南粤红梅缀满向阳枝。

光阴流转仙人妒，难把春留住。
山川从不怕春深，总是轮回天地有恒心[3]。

2017 年 2 月 3 日

1　顾炎武原诗："是日惊秋老，相望各一涯。离怀消浊酒，愁眼见黄花。天地存肝胆，江山阅鬓华。多蒙千里讯，逐客已无家。"

2　黄庭坚原词："天涯也有江南信，梅破知春近。夜阑风细得香迟，不道晓来开遍向南枝。　玉台弄粉花应妒，飘到眉心住。平生个里愿怀深，去国十年老尽少年心。"

3　《孟子·梁惠王上》："苟无恒心，放辟邪侈，无不为已。"《晋书·丁潭传》："在官者无苟且，居下者有恒心。"

减字木兰花·立春日次韵宋代苏轼同调词

读宋代苏轼《减字木兰花·立春》词[1]，遂次韵和作。

声声爆仗，炸响春雷头顶上。

不必诗工，红色春联比酒红。

佛光殊胜[2]，普度众生长梦醒。

意念无涯，花费金钱换礼花。

2017 年 2 月 4 日

五律·清明节次韵宋代杨万里《寒食上冢》

晚上，读宋代杨万里《寒食上冢》诗[3]，遂次韵和作。

塞外风沙细，沿河垂柳扶。

莫言思念淡，常恨旅行孤。

祭典清明又，转蓬兴致无。

纸灰寄饮食，夜短梦惊余。

2017 年 4 月 2 日

1　苏轼原词："春牛春杖，无限春风来海上。便与春工，染得桃红似肉红。　春幡春胜，一阵春风吹酒醒。不似天涯，卷起杨花似雪花。"

2　宋代朱熹《念奴娇》词："天然殊胜，不关风露冰雪。"

3　杨万里原诗："径直夫何细，桥危可免扶？远山枫外淡，破屋麦边孤。宿草春风又，新阡去岁无。梨花自寒食，进节只愁余。"

203

七律·中国海军节咏

　　今天是中国海军节，网上纷纷猜测中国自己制造的第一艘航母可能下水，但实际上没有下水。无论如何，中国可以自己制造航母，实在是一件了不起的大事，遂赋诗记怀。

> 昔日艰危异域豺，船坚炮利任他来。
>
> 增捐加税黎民苦，有海无防国事哀。
>
> 潜艇鱼雷深水伴，飞机航母碧波开。
>
> 踏平巨浪经风雨，护我神州永免灾。

2017 年 4 月 23 日

五律·小年夜次韵宋代文天祥同题诗（二首）

　　今天是北方小年夜（腊月二十三），在网上读到文天祥的两首《小年》诗[1]，这两首诗写于小年时的燕京（现北京市），是文天祥兵败被俘后英勇就义的地方。文天祥在节日中的百感交集、对家乡的思念、视死如归的决心，在这两首诗中一览无遗。遂次韵和作。

一

> 故乡才岁腊，南粤又新年。
>
> 常忆祖孙乐，独思父子缘。
>
> 青山披白雪，骏马啸长天。
>
> 不见旧城廓，茫茫复自然。

　　1　文天祥原诗："燕朔逢穷腊，江南拜小年。岁时生处乐，身世死为缘。鸦噪千山雪，鸿飞万里天。出门意寥廓，四顾但茫然。""壮心负光岳，病质落幽燕。春节前三日，江乡正小年。岁时如有水，风俗不同天。家庙荒苔滑，谁人烧纸钱。"

二

国破思韩岳[1]，荆轲别赵燕。

江南离暖日，塞北遇寒年。

迫渡黄河水，难归大宋天。

崖山末路滑[2]，无处铸铜钱。

2017 年 1 月 20 日

鹧鸪天·丁酉元宵夜次韵宋代姜夔同调词

今天在丹霞山过元宵夜，晚上在房间读宋代姜夔同调词《鹧鸪天·元夕有所梦》词[3]，遂次韵和作。

心愿坚贞何所期？虔诚求子慰相思。

千呼先父仙人见，一唱雄鸡众鸟啼。

春吐绿，柳抽丝，家和如药治伤悲。

丹霞寂静元宵夜，或许南华佛已知。

2017 年 2 月 10 日

1　韩岳，指南宋抗金名将韩世忠和岳飞。

2　崖山位于今广东江门市新会区南约 50 公里的崖门镇。崖山海战是宋元之间的决战，最后元军以少胜多，宋军全军覆灭，陆秀夫背着少帝赵昺投海自尽，许多忠臣追随其后，10 万军民跳海殉国。此次战役之后，中国第一次整体被北方游牧民族所征服。南宋的灭亡标志着中国古典时代的终结，部分人认为这场海战标志着古典意义上的华夏文明的衰败与陨落，遂有"崖山之后无华夏"的说法。

3　姜夔原词："肥水东流无尽期。当初不合种相思。梦中未比丹青见，暗里忽惊山鸟啼。　春未绿，鬓先丝。人间别久不成悲。谁教岁岁红莲夜，两处沈吟各自知。"

五律·丁酉元宵夜次韵唐代卢照邻《十五夜观灯》

今天在丹霞山过元宵夜，晚上在房间读唐代卢照邻《十五夜观灯》诗[1]，遂次韵和作。

粤北农家宴，丹霞忆旧年。

佛光铺满地，父爱阔如天。

赶路汗珠落，攀崖娇女悬[2]。

而今求子笑，还愿立春前。

2017 年 2 月 10 日

七律·丁酉端午有怀

今天是端午节，收到林田生的一首《屈原》诗[3]，遂赋诗记怀。

纵身一跳汨罗江，端午年年飘粽香。

祭祖有心风叱咤，问天无语意彷徨。

追思往圣非佳节，留恋今宵是梦乡。

多少诗情多少泪，乾坤朗朗水茫茫。

2017 年 5 月 30 日

---

1 卢照邻原诗："锦里开芳宴，兰红艳早年。缛彩遥分地，繁光远缀天。接汉疑星落，依楼似月悬。别有千金笑，来映九枝前。"

2 女儿小时候，有一次去丹霞山，上下山的台阶很陡，我和各海滨轮流用胳膊夹着她走，她在我们的胳膊下也不害怕，只是嘴里发出吭哧吭哧的声音。

3 林田生原诗："假如没有那纵身一跃 / 《离骚》也好，《九歌》也罢 / 也许早已失传 / 绝望的寄望 / 幸好跳出一个永恒的端午 / 那端午的粽子 / 软软绵绵的香气 / 从汨罗江清流飘过 / 祭祀千秋的骨气。"

五律 · 次韵南北朝魏收《午日咏岭外风土》

今天是端午节。晚上，林田生发来南北朝著《魏书》的史学家、文学家魏收的一首《午日咏岭外风土》诗[1]，并要我和作一首。遂次韵和作。

端午登高毕，美人香草[2]闻。

树幽栖倦鸟，山远聚浮云。

天地无形字，乾坤有用文。

神州分县郡，治乱只由君[3]。

2017 年 5 月 30 日

水调歌头 · 建军九十周年断想

早上起床后，打开电视机，观看在四子王旗朱日和训练场举行的阅兵式。遂填词记怀。

故郡洪都府，旧址豫章楼[4]。

滕王阁上南望，湘赣正秋收[5]。

1　魏收原诗："麦凉殊未毕，啁鸣早欲闻。喧林尚黄鸟，浮天已白云。辟兵书鬼字，神印题灵文。因想苍梧郡，兹日祀陈君。"

2　汉代王逸《离骚经序》："《离骚》之文，依《诗》取兴，引类譬喻，故善鸟、香草，以配忠贞……灵修、美人，以譬于君。"

3　郡县制，中国古代继宗法血缘分封制度之后出现的以郡统县的两级地方行政制度，是中央垂直管理下官员由君主直接任免的流官任期制，标志着官僚政治取代血缘政治，是中国由贵族封建制度走向君主专制制度的象征。

4　唐代王勃《滕王阁序》："豫章故郡，洪都新府。"这里借指中国人民解放军诞生于 1927 年 8 月 1 日的江西南昌起义。

5　秋收起义，是毛泽东于 1927 年在湖南东部和江西西部领导的工农革命军（即红军）举行

曾是农奴黑手，誓要推翻霸主[1]，

铁戟裹红绸。

坚守黄洋界，"围剿"付东流[2]。

南瓜羹，红米饭，与民谋。

雪山草地艰险，陕北在前头。

抗日中流砥柱，抗美挺身亮剑，

敌忾誓同仇。

子弟兵威武，胆气护神州。

2017 年 7 月 30 日

五律·抗战胜利纪念日记怀

今天是中国人民抗日战争胜利纪念日，遂赋诗记怀。

国破山河在[3]，黎民疾苦深。

阋墙兄弟泪[4]，雪耻华夏孙。

白发催人老，红霞换日新。

还巢清鹤梦[5]，身后海天云。

2017 年 8 月 15 日

的一次武装起义，它是继南昌起义之后，中国共产党领导的又一次著名的武装起义，是中共党史军史上的三大起义之一。

1　毛泽东《七律·到韶山》诗："红旗卷起农奴戟，黑手高悬霸主鞭。"

2　毛泽东《西江月·井冈山》词："黄洋界上炮声隆，报道敌军宵遁。"

3　唐代杜甫《春望》诗："国破山河在，城春草木深。"

4　《诗经·小雅·棠棣》："兄弟阋于墙，外御其侮。"

5　唐代司空图《与李生论诗书》诗："地凉清鹤梦，林静肃僧仪。"

七律·次韵陈万斌（六首）

秋思

林田生发来一首陈万斌先生的《儿时故园平芜秋野》诗[1]，遂次韵和作。

闲来觅句胜于无，聊补才拙灵感枯。

只盼天凉秋最好[2]，不思任重力悬殊[3]。

当空明月嫦娥地，活水涟漪[4]西子湖。

塞北流云徒自远，南冠空戴[5]学栽菰。

2016 年 8 月 20 日

新年感怀

昨天收到陈万斌发来的四首《2018 年元旦试笔》诗，我对第四首[6]有一些感悟，遂次韵和作。

高山大海有岑涯，秋水拘虚井底蛙[7]。

爵禄终成摧命索，孔方[8]常似套身枷。

佛言世界无多色，谁识恒河几许沙[9]。

1　陈万斌原诗："黄花点点有还无，旷野秋来叶渐枯。莲子收时风正好，竹鞭摇处月尤殊。未飘白雪银铺地，为配黄金练舞湖。万井炊烟诗意远，点睛须画几蒲菰。"

2　宋代辛弃疾《丑奴儿·书博山道中壁》词："欲说还休，却道天凉好个秋。"

3　清代林则徐《赴戍登程口占示家人》诗："力微任重久神疲，再竭衰庸定不支。"

4　《诗经·魏风·伐檀》："坎坎伐檀兮，置之河之干兮，河水清且涟漪。"

5　唐代赵嘏《长安秋望》诗："鲈鱼正美不归去，空戴南冠学楚囚。"

6　陈万斌原诗："不伏东风绿海涯，封侯骨相莫轻嗟。谢恩常见施恩索，作法终为乱法枷。何处新年新气色，几家旧岁旧风沙。聪明总被天辜负，赢输谁能理乱麻？"

7　《庄子·秋水》："井蛙不可以语于海者，拘于虚也。"

8　古代在铸造铜钱时为了方便细加工，常将铜钱穿在一根棒上，为了在加工时铜钱不乱转，所以将铜钱当中开成方孔。

9　恒河，南亚大河。恒河沙，为佛教用语，比喻数量多到像恒河里的沙子那样无法计算。《金刚经·无为福胜分第十一》："以七宝满尔所恒河沙数三千大世界，以用布施。"

至乐读书天不负，闲余把酒话桑麻。

2018 年 1 月 1 日

小寒感怀（二首）

今天是小寒节气，收到陈万斌从微信发来的两首《小寒后一日晨起》诗[1]，遂次韵和作。

一

家乡大雪正隆冬，户户牛羊满圈栊。

塞北深秋先送雨，江南半夜恰来风。

洛阳闹市丝缠树[2]，东海重渊水潜龙[3]。

不问苍生席地坐[4]，胸罗百万[5]也难通。

二

菱歌彻夜敬嘉宾，驿外断桥[6]鸡报晨。

六角玉龙飞不乱，一株嫩蕊绽犹新。

花姿素裹白如雪，香味浓缩艳似春。

枝瘦檀轻无限恨[7]，痴心长附岭南身。

2018 年 1 月 6 日

1　陈万斌原诗："一觉醒来不恨冬，难遮清净笑帘栊。滴檐相似江南雨，惊梦无如岭北风。翠色新鲜纷压树，絮云杂乱欲腾龙。闲身无事窗前坐，便觉诸天爽气通。""一夜风来肯作宾，长陪斜雨到清晨。寻常草木窗前乱，尺五楼台晓后新。微信频传江北雪，轻裘免着岭南春。缘何添得诗人恨，岭上梅花寂寞身。"

2　《资治通鉴·隋纪五》记载，隋炀帝大业六年，邀请外国人进入都城洛阳做生意，酒店不收这些人的钱，理由是"中国丰饶，酒食例不取直"。有人在街上看到用丝绸缠树，就说："中国亦有贫者，衣不盖形，何如以此物与之，缠树何为？"

3　《后汉书·马融传》："聘畎亩之群雅，宗重渊之潜龙。"清代顾炎武《送李生南归寄戴笠王锡阐二高士》诗："潜龙犹在水，别鹤已来秦。"

4　唐代李商隐《贾生》诗："可怜夜半虚前席，不问苍生问鬼神。"

5　毛泽东《咏贾谊》诗："胸罗文章兵百万，胆照华国树千台。"

6　宋代陆游《卜算子·咏梅》词："驿外断桥边，寂寞开无主。"

7　宋代李清照《临江仙》词："玉瘦檀轻无限恨，南楼羌管休吹。"

戊戌立春（二首）

今天是立春日，陈万斌从微信发来两首《戊戌立春》诗[1]，遂次韵和作。将和诗发微信朋友圈，周振兴发来一首《同韵和殷公〈七律·戊戌立春有怀兼和友人〉》诗[2]。

一

立春登上旧时楼，红日黄河一望收。

万里长城难聚首，千年大树只摇头。

贾生垂泪虚行止，王粲流连废远游[3]。

多少江湖堂庙事，徒增白发不消愁。

二

离离原上草轮回[4]，岁岁身躯化作灰。

冬雪三藏先遁去，春风一起又重来。

且珍热血浇忠骨，不负天公降逸才。

甲子双逢人运动，无关永乐避嚚埃[5]。

2018 年 2 月 4 日

1　陈万斌原诗："凄凉感旧怕登楼，大地冬氛不肯收。谁省丁年谋岁首？重逢甲子叹城头。今朝何处堪投止，异域当时任漫游。尽毁昆仑百年事，东风来值更添愁。""关河底处感春回，甲子双逢剩劫灰。不见冰霜消失去，皆期草木衍繁来。梅花空负骄人骨，桃木难胜打鬼才。岁始龙蛇应有动，春风吹处起尘埃。"

2　周振兴和诗："水上春风拂阑楼，远山朔色目中收。而今百草将元化，从此千芳始露头。屈子滋兰偕树蕙，东坡垦野并云游。该当步出斋门去，且效荆公不复愁。"

3　贾生，西汉人贾谊。《史记·贾生传》："贾生……年少，颇通诸子百家之书。文帝召以为博士……一岁中至太中大夫。"贾谊因此"数上书陈政事，多所欲匡建"，但汉文帝并未采纳他的建议。后来他呕血而亡，年仅33岁。王粲，东汉末年人，建安七子之一。《三国志·魏书·王粲传》载：王粲年轻时曾流寓荆州，依附刘表，但并不得志。他曾于春日作《登楼赋》，其中有句云："虽信美而非吾土兮，曾何足以少留？"唐代李商隐《安定城楼》诗："贾生年少虚垂泪，王粲春来更远游。"

4　唐代白居易《赋得古原草送别》诗："离离原上草，一岁一枯荣。野火烧不尽，春风吹又生。"

5　《魏书·穆崇传》："役夫既至，兴功有日。今欲徙居永乐，以避嚚埃。"

五律·戊戌除夕夜

除夕夜未央，稚子换新装。

水饺藏金币[1]，瓷瓶储玉浆。

一生嫌岁短，千里念家长。

又到春耕季，不知谁正忙。

2018 年 2 月 15 日

七律·戊戌除岁（二首）

一

读史不嫌黍夜长，书中凝固旧时光。

豪门总计千秋富，百姓唯求一斗粮。

禹舜唐尧标典范，秦砖汉瓦刻堂皇。

轮回四季春归早，还把他乡作故乡。

二

焚香祭祖世相传，祈盼祥和兼问安。

举国欢心听爆竹，一家喜色看杯盘。

未婚晚辈收红利，故去亲人接纸钱。

岁岁年年皆似此，习俗犹可护家园。

2018 年 2 月 17 日

1　老家过年的习俗，在饺子里包一枚硬币。大年初一早上，谁要是吃出这枚硬币，就说明谁有福气。

212

永遇乐·戊戌元宵节次韵宋代李清照兼和周振兴

昨天，周振兴发来一首《永遇乐·次韵李易安〈落日熔金〉[1] 兼感怀戊戌元宵节》词[2]，今天在机场和飞机上次韵和作。

> 即使掏金，不如完璧，危境能处。
>
> 易水愁浓[3]，章台树怨[4]，国运凭谁许？
>
> 相如持节，廉颇敛气，联手荡平风雨。
>
> 渑池召、将军策马，刎颈相交佳侣[5]。
>
> 抒怀有日，偷闲无暇，懒与林泉为伍。
>
> 羡弄潮儿，折临池柳，慷慨含辛楚。
>
> 岁稠人悴，何由染鬓？川上直呼逝去[6]。
>
> 偶然向、花前月下，犹闻旧语。

2018 年 3 月 3 日

1　李清照原词："落日熔金，暮云合璧，人在何处。染柳烟浓，吹梅笛怨，春意知几许。元宵佳节，融和天气，次第岂无风雨。来相召、香车宝马，谢他酒朋诗侣。　中州盛日，闺门多暇，记得偏重三五。铺翠冠儿，捻金雪柳，簇带争济楚。如今憔悴，风鬟霜鬓，怕见夜间出去。不如向、帘儿底下，听人笑语。"

2　周振兴和词："焰火辉金，电光碎璧，京兆深处。古庙禅浓，危楼故怨，云谲翻几许。寒风迎节，轻烟和气，只盼早来甘雨。谁能召、雄鹰骏马，野天合融朋侣？　浮华继日，觥筹无暇，哪里还记三五！娇女奢儿，恋花媚柳，早忘曾汉楚。清颜愁悴，银丝宣鬓，最惑不知曷去！梦中向、七贤竹下，偷听醉语。"

3　《战国策·燕策三》："风萧萧兮易水寒，壮士一去兮不复还。"唐代李白《留别于邀游塞垣》诗："耻作易水别，临歧泪滂沱。"

4　章台，古台名即章华台，春秋时楚国离宫。唐代韩翃《章台柳》诗："章台柳，章台柳，昔日青青今在否？纵使长条似旧垂，亦应攀折他人手。"

5　完璧归赵、渑池之会和刎颈之交，均为战国时期蔺相如和廉颇的故事。

6　《论语·子罕》："子在川上曰：'逝者如斯夫，不舍昼夜。'"

213

五绝·戊戌惊蛰感怀兼和刘开新

早上，刘开新发来一首《惊蛰》诗[1]，遂次韵和作。

寒冷无多日，蛰居惊醒时。

花期终不改，羁客望乡迟。

2018 年 3 月 6 日

七律·春夜闻雨随感兼和周振兴

昨天，周振兴发来一首《七律·春晓暨三八妇女节随笔》诗[2]，遂次韵和作。

家园别后剩屠苏，背影长长恋草芜。

夙愿得遂方静气，虚财散尽再游湖。

江山半壁常由牝，宅柳五株[3]不愧梧。

问道禅房迎上座，淅淅夜雨畏身孤。

2018 年 3 月 9 日

---

1 刘开新原诗："仲春始来日，靓女先嫁时。号角吹混改，犹恐作为迟。"
2 周振兴原诗："易水冰消冻土苏，春风初渡醒荒芜。玄黄天地腾元气，紫黛冈峦唤寂湖。佳日明阳温谷牝，和云惠月暖苍梧。檐间语燕询堂座，隔壁娆姝对镜孤。"
3 晋代陶渊明《五柳先生传》："先生不知何许人也，亦不详其姓字，宅边有五柳树，因以为号焉。"

七律·戊戌春分断想

今天是春分，一年中阴阳和寒暑都均分的日子，遂赋诗记怀。

阴阳各半又春分，残雪消融寒暑均。

祭品或能安鬼域，风筝未可祷天神。

人情有限休多虑，世路无穷宜小心。

鸿雁北归传讯息，清明时节泪霖霖。

2018 年 3 月 21 日

七律·戊戌清明次韵宋代陆游《临安春雨初霁》

今天到呼和浩特白塔机场，刚下过雪，正在消成水，漫流在机场的水泥地上，感觉气温明显降低。上了大青山，山腰上有积雪，回到姐姐家的院子里，也有雪。后天就是清明，非雨即雪，知古人观察与记录天象的准确。读陆游《临安春雨初霁》诗[1]，遂次韵和作。

又是清明风透纱，卅年如梦寄京华。

眼前机场消春雨，路上山腰落雪花。

有水荒坡能长草，无柴巧妇懒烹茶。

纸灰扬起空嗟叹，遥想牧童指酒家[2]。

2018 年 4 月 3 日

---

1 陆游原诗："世味年来薄似纱，谁令骑马客京华。小楼一夜听春雨，深巷明朝卖杏花。矮纸斜行闲作草，晴窗细乳戏分茶。素衣莫起风尘叹，犹及清明可到家。"

2 唐代杜牧《清明》诗："借问酒家何处有？牧童遥指杏花村。"

洞仙歌·戊戌中秋感怀次韵周振兴

周振兴发来一首《洞仙歌·戊戌中秋怀古》词[1]，遂次韵和作。

三人对影，太白邀明月[2]，浩渺烟波楚天阔。

寄愁心、秋雁飞过苍穹，揽云去、风里空飘黄叶。

桃香谁在品？曼舞轻歌，去后刘郎贵人设[3]。

罢酒别高楼，再涉湖江，鸥鹭起、浪涛堆雪。

五岭外、悠闲却无闲，岁岁复年年，俾民心阕[4]。

2018 年 9 月 23 日

七律·戊戌中秋感怀

今天是中秋节，一位所谓大师说将星入轨，万事吉利。借其吉言，遂赋诗记怀。

星图昨夜报平安，遥望家乡月正圆。

天上一轮如镜挂，人间万姓仰头看。

吴刚桂酒嫦娥醉，玉兔寒宫灵药馋。

且待明朝红日出，霞光无数染秋山。

2018 年 9 月 24 日

1　周振兴原词："秋桐竹影，照辽天明月，最是寒云北燕阔。看疏星、漫点河汉苍穹，花谢去、飞彩轻敷千叶。　酒香须独品，敲盏抒歌，好景良辰莫虚设。寄玉宇琼楼，瀚海滔江，心中起、孤舟凌雪。岭壑外、鹰鸿御风闲，胜意度流年，悦涵词阕。"

2　唐代李白《月下独酌（其一）》诗："举杯邀明月，对影成三人。"

3　唐代刘禹锡《玄都观桃花》诗："玄都观里桃千树，尽是刘郎去后栽。"

4　《诗经·小雅·节南山》："君子如届，俾民心阕。"

八声甘州·戊戌立冬感怀次韵周振兴

周振兴发来一首《八声甘州·戊戌立冬云蒙山怀古》词[1]，遂次韵和作。

望密云梦断小黄山，峰岭眼中峦。

似闻松风紧，瀑飞潭涧，百里绵延。

秋色随秋逝去，梅雪又争颜。

鹰嘴衔青石，化作孤岩。

莫畏琼楼绝顶，足下天涯路，散了烽烟。

旅途寻野火，何处是乡关？

泪横流、谁为良史，困危时、笔下复当年？

君行早、凤毛麟角，未觉春眠。

2018 年 11 月 13 日

七律·戊戌大雪节气次韵周振兴

周振兴发来一首《七律·戊戌大雪节气寄意》诗[2]，遂次韵和作。

将军百战入黄沙，白草吹折根露瑕。

跃马冲锋惊玉树，收弓驻足赏梨花。

1　周振兴原词："正苍茫败叶暗萧山，白云卷丛峦。看寒风凄紧，潺湲冷涧，悬道盘延。望断孤鹰远去，别了熟时颜。唯有崩崖石，横岭连岩。　必要登高临顶，放渺天外路，长目云烟。忆征尘烽火，曾险隘雄关。志风流、追图青史，误醒时、已过欲归年。何如早、水边山角，野酒悠眠。"

2　周振兴原诗："独冥君山盼玉沙，心中最爱尔无瑕。尤欣熠熠琼芳树，更喜翩翩洁净花。诗在片飘应寄语，意随风舞要藏华。仙人旧馆今安处？且借鹅毛暖万家。"

江南细雾风携语，塞北初寒雪蕴华。

诗稿斑驳遗韵处，依稀重返汉唐家。

2018 年 12 月 8 日

五律·戊戌冬至感怀兼和陈万斌

陈万斌从微信发来一首《戊戌冬至》诗[1]，遂次韵和作。

冬至又阳春，经霜松柏身。

天寒风愈大，雪厚岁犹新。

南北异乡俗，古今如近邻。

不关河海晏[2]，唯念远行人。

2018 年 12 月 22 日

1　陈万斌原诗："冬至暖如春，单衣瘴微身。停云思雪大，读画觉梅新。游子从南俗，故乡与北邻。家人今晚宴，定话未归人。"

2　唐代郑锡《日中有王子赋》："河清海晏，时和岁丰。"明代张居正《拟唐回鹘率众内附贺表》："垂衣而治，际河清海晏之期；乘钺有虔，鼓雷厉风飞烈。"

杂感篇

七律·电力体制改革随感（十一首）

一

上午，参加中电联举办的电力体制改革配套文件宣贯培训，在听报告期间，将感想浓缩成一首诗。

> 能源资本电优先，老醋新瓶已两般。
>
> 垄断经营人憎恨，竞争开放事关联。
>
> 未萌见祸方为智[1]，有过言非不算难[2]。
>
> 博弈权衡分利益，民生改善大如天。

2016 年 1 月 12 日

二

今天早上，周振兴发来一首《七律·早 8 时许于北京密云区行政中心大厅外忍冻排队待放进门办事纪怀》诗[3]，联想到这几周围绕售电公司实体化运作过程中的一些官僚主义行为，遂次韵和作。

> 隧道尽头微露光，顿生力量正奔忙。
>
> 痴心操办全局事，拙眼旁观小肚惶。
>
> 云厚或能遮朗月，才疏岂可立名堂。
>
> 徒陪庸吏白辛苦，老子羞于上奏章。

2016 年 3 月 17 日

1　《商君书·更法》："智者见于未萌，愚者暗于成事。"《三国志·魏书·钟会传》："明者见危于无形，智者见祸于未萌。"

2　《资治通鉴·唐纪》："知过非难，改过为难；言善非难，行善为难。"

3　周振兴原诗："春寒料峭沐晨光，政府门前列队忙。霾重难平芸众事，尘飞愈显普生惶。驱驰百里追行月，静候一声唤入堂。黎庶无门排困苦，宦豪有路乱规章！"

三

上午，去银湖山庄拜访国电投（深圳）电力销售公司副总经理殷俊。他是湖北人，祖籍江西，与我认同宗。在交谈中，他讲了一句对电改的评价："鲜花密布，荆棘丛生。"这个话很有嚼头，遂赋诗记怀。

> 垄断经营面目狞，呼声高涨破坚冰。
>
> 鲜花密布墙头画，荆棘丛生足下程。
>
> 雨洗风磨犹胆壮，诗熏酒润正天晴。
>
> 归零资本凭能力[1]，谶语原来最可行。

2016 年 3 月 24 日

四

今天，集团正式发文，标志着售电公司正式实体化运作了。正值第一份合作意向书签订，可谓双喜临门。联想到上个月写的诗，遂次旧韵和作。

> 长阴定会现晴光，天道酬勤未白忙。
>
> 智者韬深能事事，庸人术浅总惶惶。
>
> 清晨赶路陪闲月，傍晚猜拳聚大堂[2]。
>
> 诤友嘉言如药苦，殷殷盼我著华章。

2016 年 4 月 12 日

五

今天，陪谭建生去深汕特别合作区拜访王荣生副主任，他是南方科技大学副校长，来这里挂职的。在回深圳的路上，赋诗记怀。

---

1 有人曾说过："一个人出生在比较好的家庭，如果没有自己的努力，只靠父辈的影响，即使给了你这个位置，你也是扶不起的阿斗！能力之外的资本等于零。"

2 指每天拜访和联谊客户的繁忙景象。

当年热土恰逢春，开放先锋主力军。

睿智邓公双要事[1]，安全核电一条心。

港台旧论均成昨，深汕新区再献身。

溪水涓涓终到海，树高千丈岭南根。

2016 年 4 月 25 日

六

　　今天，在广西南宁参加第六届粤港澳电力企业高峰会。南方电网董事长赵建国和广西壮族自治区政府副主席陈刚都认为，开会要讲真话。事实上，许多会议最不缺的就是官话、套话、假话、违心的话。遂赋诗记怀。

四方三地[2]一家人，聚首南宁闻好音。

会上只说体己话，樽前重忆杏花村。

多为两制增优势，休与周边做差邻。

暂借壮乡千斗酒，换来霖雨润新晨。

2016 年 5 月 11 日

七

　　今天，在参加第六届粤港澳电力企业高峰会的过程中，再一次感受到，任何表面上强大的公司，都是强弩之末，生命力有限，总要被新生事物代替。遂赋诗记怀。

曾经电力做先锋，垄断孤军抗竞争。

大势潮流须顺应，微观环境要清零。

需求落后成瓶颈，质量优先去产能。

弩末定难穿鲁缟[3]，春苗出土破坚冰。

2016 年 5 月 12 日

　　1　邓小平曾经嘱托深圳办好两件事情：一是办好深圳大学，二是建设好大亚湾核电站。

　　2　四方指广西壮族自治区政府、南方电网、香港中华电力公司和澳门电力公司；三地指内地、香港和澳门。

　　3　《汉书·韩安国传》："冲风之末，力不能起毛羽；强弩之极，力不能入鲁缟。"

八

昨天去韶关开拓售电市场。今天在从韶关回深圳的路上赋诗记怀。

舜帝南巡[1]成旧篇，通衢五岭过梅关。

穿街桥底曲江水，放眼天边赤色山[2]。

市场开发足下路，人情维护酒中仙。

行难知易凭谁问，百业繁荣须电源。

2016 年 7 月 14 日

九

今天，售电公司开张以来第一次竞价，旗开得胜，取得了历史性的突破，而且竞价成绩接近最好水平。遂赋诗记怀。

首战无须惧竞争，开疆拓土要心平。

中军帐里谋良策，博望坡前拜孔明。

量小皆因关系少，才疏愈靠友朋能[3]。

拼将汗水浇长路，翻过崇山还有峰。

2016 年 7 月 19 日

十

周振兴从微信发来一首《七律·贺殷公在中广核之外独立做第一单生意成功》诗[4]，遂次韵和作。

暂从局部看全局，正遣偏师护帅旗。

1　相传舜帝南巡时来到岭南，登韶石山奏韶乐，"箫韶九成，凤凰来仪"，韶关因此而得名。

2　曲江与丹霞山是韶关的两处著名景物。

3　这次竞价的电量偏少，主要是客户少。价格良好，得益于业内朋友的帮助。

4　周振兴原诗："殷公售电破新局，勇向艰难竖大旗。勠力凝心神聚会，深思细虑念出奇。夯基不必张扬意，筑壁唯须固久弥。待看三年驰骏骥，开疆拓土更无敌！"

223

市场竞争实战会，官僚说教作文奇。

月圆应对嫦娥悔[1]，潮涨无关江水弥。

壮岁不甘成老骥[2]，胸中浩气最难敌。

2016 年 7 月 20 日

十一

上午，在人民大会堂出席"创新推动改革——中国电力交易网发布会"，遂赋诗记怀。

又挽秋风回帝京，白云朵朵正天晴。

艳阳高照国徽像，老友相逢金色厅[3]。

推动创新交易网，保持增长启明星。

携来阿里[4]如添翼，驱动上能[5]聚产能。

2016 年 9 月 6 日

七律·次韵林田生《读史有感》

林田生发来一首《读史有感》诗[6]，遂次韵和作。

善恶由心未有痕，权臣腐气漫晨昏。

颜曾孔孟圣贤史，父子手足玄武门[7]。

---

1 唐代李商隐《嫦娥》诗："嫦娥应悔偷灵药，碧海青天夜夜心。"

2 宋代欧阳修《送张生》诗："老骥骨奇心尚壮，青松岁久色逾新。"

3 "老友"指国家能源局法规司副司长童光毅和珠江投资集团常务副总裁刘成业（原广东火电建设公司总经理）；"金色厅"指人民大会堂三楼金色大厅。

4 "阿里"指借用"阿里巴巴"而形成的"电力阿里"的概念。

5 "上能"指上能电力集团公司。

6 林田生原诗："倦眼繁花觅梦痕，奈何朝朝怨黄昏。梦中说梦辛酸史，海里渡海闯何门？春宵帐里织絮语，灯前雕琢已成尘。故国文章精神在，碧海青天有忠魂。"

7 玄武门之变，是唐武德九年六月初四（626 年 7 月 2 日），由当时唐高祖李渊次子秦王李

推背图[1]中皆谶语，长安路上尽积尘。

风流人物今何在？融我精神铸我魂。

2016 年 4 月 3 日

七律·酬林田生（三首）

感怀

前天，林田生从微信发来一首别人的《感怀有赠》诗[2]，看来，此公也是一肚子的
"不合时宜"，因此才会有这番感慨。今天在高铁上次韵和作。

旧梦依稀尘网中，醒来便是出牢笼。

双亲犹远尝凄雨，孤胆难归任转蓬[3]。

尽孝无多须补报，酬恩有意应承蒙。

几行诗句描陈迹，留与儿孙忆乃翁。

2017 年 3 月 22 日

变种猫

林田生从微信发来一首《一只双色眼的猫》诗[4]。这首诗的意境非常好，遂依其诗意

世民在唐王朝的首都长安城（今陕西西安）太极宫的北官门——玄武门附近发动的一次政变。最终
的结果，李世民在玄武门杀死了自己的长兄皇太子李建成和四弟齐王李元吉，逼迫其父李渊退位，
自己继承皇帝位，是为唐太宗，年号贞观。

1　《推背图》是道家预言书，传说它是唐太宗李世民为推算大唐国运，下令当时两位著名的
道士李淳风和袁天罡编写的，将易学、天文、诗词、谜语、图画融为一体，共有六十幅图像，每一
幅图像下面附有谶语和"颂曰"律诗一首，预言唐朝之后发生在历史上的主要事件。

2　林田生朋友原诗："三十年来似梦中，江湖瘴气困樊笼。横游四海扁舟雨，遥望三山鬓发
蓬。远志凌虚无近报，浮云寄意且迷蒙。词长诗短聊心迹，宜做东堤煮茗翁。"

3　唐代杜甫《客亭》诗："多少残生事，飘零任转蓬。"

4　林田生原诗："立春后，园子里／花红柳绿，老人小孩／遛狗耍猫，安详休闲／周日傍晚，
散步时分／忽然有人发现一只双色眼的猫／一只棕色，一只发出蓝光／惊奇的围观者纷纷发表高见／

225

和作。

双色眼睛变种猫，凡夫只道有神妖。

棕蓝抓鼠都须跳，左右观人何用逃。

梦想成真年寿短，现实作假技能高。

汪洋水阔无边际，骚客思亲浊泪浇。

2017 年 3 月 26 日

新猫论

黑白无非皮上毛，难知骨气自矜高。

黔驴偶发深林啸[1]，猛虎常闻劣犬嗥[2]。

酒肉已肥革故胆，兴亡犹重祭旗刀。

忍看鼠辈成新贵，棕色奇猫叹寂寥。

2017 年 2 月 5 日

五律·杂感

今天去深圳汕尾特别合作区谈售电业务。在来去汕尾的路上，心有所感，遂赋诗记怀。

红日染霞丹，沧桑总变迁。

心凉血未冷，身困志还坚。

忧乐关天下[3]，死生恋海边。

变异？转基因？遗传？俄罗斯猫？/那只双色眼的猫/可怜楚楚/一脸困惑/有些惊慌，躲进了草丛/还是一位老太太睿智/唉，不就是只普通的猫嘛/它是一只眼看现实/另只眼观梦想。"

1　唐代柳宗元《三戒·黔之驴》："他日，驴一鸣，虎大骇，远遁；以为且噬己也，甚恐。"宋代欧阳修《和武平学士岁晚禁直书怀五言二十韵》："贪荣同卫鹤，取笑类黔驴。"

2　《增广贤文》："龙游浅水遭虾戏，虎落平阳被犬欺。"

3　宋代范仲淹《岳阳楼记》："先天下之忧而忧，后天下之乐而乐。"

高山仰孔子¹，最喜做曾颜²。

2016 年 6 月 2 日

七律·两张照片感怀

　　今天上午，中国人民大学马克思主义学院教授王向明讲授《习近平总书记系列重要讲话的核心要义》。王老师在 PPT 材料上放了两张照片，一张是习近平雨中自己打伞，另一张是湖北一干部周森锋在晴天里由别人打伞。遂赋诗记怀。

　　　　修养根基显作风，雨中打伞最分明。

　　　　调研实际留形象，作秀虚情攒骂名。

　　　　抛弃官僚接地气，看齐领袖聚群英。

　　　　民心易失须兢慎³，守好江山固太平。

2016 年 9 月 23 日

七律·无题（二首）

一

　　　　诗书如卉⁴妆须眉，独倚栏杆看落晖⁵。

1　《史记·孔子世家》：《诗》有之：'高山仰止，景行行止。'虽不能至，然心向往之。"

2　曾颜，指孔子的弟子曾参和颜回。

3　唐代杜荀鹤《泾溪》诗："泾溪石险人兢慎，终岁不闻倾覆人。却是平流无石处，时时闻说有沉沦。"

4　唐代皮日休《目箴》："惟书有色，艳于西子；惟文有华，秀于百卉。"

5　唐代黄巢《自题像》诗："天津桥上无人识，独倚栏杆看落晖。"

古道热肠侠气重，兰因絮果¹素心悲。

九州连脉山山翠，四海为家处处归。

原宪桑枢²歌陋巷³，驱邪不用请钟馗。

二

醉眼西山看晚霞，明朝旭日满天涯。

翅长便作云中鹤，腿短何如井底蛙。

杂念红尘存万古，清风明月入千家。

出行遇雨无须伞，步缓心平防路滑。

2016 年 10 月 12 日

西河·次韵周振兴

周振兴从微信发来一首《西河·北京怀古次韵周邦彦同调词〈西河·金陵怀古〉⁴》词⁵，遂次韵和作。

1　清代龚自珍《丑奴儿令》词："兰因絮果从头问，吟也凄迷，掐也凄迷，梦向楼心灯火归。"

2　《庄子·让王》："原宪居鲁，环堵之室，茨以生草；蓬户不完，桑以为枢。"南朝刘义庆《世说新语·言语》："原宪桑枢，不易有官之宅。"

3　《论语·雍也》："贤哉！回也。一箪食，一瓢饮，在陋巷。人不堪其忧，回也不改其乐。贤哉！回也。"

4　周邦彦原词："佳丽地，南朝盛事谁记。山围故国绕清江，髻鬟对起。怒涛寂寞打孤城，风樯遥度天际。　断崖树、犹倒倚。莫愁艇子曾系。空余旧迹郁苍苍，雾沉半垒。夜深月过女墙来，伤心东望淮水。　酒旗戏鼓甚处市？想依稀、王谢邻里。燕子不知何世。入寻常、巷陌人家，相对如说兴亡，斜阳里。"

5　周振兴和词："燕国地，风云激荡堪记。飞龙百代共长江，北南并起。战烟骏骥卷皇城，千年枭杰无际。　岭巅树，同朔倚。断崖古寺遥系。壮怀更叹逝华苍，塞膺块垒。把将烈酒醉情来，嗟声凌彻渊水。　大雄不见独在市。梦依稀，征檄章里。变幻帜旌曾世。总归常、巨细人家，全是花落莺亡，天堂里。"

228

青草地，当年铁骑犹记。

荷花十里映长江，三秋风起[1]。

而今遥忆朔方城[2]，难寻鸿雁踪迹。

松柏树、栋梁倚。白驹[3]明月相系。

时光流逝染苍苍，酒消块垒[4]。

笔头夙愿伴诗来，浤浤汨汨如水[5]。

客流涌动正待市。豆苗稀、桃花源里[6]。

一枕黄粱欺世。

总平常、换了东家，不过花落人亡，残碑[7]里。

2017 年 1 月 29 日

1　宋代柳永《望海潮》词："有三秋桂子，十里荷花。"

2　汉武帝元朔二年（公元前 127 年），车骑将军卫青率大军收复河朔之地，修筑朔方城（今内蒙古杭锦旗西北），还修复了秦时蒙恬所筑的边塞和沿河的防御工事。

3　《庄子·知北游》："人生天地之间，若白驹之过隙，忽然而已。"

4　《世说新语·任诞》："阮籍胸中垒块，故需酒浇之。"清代蒲松龄《聊斋志异·仙人岛》："一身剩有须眉在，小饮能令块垒消。"

5　《文选·木华〈海赋〉》："崩云屑雨，浤浤汨汨。"

6　晋代陶渊明《归园田居（其三）》诗："种豆南山下，草盛豆苗稀。"

7　宋代王安石《破冢》诗："埋没残碑草自春，旋风时出地中尘。"明代王偁《黄陵庙》诗："剥尽残碑无可问，春山唯有鹧鸪啼。"

蝶恋花·春雪感怀次韵周振兴

　　下午，周振兴发来一首《蝶恋花·次韵欧阳修〈蝶恋花〉[1]》词[2]。今天北京和内蒙古下雪，有人在网上调侃，雪本来是冬天的伴侣，现在却做了春天的情人。在下班回家的路上，以雪为题，次韵和作一首。

　　　　春雪忽来谁复许？落进炊烟，片片无穷数。

　　　　尔与春光难共处，怨春阻尔痴情路。

　　　　春到管他将日暮，地暗天昏，还是平常住。

　　　　今夜与风多耳语，明朝驾雾重归去。

2017 年 2 月 21 日

青玉案·次韵周振兴

　　周振兴在微信上发了一首《次韵辛弃疾〈青玉案·元夕〉[3]》词[4]，遂次韵和作。

　　　　梦中又见庭前树，叶零落、窗前雨。

　　　　足迹斑斑成小路。

　　1　欧阳修原词："庭院深深深几许，杨柳堆烟，帘幕无重数。玉勒雕鞍游冶处，楼高不见章台路。　雨横风狂三月暮，门掩黄昏，无计留春住。泪眼问花花不语，乱红飞过秋千去。"

　　2　周振兴和词："寒气森森森几许，霾重如烟，楼掩愁无数。酽茶幽香闲静处，杯来盏去遐思路。　翰旋毫飞朝共暮，窗暗灯昏，唯有情常住。自古杰雄悲壮语，满腔殷血空抛去。"

　　3　辛弃疾原词："东风夜放花千树。更吹落、星如雨。宝马雕车香满路。凤箫声动，玉壶光转，一夜鱼龙舞。　蛾儿雪柳黄金缕。笑语盈盈暗香去。众里寻他千百度。蓦然回首，那人却在，灯火阑珊处。"

　　4　周振兴和词："曦光晓月披寒树，叶总落、期春雨。画栋雕梁迷旧路。蜃楼摇动，幻轩飞转，夺目霓裳舞。　放怀不怜愁万缕。寄意全随独思去。跃上云霄谁共度？浩歌一首，管他何在，声彻天星处。"

暮云微动，晚霞流转，柳叶随风舞。

心中意念丝丝缕，总是家山不堪去。

爱恨情仇无尺度。

踟蹰搔首，静姝安在，俟我城隅处[1]。

2017 年 2 月 25 日

五律·次韵刘开新（二首）

春雪感怀

刘开新在微信上发了一组照片并一首《梦呓》诗[2]。这几天思念母亲和去世的父亲，心里感觉很苦闷，遂次韵和作。

春来先遣雪，无意赏孤芳。

心碎熬寒夜，神奇护老娘。

月明星宿少，风劲水波长。

白发不邀至，教人忆故乡。

2017 年 2 月 22 日

初秋偶感

昨天，刘开新发来一首《自吟》诗[3]，遂次韵和作。

春光常静好，秋色愈娇浓。

1　《诗经·邶风·静女》："静女其姝，俟我于城隅。爱而不见，搔首踟蹰。"

2　刘开新原诗："北国犹春雪，南粤竞芬芳。去岁今昔夜，只影会七娘。桃源世外少，云月湾内长。一年复又至，几时再梦乡？"

3　刘开新原诗："去岁春方好，今宵夏犹浓。一年今又半，春夏望秋冬。广核大湾美，侨城杜鹃红。岁月不饶我，依旧笑东风。"

凉热须参半，兴衰皆过冬。

休夸年少美，最数夕阳红。

天意存真我，腾飞要借风。

2018 年 8 月 15 日

七律·次韵钱锺书《叔子书来并示近什》[1]

下班的路上，在网上看到钱锺书的一幅书法作品，内容是他自己的一首《叔子书来并示近什》诗，遂次韵和作。

宦海无涯心未安，吟诗难报太平官。

触蛮争斗蜗牛角[2]，虾蟹翻腾死水澜。

黄鹤乘风楼尚在[3]，白云褪色夜将阑。

新朝代代养生息，竹简行行何忍看。

2017 年 2 月 24 日

七绝·次韵宋代沈括《延州》[4]

今天，在查阅石油来源的资料时，发现宋代沈括在其《梦溪笔谈》中有记载，而且他还写了一首《延州》诗，遂次韵和作。

1　钱锺书原诗："书来行细报平安，因病能闲尚属官。得醉肠犹起芒角，耽吟心未止波澜。一流顿尽惊身在，六梦初回视夜阑。为语故人善消息，残年饱饭数相看。"

2　触和蛮，古代寓言中蜗牛角上的两个小国。《庄子·则阳》："有国于蜗之左角者曰触氏，有国于蜗之右角者曰蛮氏。时相与争地而战，伏尸数万。"

3　唐代崔颢《黄鹤楼》诗："昔人已乘黄鹤去，此地空余黄鹤楼。"

4　沈括原诗："二郎山下雪纷纷，旋卓穹庐学塞人。化尽素衣冬未老，石烟多似洛阳尘。"

石油珍贵闹纷纷，惊扰梦溪园¹里人。

笔下闲谈言不老，已知后世起烟尘。

2017 年 2 月 25 日

五律·读《北京法源寺》

这几天读完李敖的小说《北京法源寺》，遂赋诗记怀。将诗发到朋友圈中，我留了一段话："此书讲戊戌变法，说明当时改良的不可行性与革命的必要性。清末政局糜烂，四面受敌，虽岳飞、韩世忠再世，也难敌八国联军；纵孔子、孟子复生，也难统民众的思想。"

病入膏肓处，希求不死难。

岳韩皆束手，孔孟也伤肝。

莫忘专诸母²，休提太子丹³。

轩辕须血荐⁴，腐朽要推翻。

2018 年 3 月 26 日

1　梦溪园，位于镇江市，在市区东面，是沈括晚年住处，在这里他完成了不朽的著作《梦溪笔谈》。

2　专诸是中国古代"四大刺客"（一说为"五大刺客"）之一。春秋末期吴国的公子光（后来的吴王阖闾）以宴请吴王僚为名，藏匕首于鱼腹之中进献（此即中国历史上著名"鱼肠剑"的来历），专诸当场刺杀了吴王僚，但也被其侍卫所杀，史称为"刺王僚""专诸刺王僚"。专诸之母为了使儿子没有后顾之忧，上吊身死。

3　太子丹，燕王喜之子，战国末期燕国太子，以暗杀秦王政来阻挡秦国的兼并之势，曾策划过荆轲刺秦王事件，事情败露后，燕王喜担心秦国出兵攻打燕国，便杀太子丹，将其头颅献秦军以求和。

4　鲁迅《自题小像》诗："寄意寒星荃不察，我以我血荐轩辕。"

五律·次韵周振兴（六首）

雨中随感

周振兴从微信发来一首《五律·戊戌三月初七随笔》诗[1]，遂次韵和作。

> 如电还如露，闲云梦幻生。
>
> 夜阑星可见，林密鸟难鸣。
>
> 马瘦愁天色，人疲厌世情。
>
> 请君观此象，无怨也无惊。

2018 年 4 月 22 日

故乡吟怀

周振兴从微信发来一首《五律·故乡吟怀》诗[2]，勾起我对故乡、亲人和少年生活的回忆，遂次韵和作。

> 自解嫌辞曼[3]，家乡恋早春。
>
> 有羊须打草，无鹿可食苹[4]。
>
> 落日青山秀，残巢乳燕新。
>
> 宦途尘障目，羽扇误纶巾[5]。

2018 年 4 月 28 日

---

1 周振兴原诗："晨起观珠露，疑云雨再生。天边浑不见，苑内更无鸣。昨日欣华色，今朝叹薄情。平心看万象，潇洒漠虚惊。"

2 周振兴原诗："梦里徽音曼，儿时雨燕春。乡间闻芷草，河上采芙苹。语戏蛾眉秀，声催柳色新。忽然桑榆目，浊泪湿青巾。"

3 《文选·司马迁〈报任安书〉》："今虽欲自雕琢，曼辞以自饰，无益，于俗不信，适足取辱耳。"

4 《诗经·小雅》："呦呦鹿鸣，食野之苹。"

5 宋代苏轼《念奴娇·赤壁怀古》词："羽扇纶巾，谈笑间，樯橹灰飞烟灭。"

戊戌孟夏偶感

周振兴发来一首《五律·雨后君山偶拾》诗[1]，遂次韵和作。

春染黄河岸，残梅犹剩香。

荼蘼争夏苑，鹦鹉赏洲芳。

有道涅槃寂，无为干谒忙。

当垆常卖酒[2]，应识板桥霜[3]。

2018年6月10日

夏日偶感（二首）

昨天，周振兴从微信发来《五律·连绵雨后初阳下君山漫步偶得》[4]和《五律·君山夏日晚吟》[5]两首诗，遂次韵和作。

一

皎皎白驹[6]急，不谙俗务忙。

偶观花影暗，总忆蜡梅香。

心静能开智，身闲即免殃。

云浮峰顶上，何处是关防？

1　周振兴原诗："暮色清溪岸，葱灵芷草香。黄花争秀苑，紫蕾隐娇芳。鸟入枫林寂，鱼游密水忙。观云当饮酒，沐雨濯银霜。"

2　《史记·司马相如列传》："相如与（卓文君）俱之临邛，尽卖其车骑，买一酒舍酤酒，而令文君当垆。相如身自著犊鼻裈，与保庸杂作，涤器于市中。"

3　唐代温庭筠《商山早行》诗："鸡声茅店月，人迹板桥霜。"

4　周振兴原诗："牖外蝉鸣急，花间蝶舞忙。野葵嫌菊暗，夷路遍兰香。稳步无玄智，安心免祸殃。慎行青石上，苔滑谨须防。"

5　周振兴原诗："落日余晖尽，清荷影色休。蛙鸣宣怨意，燕语厌危楼。崦岭阴云重，山风急雨稠。会当歌一曲，争忍泪淹喉。"

6　《诗经·小雅·白驹》："皎皎白驹，在彼空谷。"

二

弓藏高鸟尽，乔木可思休[1]。

山水醉翁意，云天望海楼。

秋蝉悲露重，春草厌人稠。

瑟琶声声曲，能歌不在喉。

2018 年 7 月 23 日

戊戌孟冬有怀

周振兴发来一首《五律·戊戌孟冬随笔》诗[2]，遂次韵和作。

夕阳映晚霞，秋尽剩残花。

暖帐脂凝水[3]，寒烟月笼纱[4]。

摩诘唯好静[5]，介甫尚言华[6]。

胸次有丘壑[7]，就荒松菊涯[8]。

2018 年 11 月 18 日

1　《诗经·国风·汉广》："南有乔木，不可休思；汉有游女，不可求思。"

2　周振兴原诗："落木映残霞，余芳独菊花。曾忧时若水，复叹岁如纱。多欲思难静，专心气易华。云怀容岭壑，神定会天涯。"

3　唐代白居易《长恨歌》："温泉水滑洗凝脂……芙蓉帐暖度春宵。"

4　唐代杜牧《泊秦淮》诗："烟笼寒水月笼沙，夜泊秦淮近酒家。"

5　唐代王维《酬张少府》诗："晚年唯好静，万事不关心。"

6　宋代王安石《即事》诗："河流南宛岸西斜，风有晶光露有华。"

7　宋代黄庭坚《题子瞻枯木》诗："胸中元自有丘壑，故作老木蟠风霜。"

8　晋代陶渊明《归去来兮辞》："三径就荒，松菊犹存。"

七律·杂感兼和周振兴（八首）

一

周振兴从微信发来一首《2018年清明节前后，尤累至五一劳动节，此间北京天气天象异劣之甚，故诌小诗以记之》诗[1]，遂次韵和作。

千人众口话辉煌，万马齐暗能塞冈。

夫子犹嫌天弃厌[2]，雀儿何惧月迷茫。

梦长似醉虚悬日，魂散如痴乌有乡。

多少拾遗难补阙[3]，量心何处借寻常[4]？

2018年5月1日

二

下午，周振兴发来一首《七律·戊戌孟夏随吟》诗[5]，他说是由于最近崔永元爆料演艺界的乱象而作。遂次韵和作。

欲睹天香下洛阳，无关辞庙转仓皇。

难寻曲径通幽处[6]，唯指闲云寄故乡。

秋去雨疏山褪色，春来雪尽燕归堂。

古人不见今时月，夜夜嫦娥泪闪光。

2018年6月8日

1　周振兴原诗："乌云一派障天煌，灰色春风不度冈。柳絮纷飞招竹厌，杨花乱舞盅人茫。三春何觅清平日，半梦难圆醉美乡。晓月吴钩虚巨阙，玄黄天地总无常。"

2　《论语·雍也》："子见南子，子路不悦。夫子矢之曰：'予所否者，天厌之！天厌之！'"

3　汉代司马迁《报任安书》："上之不能纳忠效信，有奇策才力之誉，自结明主；次之又不能拾遗补阙，招贤进能。"

4　寻、常，皆古代长度单位。八尺为寻，一丈六尺为常。《淮南子·主术训》："故人君者，其犹射者乎！于此毫末，于彼寻常矣。"

5　周振兴原诗："野树西山落夕阳，浑风浊雨遍凄惶。青林鸟语无鸣处，黛岭岚飞乱梦乡。一派乌烟宣暗色，千旋瘴气漫华堂。灰氛尽蔽晴和月，不见天星耀灿光！"

6　唐代常建《题破山寺后禅院》诗："曲径通幽处，禅房花木深。"

三

周振兴发来一首《七律·戊戌四月二十九日临牖闻雷观雨抒怀》诗[1]，这几天，深圳也在下雨，在机场和飞机上次韵和作。

霖雨淅淅四顾茫，江河湖满涧泉滂。

风生水起波才乱，云淡天高雁不狂。

博雅[2]方家能醒目，风流太守好牵黄[3]。

海门如若通仙界，一叶轻舟别晓霜。

2018 年 6 月 14 日

四、五

周振兴发来两首《七律·戊戌五月十七日晚君山写意》诗[4]，遂次韵和作。

远去当年大漠烟，江南秋水意娟娟。

三峡汇拢巫山雨，五岳撑开禹舜天。

唯有牡丹称国色[5]，绝无鸾凤栖池莲。

胸中成竹凭谁作？妙手丹青非偶然。

又见空中白玉盘，吴刚醉卧广寒安。

1　周振兴原诗："电闪长空万里茫，雷穿远宇九州滂。行云暗渡飞天乱，激水腾波动地狂。一任思怀遥广目，全凭意气越苍黄。横眉冷对纷浑界，昂首轻弹鬓上霜。"

2　《后汉书·杜林传》："博雅多通，称为任职相。"

3　宋代苏轼《江城子·密州出猎》词："老夫聊发少年狂，左牵黄，右擎苍，锦帽貂裘，千骑卷平冈。为报倾城随太守，亲射虎，看孙郎。"

4　周振兴原诗："水上青萍柳岸烟，东园翠竹舞婵娟。山风顿作将倾雨，雷电交加欲破天。牖外黑云宣墨色，灯前白纸写红莲。听凭乱象声形作，运翰飞毫自淡然。""独坐禁言似石盘，清茶一盏自心安。听风吹落黄枫叶，观雨轻弹紫玉兰。乌鹊无依归宿处，黄鹂有伴过江干。清凉入室疑秋至，放任退思度夜阑。"

5　唐代刘禹锡《赏牡丹》诗："唯有牡丹真国色，花开时节动京城。"

238

桂树婆娑无败叶，嫦娥妩媚若幽兰。

白驹皎皎退心¹处，黑夜沉沉隔水干。

待到深秋霜露至，余年将尽岁将阑。

2018 年 7 月 1 日

六

周振兴发来一首《七律·西宁印象与联想》诗²，正好遇上七夕节，遂次韵和作。

织女犹嫌银汉深，伯牙琴韵最难寻。

粗观雪化终无迹，细听花开似有音。

绿染春风随叶落，金铺大地育苗森。

喜看黎庶欢心日，竹简青青续至今。

2018 年 8 月 18 日

七

周振兴发来一首《七律·戊戌九九随吟》诗³，遂次韵和作。

又到重阳南雁飞，愁心出塞故人微。

经邦只为山河永，济世何嫌薪水菲。

未了君王天下事，犹伤隐士腹中威。

秋风五丈原头意，陇亩将芜胡不归⁴。

2018 年 10 月 17 日

---

1 《诗经·小雅·白驹》："皎皎白驹，在彼空谷。生刍一束，其人如玉。毋金玉尔音，而有退心。"

2 周振兴原诗："西域蓝天似海深，八方宏阔放眸寻。孤烟烽火无痕迹，铁马精兵绝啸音。拔地危楼争错落，连丘草木竟萧森。壮怀久别征尘日，羌笛谁吹贯古今。"

3 周振兴原诗："岁又重阳雁折飞，年轮一上变稍微。青琴寄愿娇颜永，绛树牵心雅韵菲。着老不闻窗外事，少年正鼓气中威。浑然每自知天意，各醉风骚逐梦归。"

4 晋代陶渊明《归去来兮辞》："归去来兮，田园将芜胡不归？"

239

八

晚上，与周振兴在八先生涮肉房吃饭，聊了许多往事以及对现状的看法。晚上回到酒店房间，收到他发来的一首《七律·戊戌十月初一晚与殷公涮羊肉喝小二随笔》诗[1]，遂次韵和作。

闲来小饮即邀朋，不待今宵明月升。

一册簿书还若旧，千年故事复相仍。

家鸡饮食遗旁路，雏凤基因类大鹏。

块垒[2]胸中凝笔末，竹林[3]谈笑亦豪雄。

2018 年 11 月 8 日

七律·中核集团二连铀矿地浸项目感怀

上个月去内蒙古二连浩特，参观中核集团苏尼特左旗的铀矿地浸项目。中核矿业内蒙古分公司总经理邢拥国陪我们去鄂尔多斯调研时，我们互相加了微信，他看了我的诗，要我作一首。今天翻看上次的调研笔记，遂赋诗记怀，权当偿还文债。

公路迢迢不见尘，初冬塞外识新人。

地涵黄土根根草，天妒红颜片片云。

沧海遗珠珠有泪[4]，琼楼满月月无痕[5]。

1　周振兴原诗："饮酒还须好友朋，三杯过后兴腾升。胡言渐入和情旧，乱语方知洽契仍。既叹青莲才绝路，何悲子美翼超鹏！诗文也许微毫末，翰墨无疑待杰雄。"

2　《世说新语·任诞》："阮籍胸中垒块，故需酒浇之。"

3　同上："陈留阮籍、谯国嵇康、河内山涛……沛国刘伶、陈留阮咸、河内向秀、琅琊王戎，七人常集于竹林之下，肆意酣畅，故世谓竹林七贤。"

4　唐代李商隐《锦瑟》诗："沧海月明珠有泪，蓝田日暖玉生烟。"内蒙古高原是从海底升上来的，草原上散布的羊群与蒙古包，远处望去，俨然颗颗明珠。

5　那天晚上，饭后回酒店的路上，半个月亮升上来，似乎挂在高楼的一角。

横流暗水浸铀出[1]，千载莽原留永春。

五言排律·次韵周振兴

昨天晚上，周振兴发来一首《五古·由东坡〈永遇乐·彭城夜宿燕子楼梦盼盼因作此词〉而发》诗[2]，遂次韵和作。

君诗非在字，意趣自来天。

规范横车轼[3]，庄严礼道观。

幽深钻洞邃，开朗上云端。

俗语含风雅，昊天信辟言。

精神常稳定，气度总悠然。

龟鹤无年永，鱼龙有水渊。

五车成硕彦，百战竞身先。

心善生慈相，池宽养睡莲。

群山尊泰岳，万事仗机缘。

学问通词阆，基因秉祖传。

句工须炼制，命舛勿惜怜。

佳作留青史，谁能设险关。

2018 年 12 月 14 日

1　铀矿的地浸方式，就是在地下铺设管道，收集含铀的溶液，然后再行处理。

2　周振兴原诗："同是十三字，意境两重天。大哉唯苏轼，微妍看秦观。透景及深邃，落毫触玄端。诗余堪俗雅，豪婉皆可言。风格究因定，胸怀纵使然。绮靡非柳永，其志隐如渊。精巧自邦彦，空灵出张先。钟鸣鼎食相，晏欧妙语连。忧国愁范岳，满腔热血缘。桂枝香一阕，介甫肝胆传。姜夔裁新制，清照最应怜。苍茫宋词史，文英可收官？"

3　轼，古代车厢前面用作扶手的横木。

满江红·读孔丹先生《新年致辞》有怀

前天，中信基金会办公室主任朱荣徽将中信基金会理事长孔丹先生的《新年致辞》通过邮件发给咨询委员。遂填词记怀。

竹简青青，谁见过、汉唐风骨？

安国策、贾谊才调[1]，化枯树赋[2]。

生意尽时根尚在，宣宫[3]闭后书还著。

天暗也、只盼好风来，驱霾雾。

笔下略，充智库。心里愿，通时务。

借偏师重整[4]，另开新路。

万水千山留印迹，一枝半叶关黎庶。

待从头、抓住好时光，休辜负。

2018 年 12 月 31 日

七律·台湾印象

昨天，国民党选举洪秀柱为新主席，遂赋诗记怀。

百年老店[5]不新鲜，多少纷争成旧篇。

---

1 西汉贾谊著有《治安策》，为西汉一代最好的策论。

2 南北朝庾信《枯树赋》："常忽忽不乐，顾庭槐而叹曰：此树婆娑，生意尽矣。"

3 唐代李商隐《贾生》诗："宣室求贤访逐臣，贾生才调更无伦。"

4 毛泽东《蝶恋花·从汀州向长沙》词："赣水那边红一角，偏师借重黄公略。"孔丹先生将中信智库看作"偏师"，为国家决策服务。

5 中国国民党的前身最早为成立于 1894 年 11 月 24 日的兴中会，而后依次被改组为中国

秀柱中流做砥柱，台湾逆水望江湾。

红旗高挂参天树，败叶低飘乱石滩。

骇浪扁舟无系处，回头是岸最平安。

2016 年 3 月 27 日

七律·英国公投脱欧

今天，英国公民投票是否脱欧，赞成派以 51.8% 对 48.2% 的结果获胜，卡梅伦首相发表讲话，提出辞职。

异梦同床总要休，发扬民主付公投。

前年涉险留苏郡[1]，今日寻机弃陆欧。

人类大同无路径，英伦孤立有王侯。

当初仰仗铁娘子[2]，带走雄心剩下愁。

2016 年 6 月 24 日

七律·杭州 G20 晚会

刘杰老部长夫人李宝光来电话，表示明天给我题写《至乐斋诗抄》的书名。她说正看 G20 晚会，问我在干什么，我说在整理资料。放下电话，打开 iPad，翻阅有关杭州

同盟会、中国国民党及中华革命党，1919 年 10 月 10 日经孙中山改组后改为现名，迄今已经 100 多年。

1　2014 年 9 月 19 日，苏格兰独立公投计票结果公布，55.8% 的选民对独立说"不"，英国将保持统一。

2　指玛格丽特·撒切尔夫人，她是英国保守党这块"男人的天地"里的第一位女领袖，也是英国历史上第一位女首相，而且是创造了蝉联三届、任期长达 11 年之久的纪录的女首相。她以其意志刚强、作风果断、不屈不挠以及对苏联强硬而获得"铁娘子"之称。

G20峰会的报道，遂赋诗记怀。

浓妆西子[1]挽秋风，鸣鹿呦呦食野苹[2]。

音乐喷泉图好看，春江花月夜分明。

悲情不是今朝事，史迹能彰往日星。

千古兴亡流水过，前人栽树后人乘[3]。

2016年9月4日

七律·广州杨箕村万人宴

据媒体报道，10月2日晚上，广州市越秀区杨箕村举办回迁盛宴，摆下1500桌筵席邀请回迁村民、兄弟村村民等超过1.2万人聚餐。杨箕村是广州史上最大的城中村改造项目之一，2009年起实施改造，今年年初建成由15栋36层至42层回迁房为主附带少量商品房和写字楼所构成的"新杨箕村"。回迁完成后，杨箕村的村民身份变了，最穷的也身价千万。前几天，一家党报说"失去奋斗，房产再多我们也将无家可归"。从此事折射出新的"读书无用论"和"血统论"，将会对中国人的心理产生冲击。遂赋诗记怀。

当年革命为削贫，广厦千间却闹心。

学海无涯仍奋斗，寒窗廿载又沉沦。

读书不负青春债，致富多亏土地恩。

管甚天生血统论，房奴从未爱穷人。

2016年10月6日

1　宋代苏轼《饮湖上初晴后雨》诗："欲把西湖比西子，淡妆浓抹总相宜。"

2　三国曹操《短歌行》："呦呦鹿鸣，食野之苹。我有嘉宾，鼓瑟吹笙。"宋代苏辙《笏记》："醉酒饱德，虽喜太平之风；鸣野食苹，未展尽心之报。"

3　俗语"前人栽树，后人乘凉"。

七律·美国大选

中午，美国大选结果出炉，特朗普以 278 比 214 的选举人票战胜希拉里，当选美国第 58 届、第 45 任总统。纵观整个竞选过程，真是一波三折，同时也折射出美国民主选举的一些问题，遂赋诗记怀。

倒转阴阳驴象[1]争，一经投票便消音。

主流媒体黑川普[2]，推特言谈唤草根。

菩萨低眉成败秀，金刚怒目是非心[3]。

纷繁解密维基网[4]，百姓不关邮件门[5]。

2016 年 11 月 9 日

七律·邢台大洪灾

这几天，网上报道了河北邢台大洪灾所造成的人员伤亡和财产损失，遂赋诗记怀，将诗发到微信上。

水火无情信是真，平原一瞬变迷津。

---

1 美国民主党的标志是驴子，共和党的标志是大象。

2 川普，特朗普的另一种译音。美国主流媒体不喜欢特朗普，总是发表一些对他不利的报道。

3 《太平广记·俊辩类二》引《谈薮》："金刚怒目，所以降服四魔；菩萨低眉，所以慈悲六道。"

4 维基解密网站，是通过协助知情人让组织、企业、政府在阳光下运作、无国界、非营利的互联网媒体。2016 年 7 月 27 日晚，维基解密网站再爆"猛料"，公布了 29 段来自美国民主党全国委员会内部邮件中的音频附件。

5 邮件门，指美国前国务卿、民主党潜在总统候选人希拉里被曝担任国务卿期间使用私人电子邮箱，而非官方电子邮箱与他人通信，涉嫌违反美国《联邦档案法》。2016 年 10 月 28 日，美国联邦调查局（FBI）宣布重启对"邮件门"的调查。媒体认为，重启对"邮件门"的调查，是希拉里竞选失败的主要原因。

汪洋汇聚苍天泪，暴雨淋浇百姓心。

大禹降伏大陆泽[1]，太阳穿透太行门。

豆腐渣里谈功过，安济桥头念李春[2]。

2016 年 7 月 24 日

七律·观纪录片《铁马西风》《碧血黄沙》

今天看完《铁马西风》和反映西路军的《碧血黄沙》两部纪录片，遂赋诗记怀。

河西孤勇望河东，戈壁荒滩欲建功。

割据一方驱卧榻，征伐万里转时空。

甘河回马[3]都成昨，亲信金湾正走红。

纵使一朝权在手，无非添个假枭雄[4]。

2017 年 8 月 10 日

---

1 古代大陆泽是由黄河、漳河、滹沱河、滏阳河冲积不平衡造成的一片洼地，它北起宁晋，经隆尧，至任县，全长 100 多里，故有"浩渺大陆泽""汪洋浩荡，望之居然一湖"之称。元朝末期，在隆尧与任县之间干出陆地，将大陆泽分为两洼，其南部仍称大陆泽，北部则称宁晋泊。大陆泽是夏禹引导黄河所经之地，据《史记》记载："道河积水，至于龙门，南至华阴，东至砥柱……北过降水（即漳河）至于大陆，北扑为九河，同为逆河，入于海。"

2 赵州桥又称安济桥，坐落在河北省赵县的洨河上，是中国第一石拱桥，在漫长的岁月中，虽然经过无数次洪水冲击、风吹雨打、冰雪风霜的侵蚀和 8 次地震的考验，却安然无恙，巍然挺立。该桥建于隋朝开皇十一年至开皇十九年（591-599），由著名匠师李春设计建造，距今已有 1400 多年的历史，是当今世界上现存最早、保存最完整的古代单孔敞肩石拱桥。

3 马家军当年的用人路线是"甘河回马"，意思是甘州人、河州人（现在甘肃临夏）、回族、姓马。

4 《晋书·李特载记论》："世传凶狡，早擅枭雄，太息剑门，志吞井络。"

七律·抗日战争胜利七十一周年

今天是日本投降七十一周年纪念日，遂赋诗抒怀。

国难当头烈火烧，神州沦陷鬼狼嗥。

卢沟晓月庐山气[1]，八一宣言八路刀[2]。

兄弟阋墙驱外侮[3]，美苏合纵领风骚[4]。

时光容易催人老，莫忘周边敌焰高。

2016 年 8 月 15 日

七律·无题

读书偶感赋诗一首[5]。

管仲临终心未甘，活人已忘死齐桓[6]。

1　1937 年 7 月 7 日，日本挑起卢沟桥事变，发动全面侵华战争。7 月 16 日、17 日，蒋介石在庐山先后发表《抗战声明》，号召全民族抗战；7 月 31 日，蒋介石发表《告抗战全体将士书》，宣告战争已经全面爆发。

2　1935 年 8 月 1 日，红军在长征途中，中共驻共产国际代表团王明等人，根据共产国际第七次代表会议上有关在各国建立反法西斯统一战线的精神要求，以中华苏维埃中央政府、中共中央的名义在莫斯科发表《为抗日救国告全体同胞书》，即著名的《八一宣言》，提出抗日救国十大纲领。1937 年 8 月 22 日，根据国共两党达成的协议，国民政府军事委员会宣布红军主力部队改编为国民革命军第八路军。

3　《诗经·小雅·常棣》："兄弟阋于墙，外御其务。"

4　合纵，战国时期，苏秦游说六国诸侯实行纵向联合，一起对抗强大的秦国的政策。第二次世界大战期间，美国和苏联成为盟国，共同打击纳粹德国。

5　周振兴和诗："治世人民苦乐甘，太宗清明日月妍。真神自古何须造，高圣从来不露颜。大道开聪唯李耳，万年演易继周贤。树碑岂靠歌功众，立传须凭太史言！"

6　《吕氏春秋》记载，管仲临终时劝齐桓公远离易牙、竖刁、卫公子启方等人。齐桓公却认为这几个人对自己忠心耿耿，没有把管仲的话放在心上。管仲死后不久，这几个人就拉帮结派，争夺权力，趁齐桓公病重期间把他幽禁在冷宫，最后被活活饿死。齐桓公死后两个月都没有人来给他

祖宗虽好犹嫌远，媚语恒多或养颜。

点火浇油烹烈焰，登峰造极供神龛。

十年一枕黄粱梦，朗月疏星在眼前。

2017 年 11 月 7 日

七律·美国总统访华次韵周振兴（二首）

一

周振兴从微信发来一首《七律·美国总统特朗普访华随吟》诗[1]，遂次韵和作。

五月花舟辞旧国[2]，先驱析羽即为旌[3]。

故宫漫话千年史[4]，新客当思万岁名。

一脉相承人类愿，两强共处地球盟。

谁言覆雨兼翻手，海不扬波湾永平。

2017 年 11 月 11 日

二

周振兴从微信发来一首《七律·有感是日美国总统特朗普夫人梅拉尼娅·特朗普登

下葬，直到尸体上的蛆虫爬出门外，才被人发现下葬。可怜一代英主只因未听管仲的遗言而落得如此悲惨的下场。

1　周振兴原诗："川普初冬朝古国，故宫瞻仰动心旌。才知天下文明史，方晓人间璀璨名。中美当修棠棣愿，虎龙应结水山盟。同辉日月须牵手，共领寰球享太平。"

2　1620 年 9 月 6 日，英国"五月花"号轮船运载一批分离派清教徒到北美建立普利茅斯殖民地。该船以在其上制定《五月花号公约》而闻名。

3　《周礼·春官·司常》："全羽为旞，析羽为旌。"

4　2017 年 11 月 8 日下午，习近平陪同来华进行国事访问的美国总统特朗普参观故宫。习近平向特朗普介绍了中国悠久的历史文化："（世界上各国）文化没有断过流、始终传承下来的只有中国。我们这些人也延续着黑头发、黄皮肤，我们叫龙的传人。"

游慕田峪长城并序》诗[1]，遂次韵和作。

> 秦皇余烈汉唐风，扫荡残胡不敢雄。
>
> 遣使传檄收庾岭[2]，筑巢引凤种梧桐。
>
> 攀登五岳非伐木，截断三峡可蓄洪。
>
> 万里长城犹醒目，神州此处最尊崇。

2017 年 11 月 12 日

七言排律·纪念改革开放四十周年次韵周振兴

周振兴发来一首《排律·纪念改革开放四十周年》诗[3]，遂次韵和作。

> 卅[4]年烟雨卅年尘，思想包容信有真。
>
> 寒意微消除忌禁，东风一起泛涟沦。
>
> 惊雷十月除奸宦[5]，砥柱中流现重臣[6]。
>
> 分地耕田犹待旦，开科取士早迎春[7]。

1　周振兴原诗："慕峪长龙舞烈风，晴阳盛照鼓雌雄。发生地表旋溪岭，起自青蘋撼柏桐。跃上高崖摧朽木，翱翔激水漾微洪。清泠透彻明心目，神域齐天汝必崇。"

2　庾岭，即大庾岭，为五岭之一。五岭在秦汉早期指五个军事要塞性质的山岭，扼守南越与中原的几个关键通道。西汉建立后，汉高祖刘邦派谋士陆贾赴南越国，说服国王归顺汉朝。

3　周振兴原诗："遍亚乌云混恶尘，九州岛渺失纯真。苍生矰苦良言禁，世态浑茫正义沦。浩劫邪风兴佞宦，频仍动乱泛奸臣。百代文明亡夕旦，千年智慧葬残春。危楼亟待撑梁木，盲舰尤须掌舵人。江呼海啸通灵愿，地动山摇感鬼神。尧舜哀怜垂厚爱，小平扛鼎拯微民。英谋睿策宏图设，远虑深思伟厦新。乾坤巨变才堪重，日月澄清道必臻。高考擢华雄基奠，崇知选擘固根辛。启聪万众争鸿鹄，激发群贤竞瑞麟。行从事物循公理，昇顺渊源自既因。市场挥扬充活力，私营涌跃荡穷贫。外资入境呈妍貌，内蓄冲牟展靓珍。包容气象芳菲艳，开放胸怀岭鏊仁。灿烂辉煌铭历史，光芒耀射永曦晨。纪元待续休耽梦，接轨三观乃大伦。"

4　卅[xì]，四十。

5　1976 年 10 月，王洪文、张春桥、江青、姚文元组成的"四人帮"被粉碎，客观上宣告"文革"结束。

6　邓小平是中国改革开放的总设计师，是中央最高决策层的灵魂人物。

7　1977 年开始以高考成绩录取大学新生。

残躯堪比参天木，睿智全由出众人。

温饱小康偿夙愿，富强大略振精神。

甘棠叶茂因遗爱[1]，美政恩深在恤民。

当代家园须建设，千秋史册要翻新。

负担持久还沉重，前景光明已渐臻。

先辈开疆享祭奠，后昆创业付艰辛。

神州崛起惊黄鹄，世界偕行抢瑞麟[2]。

经济优先硬道理，文明存续好基因。

克艰上下皆同力，脱困城乡不再贫。

绿水青山还旧貌，富民强国创奇珍。

人生苦短何谈艳，好景难长唯敬仁。

转换时空成历史，连通兴旺踏霜晨。

少年中国少年梦，革故维新即是伦。

2018 年 12 月 4 日

七律·致敬抗击疫情的医务人员

一场突如其来的疫情从武汉向全国蔓延，许多医务人员自愿报名赴武汉抗击疫情，其心、其情、其行，惊天地、泣鬼神！遂赋诗敬献！

疫病重来举世闻，华灯节庆却蒙尘。

万人居室离亲友，九省通衢隔近邻。

冠状病毒藏宿主，白衣天使暖人心。

---

1 《诗经·召南·甘棠》："蔽芾甘棠，勿翦勿伐，召伯所茇；蔽芾甘棠，勿翦勿拜，召伯所说。"《左传·襄公十四年》："武子之德在民，如周人之思召公焉，爱其甘棠，况其子乎？"

2 瑞麟，指人才。

报名赴险谁羞死？莫恋深宅富贵门！

2020 年 1 月 24 日

七律·庚子新春全民抗击疫情次韵周振兴

下午，周振兴发来一首《七律·记庚子新春全民抗击高传染性致命新型冠状病毒》诗[1]，遂次韵和作。

初迎庚子却添忧，密雾浓云罩九州。

疾病初来增药苦，华佗再世解民愁。

通衢三镇能驱虎，逐浪长江可汇流。

多难兴邦同聚力，扫除灾害凯旋收。

2020 年 1 月 26 日

七绝·武汉疫情次韵桂栖鹏

校友桂栖鹏是湖北黄梅县人，他的家乡有大、小源湖，通长江。他在校友圈中发了一首《坐困疫情有感》诗[2]，遂次韵和作。

龟蛇锁住大江歌，黄鹤楼前鹦鹉何[3]。

1　周振兴原诗："举国萧然万物忧，风云庚子始神州。惶惶楚鄂人民苦，遽遽中华百姓愁。肆虐疫情如猛虎，嚣张病势似洪流。成城众志排山力，灭敌同心决胜收！"

2　桂栖鹏原诗："路少行人市少歌，疫情如火奈愁何？盈盈一掬家山泪，汇入源湖涨水波。"

3　武汉市长江两岸分别有龟山和蛇山，传说很久以前，大禹承父遗志，为治水三过家门不入，率领百姓挑土筑堤，疏江导河，劳动号子声震云霄，惊动了玉皇大帝。玉帝深为感动，派龟、蛇二将下凡帮助治水。大禹非常高兴，便叫蛇做开路先锋。蛇领命后努力向前，所过之处立刻出现一条大江。由于蛇走起路来弯弯曲曲，故蛇拖出的大江也曲折而行，龟则紧跟在蛇后面，背上驮着神土，让大禹及时将神土撒下筑成长堤。当长江开到汉水口时，龟蛇因出力过度，累得不能动了，龟就趴在汉阳，蛇就躺在武昌，龟蛇隔江相望，化成龟、蛇二山，护佑着两岸百姓不受水害。黄鹤

此刻同胞齐洒泪，汇流推涨洞庭波。

2020 年 1 月 27 日

五律·忧思庚子疫情次韵周振兴

昨天晚上，周振兴发来一首《五律·庚子正月初三痛笔》诗[1]，遂次韵和作。

心猿驰意马[2]，瘟疫虐城邦。

雾重铺荒野，风狂锁大江。

千家空洒泪，万户紧关窗。

非是天行怪，云中神未降[3]。

2020 年 1 月 29 日

七律·庚子正月抗击疫情记怀次韵周振兴

昨天，周振兴发来一首《七律·庚子正月初八全民奋起抗新冠病毒十天记》诗[4]。遂次韵和作。

身居南粤意悬悬，江夏遭瘟旧岁前。

楼与鹦鹉洲是武汉的两处著名标志物。毛泽东《菩萨蛮·黄鹤楼》词："烟雨莽苍苍，龟蛇锁大江。黄鹤知何去？剩有游人处。"

　　1　周振兴原诗："城寂稀车马，灾忧锁国邦。凄风吹四野，苦雨蔽三江。庚子新年泪，寒春冷月窗。谁人擒蝥怪，天下众心降？"

　　2　《敦煌变文集·维摩诘经讲经文》："卓定深沉莫测量，心猿意马罢颠狂。"唐代许浑《题杜居士》诗："机尽心猿伏，神闲意马行。"

　　3　《楚辞·九歌·云中君》："灵皇皇兮既降，猋远举兮云中。"

　　4　周振兴原诗："日有高阳顶上悬，园无欢鹊戏窗前。千家静寂人灾度，万镇萧条庙祸延。闭路封村谈虎变，飞谣失信化龙蹯。危楼巨厦何堪柱？遇难成祥顾自怜！"

魔鬼伸头年未度，药王出世病难延。

雷神原在火神变[1]，紫气初来浊气蠲。

医者仁心成砥柱，苍生有幸遇矜怜。

2020年2月2日

七律·张忠德大夫率队赴武汉抗击疫情次韵林田生

林田生发来一首《敬送张忠德大夫率队赴武汉抗击肺疫》诗[2]。张忠德现任广东中医院副院长，2003年非典疫情时，他本人受了感染。这次，他说自己不去武汉，对不起良心，精神令人感动，遂次韵和作。

仲景[3]重生若乃翁，不求厚赏不称雄。

一身绝技岭南惠，几剂羹汤举世功。

责任如天除病疫，良心似火映长虹。

查房会诊平常日，患者犹临拂面风。

2020年2月4日

七律·医护人员咏次韵傅景世（二首）

一

昨天，收到校友傅景世的一首《医生》诗[4]，遂次韵和作。

1　武汉市一周之内建成雷神山和火神山两座专门医院。

2　林田生原诗："披襟犹似葛仙翁，昔日治非亦俊雄。率队壮行荆楚地，大医身藏柳刀功。妙方巧手除瘟疫，暖语仁心迎彩虹。待到凯旋金奏日，精忠明德笑春风。"

3　指东汉名医张仲景，素有"医圣"的美誉。

4　傅景世原诗："大疫来时谁挺身，白衣天使最天真。因生患者拼生命，为救他人失救亲。

节前本是自由身，大疫来时考验真。

无令逆行唯使命，有心顺势忤家亲。

悬壶此刻能张目，除病他年可焕新。

阴雨孤城双倍暗，擎天砥柱望昆仑。

2020 年 2 月 12 日

二

傅景世在校友群中发了一首《赞援鄂医生护士》诗[1]，遂次韵和作。

危时患者最思君，舍命原非陌路人。

口罩半遮留眼罩，视频全录伴音频。

头功盖顶真天使，大褂贴身旧汗痕。

回首逆行谁引路，真金浴火凤凰存。

2020 年 3 月 20 日

八声甘州·庚子春杂感次韵陈万斌同调词

前几天，陈万斌发来一首《八声甘州·庚子春深炎徽北眺》词[2]，遂次韵和作。

忆年年芳草绿晴川[3]，今岁最当开。

叹病毒未去，兰舟催发，鹦鹉难来。

非典虽前还在目，冠毒继后又翻新。夕阳西下病区暗，泪雨倾盆满昆仑。"

　1　傅景世原诗："疫来多少逆行君，一片丹心为救人。同伴牺牲曾眼见，稚儿呼唤仅微频。疲乏终日方舱院，憋闷整天口罩痕。患者清零归省路，泪花滚落感温存。"

　2　陈万斌原词："自东风吹绿了山川，夜雨杏桃开。正莺声老去，杨枝新发，燕子归来。展绝池边陌上，梦里觉春恢。久锁层楼客，袖手悲哀。　不忍凭栏北眺，岂云山阻隔，游子难回？恨红羊劫深，平地起惊雷。大江湖、风光明媚，竟成辜、楚国几名台。谁知道、望平芜远，锦绣成堆。"

　3　唐代崔颢《登黄鹤楼》诗："晴川历历汉阳树，芳草萋萋鹦鹉洲。"

黄鹤楼空云在上，地广气恢恢。

羁旅笼中客，同泣同哀。

延颈怆然北眺，故乡山水隔，梦里常回。

雪尽春耕迫，播种盼春雷。

泛江湖、清涟可媚，赦无辜、忌舞榭歌台。

依天道、近听服远¹，沙自成堆。

2020 年 3 月 4 日

水龙吟·庚子惊蛰杂感次韵陈万斌同调词

陈万斌发来一首《水龙吟·庚子惊蛰》词²，遂次韵和作。

未闻乍动春雷，百虫唤醒初春雨。

院中竹簇，湖边枝袅，薄言归沐³。

信步闲庭，黄鹂鸣翠，红砖挂绿。

岭南风柔软，教人沉醉，纵非醉，笙歌舞。

朱粉秋娘曾妒⁴，入凡尘、似前缘误⁵。

1　《晋书·荀勖传》："明公以至公宰天下，宜杖正义以伐违贰；而名以刺客除贼，非所谓刑于四海，以德服远也。"

2　陈万斌原词："未曾枕上惊雷，卷帘才歇纷纷雨。浮云簇簇，轻烟袅袅，万柯膏沐。洗后前庭，槟榔刻翠，芭蕉伸绿。更多篱红软，莺声自醉，爬墙薜，随风舞。　不惹诸天人炉，屐封尘、兼年深误？看花把酒，临风写韵，都成无语。往岁桃花，今朝樱雪，有谁知趣？正空生楚楚，势将寂寞，附东风去。"

3　《诗经·小雅·采绿》诗："予发曲局，薄言归沐。"

4　唐代白居易《琵琶行》诗："曲罢曾教善才服，妆成每被秋娘妒。"

5　宋代严蕊《卜算子》词："不是爱风尘，似被前缘误。"

255

盈樽有酒，寒砧无韵，惊人休语。

元夜飞花，程门立雪，涉园成趣[1]。

念哀哀鄂楚，苍生落寞，咒瘟神去。

2020 年 3 月 5 日

七律·庚子春杂感兼和陈万斌

陈万斌发来《庚子春读江城邸报（其四）》诗[2]，遂次韵和作。

万里长江日夜流，凡间愁怨醉方休。

君权神授强人拜，民主天生合众谋。

惜命无非缩手指，感恩岂可作阶囚。

苍天不负秦时月，千载依然照汉州。

2020 年 3 月 7 日

七律·无题

最近几天，媒体密集报道援鄂医务人员撤离的消息，许多情节特别感人。只有感同身受、将心比心，才会生出感恩之心，也才会有公心。总结经验不能情绪化，更不能根据个人的好恶来评判这场波及全人类的重大危机。遂赋诗记怀。

福祸无门唯自寻[3]，清风明月或开心。

兴亡俱恨苍生苦，否泰都嫌云水深。

1　晋代陶渊明《归去来兮辞》："园日涉以成趣，门虽设而常关。"

2　陈万斌原诗："时光故故作东流，国步艰难不愿休。一疫当前谁再拜？三挝过后自无谋。终成捧日千夫指，还剩悲情万井囚。唯有秦时无耻月，多情肯照帝王州。"

3　《太上感应篇》："祸福无门，惟人自召；善恶之报，如影随形。"

夙愿人为贪酒色，逸思天纵¹望泉林。

阴晴向晚随缘定，斯世还余伴陆沉²。

2020年3月22日

七律·庚子清明感怀兼和周振兴

　　昨天，周振兴发来一首《七律·痛怀》诗³。往岁清明，岭南常常阳光明媚，人们借扫墓之名行踏青之实。今年或有天人之应，从昨日开始，渐渐细雨仿佛诉说着什么，这是多年来记忆中的第一次。疫情没有彻底解除，清明回乡祭祖的打算终成泡影。不管人世如何变幻，春天总会如约而来，"不为尧存，不为桀亡"。遂次韵和作。

往岁清明无甚忧，今年瘟疫倍增愁。

家山难返云还乱，国事多艰雨未休。

祭祖心中当扫墓，观书灯下且凝眸。

岭南天暖花常艳，春日不欺鬼不纠。

2020年4月4日

五律·庚子清明暨全国哀悼日感怀兼和周振兴

　　昨天，周振兴发来一首《五律·庚子寒食节》诗⁴。昨天是清明节，也是全国哀悼日，为因疫情而去世的亡灵致哀。遂次韵和作。

　　1　唐代高适《淇上别刘少府子英》诗："逸思乃天纵，微才应陆沉。"

　　2　《庄子·则阳》："方且与世违而心不屑与之俱，是陆沉者也。"明代唐寅《赠南野》诗："我亦陆沉斯世者，买邻何日许相陪？"

　　3　周振兴原诗："庚子清明百事忧，大江南北浸哀愁。宅家累月心情乱，闭户连天意气休。念母不能身跪墓，思亲只有泪冲眸。群芳此度仍争艳，赏趣全无郁结纠。"

　　4　周振兴原诗："寒食泠泠水，清明缈缈烟。园芳香入室，野秀趣连阡。鬼蜮忧今貌，人间念故贤。悲情空对酒，醉卧亦难眠。"

257

连日无根水[1]，清明祭祀烟。

有家成斗室，无处踏荒阡。

忌惮新冠貌，追思老祖贤。

九泉谁见酒[2]？滴滴助人眠。

2020年4月5日

五律·武汉解封感怀

　　武汉自2020年1月23日以来，度过了76天波澜壮阔的抗疫时光。今天解封，是一个重大的标志性事件。遂赋诗记怀。

倾力剿瘟神，通衢暂闭门。

风云曾变色，江水未留痕。

春日不欺我，樱花唯赠君[3]。

纵无鹦鹉赋[4]，黄鹤也来临[5]。

2020年4月8日

1　无根水，也叫天水，泛指天上落下的水、雨、雪、霜、露等。

2　宋代高翥《清明日对酒》诗："人生有酒须当醉，一滴何曾到九泉。"

3　武汉的樱花，以武汉大学最为有名。

4　东汉末年辞赋家祢衡创作《鹦鹉赋》，除了描绘鹦鹉的灵机聪慧和高洁情趣，更是诉说作者悲苦的遭遇和心境，表现其纷乱的思绪、身不由己的哀怨和无以为乐的郁闷。

5　武汉的黄鹤楼是"江南三大名楼"之一，自古享有"天下江山第一楼"和"天下绝景"的美誉。唐代崔颢《黄鹤楼》诗："昔人已乘黄鹤去，此地空余黄鹤楼。黄鹤一去不复返，白云千载空悠悠。"

校园篇

七律·香港大学咏

师兄韩培刚和柯宁的女儿韩可扬本来已被北京大学国际政治系录取，但她听了同学和其他一些人的话，不想上北大了，而是准备入香港大学牙医专业。我在感到遗憾之余，萌生了去香港大学实地考察的想法。此次借会友之机来香港，抽暇去港大实地感受，遂赋诗记怀。

雨中寻找校园门，笑脸开言问路人[1]。

远道来宾情切切，阴云标语意森森[2]。

铼光涣世原非梦，琚柱擎天或许能[3]。

民主入心凭法制，同胞梦想必成真。

2016 年 8 月 18 日

五律·母校武川一中六十华诞致禧

今天是教师节，母校武川一中将于本月 16 日举行 60 周年校庆活动，遂赋诗记怀，并请高中同班同学张利平转校庆组委会。

光荣六十年，功耀大青山。

1　今天下雨，我从地铁出站时，向一位女士打听港大怎么走，她带我出来，然后给我指路。参观完学校后，向一位清洁工大姐打听香港大学正门的位置。

2　我从教学楼的一个窗口向外看去，一段路面上用白漆写着一副对联：冷血屠城，烈士英魂不朽；誓杀豺狼，民主星火不灭。

3　教学楼中有一块 1986 年 4 月 28 日立的奠基石，上面刻着"梁铼琚先生与校长黄丽松博士奠此基石"，碑的正中刻着"铼光涣世，琚柱擎天"八个大字。铼，古代的一种凿子或独头斧。《诗经·豳风·破斧》："既破我斧，又缺我铼。"涣，离散或盛大。《序卦传》："说而后散之，故受之以涣。"意思是说，长期一团和气，系统容易陷入封闭，必须有自外而来的"冲刷"，系统才能不断焕发生机。琚，本地出产的玉石。

260

粉笔传真慧，毡靴¹御酷寒。

春秋难计暑，桃李可参天。

代代才人涌，都书锦绣篇。

2016 年 9 月 10 日

汉宫春·深圳实验中学咏

有一次，在参加女儿所在学校深圳实验中学的家长会时，听老师讲了一个词"守望"，这是对孩子上高中以后家长心情的最好描述。遂填词记怀。

袅袅清风，杏坛²声朗朗，落满鹰雏。

依山数栋馆舍，格调尤殊。

门前马路，绕黉门³、街市生疏。

环境雅、精神尚俭，不容半点虚浮。

家国英才安在？脊梁吾辈事，应展宏图。

修身做人首要，再论茅庐⁴。

严慈守望⁵，计归期、蒸煮鲜鲈。

根本固、他年入世，续编无字真书。

2016 年 11 月 20 日

1　毡靴，用羊毛制作的靴子，俗称"嘎噔"。我上高中时，家里贫困，冬天无钱买漂亮的棉鞋，就穿这种嘎噔，样子虽不好看，但特别保暖。

2　《庄子·渔父》："孔子游于缁帷之林，休坐乎杏坛之上。弟子读书，孔子弦歌鼓琴。"孔子后裔六十九代孙、清代学者孔继汾《六十代赠衍圣公题杏坛》诗："独有杏坛春意早，年年花发旧时红。"

3　黉门，古代称学校的门，现在借指学校。

4　刘备"三顾茅庐"聘请诸葛亮出山的故事在中国家喻户晓。欲使人相顾聘请，必先修其德、宏其识、增其智、广其才。

5　《孟子·滕文公上》："乡田同井，出入相友，守望相助，疾病相扶持。"

五律·北京大学燕南园咏

今天去北京大学拜访工学院院长张东晓和院长助理李咏梅。我来得比较早，于是在燕南园附近转悠，在一个院子的小石凳上坐下来，上网查阅一些有关燕南园的往事，许多名人学者都在这里住过，我所知道的有马寅初、周培源、冰心、陈岱孙、冯友兰和汤一介等，真是大师荟萃之地。遂赋诗记怀。

院深树盖天，呵护燕南园。

鸣鸟增幽静[1]，闲人阅古篇。

大师留气脉，旧址焕新颜。

甲子逢双数[2]，勤耕桃李田。

2017 年 5 月 12 日

七律·母校兰州大学感怀

今天回母校兰州大学，住校门口的萃英酒店。下午在房间里，透过窗户远望校园，四周都是高楼，中间一块绿地，是我们当年求学时的校园中心，没有什么变化。斜阳映照着这片绿地，景色十分宜人。遂赋诗记怀。

凭窗凝望四周楼，草树斜阳最眼熟。

忆旧有歌频对酒，悲秋无趣暗生愁。

小舟逝水陪苏轼[3]，大醉回天梦陆游[4]。

且看黄河波浪涌，随风直下海东头。

2017 年 7 月 13 日

---

1 南朝王籍《入若耶溪》："蝉噪林逾静，鸟鸣山更幽。"
2 2018 年是北京大学 120 周年校庆，一个甲子为 60 年，120 就是两个甲子。
3 宋代苏轼《临江仙》词："小舟从此逝，江海寄余生。"
4 宋代陆游《秋思》诗："日长似岁闲方觉，事大如天醉亦休。"

七律·母校兰州大学建校一百一十周年咏

校友徐清华把母校兰州大学领导来深圳的日程发我，请我写一首祝贺母校建校110周年的诗。正值深圳校友会编辑《兰馨集》诗集，遂赋诗相赠。

滚滚黄河东入洋，白云远上鹤家乡。

汉唐故地风流在，文理萃英锦绣藏。

十载期颐[1]人恋旧，兰馨日记墨添香。

钟灵毓秀湖[2]边柳，岁月都存积石堂[3]。

2019年1月24日

1　期颐：百岁之人。

2　毓秀湖，校园中心的人工湖。

3　积石堂，学校图书馆。

参访篇

七律·深圳汕尾特别合作区咏

下午，去深汕特别合作区拜访，观看了远景规划图。在返回深圳的路上，赋诗记怀。

深汕精描壮丽篇，文章道义挎双肩。

时空布置须谋划，电力供应要领先。

土掩溪流难掩海，风摧大木不摧山。

秉持发展新常态，登上乘风破浪船。

2016 年 2 月 18 日

七律·东风汽车集团咏

今天上午，参加集团组织的拜访东风汽车公司活动，然后坐高铁回深圳，在火车上赋诗记怀。

滚滚长江锦浪开，东风荡漾正驱霾[1]。

百年雪耻兴洋务，一战成名树品牌[2]。

专业人谋专业事[3]，热干面赚热干财[4]。

眼前鹦鹉洲重绿，黄鹤楼空黄鹤来。

2016 年 3 月 2 日

1　武汉的雾霾很重，东风汽车准备发展新能源汽车。核电与新能源对消除雾霾的作用很大。

2　东风汽车公司成立于 1969 年，所生产的越野车在越南战争中一战成名。

3　东风汽车副总经理欧阳洁在座谈过程中说了一句"专业的人做专业的事"。

4　热干面是武汉的特产。昨天晚上品尝了一下，确实有特色。

266

七律·忠良书院咏

最近在北京忠良书院参加培训，晚饭后，在周围散步，各种景物映入眼帘，遂赋诗记怀。

大山深处立簧门，高树青云共比邻。

字画随心才算美，照片褪色最唯真[1]。

读经未可谋粱稻[2]，上课犹能治困贫。

国计民生头等事，忠良书院注灵魂。

2016 年 4 月 20 日

七律·华为公司咏

上午，原华为产品线营销总监曹建明讲授《华为人力资源管理之道——如何搭建快速提升业绩的绩效管理体系》。华为公司确实不俗，但如果没有任正非，也就没有这家公司。遂赋诗记怀。

理论纷纷落满灰[3]，全新机制看华为。

开疆崇拜狼文化，创业追随任正非。

懒汉常常可以混，雷锋万万不能亏[4]。

休惊少将当连长[5]，得胜评功端酒杯[6]。

2016 年 4 月 21 日

1　教学楼的大厅里挂着许多展示忠良书院及中粮集团发展历程的照片，有些已经褪色了，更增添了历史的沧桑感。

2　清代龚自珍《咏史·金粉东南十五州》诗："避席畏闻文字狱，著书都为稻粱谋。"

3　德国歌德《浮士德》："理论是灰色的，而生命之树常青。"

4　华为的以奋斗者为本文化：鼓励出现雷锋，但绝不让雷锋吃亏。

5　华为把 15 万秀才变成了兵。

6　华为的合作文化：败则拼死相救，胜则举杯相庆。

七律·大连太平湾港口咏

昨天在考察大连港太平湾码头时，答应送大连港集团副总经理董延洪一首诗。今晚赋诗相赠。

夕阳不肯下山坡[1]，远客迎风意气多。

一岛三湾[2]湾蕴宝，千帆双海[3]海扬波。

百年大港兴衰史，万丈雄心日月梭。

联手如添核动力，休将机遇付蹉跎。

2016 年 5 月 5 日

七律·大宝山矿咏

上午去韶关，拜访大宝山矿业公司，综管部副部长张卫民带我们参观采矿、选矿、排石现场，场面很壮观。中午，两位副总经理黄建华、李灼超陪吃饭，李是一个爽快人。目前该公司年用电量 6000 万千瓦时，明年可达 1.3 亿千瓦时。我答应写一首诗送大宝山矿。晚上，赋诗记怀。

大宝山青沐雨中，坡前岭后几多松。

---

1 我们在参观大连湾时，正是夕阳西下的时候。待我们谈完事、照完相，太阳仍然没有落下去。我开玩笑说，主人太好客了，连太阳都不愿意下山。

2 指长兴岛和大连湾、太平湾、大窑湾。

3 大连半岛处于黄海与东海的交界处。

参禅梵刹[1]韶关客，宛转曲江岑水铜[2]。

旧矿千年遗旧梦，新人百代立新功。

携来核电千钧力，搅动深潭跃潜龙[3]。

2016 年 6 月 17 日

七律·澳门电力公司咏

今天，与郑成山去澳门拜访澳门电力公司，林礼新和刘筱驹两位先生来码头接。梁汉权总经理和施雨林、岳宗斌等三位公司领导参加座谈。中午饭后，刘总送我们去码头。在船上，赋诗赠送刘总。

跨海乘舟访澳门，机缘偶遇故乡人[4]。

联谊不用谈条件，售电何须拜赌神。

体物缘情[5]文案事，离形去智[6]老庄心。

波涛若解思亲意，化作飘飘塞外云。

2016 年 6 月 22 日

1　指广东韶关南华禅寺，又称"宝林寺"，被誉为"岭南禅林之冠"，位于广东省韶关市约22 公里的南华山。据记载，南北朝梁武帝天监元年（502 年），有位印度高僧智药三藏来到中国，云游至曲江曹溪村，见山水奇秀，赞叹道："宛若西天宝林山也。如在此建梵刹，可称之为'宝林'。"高僧之意得到当时韶州刺史侯敬中的重视，表奏梁武帝萧衍，遂于天监三年（504 年）建寺，赐额"宝林"。

2　《韶州府志》："岑水，胆矾水（硫酸铜溶液），又名铜水。……宋初置场采铜，曰岑水铜场，谓水能浸生铁成铜，又出生、熟胆矾。"

3　《旧唐书·文苑传上·谢偃》："勿忘潜龙之初，当怀布衣之始。"

4　刘筱驹先生是内蒙古包头人，与我算是同乡。

5　晋代陆机《文赋》："诗缘情而绮靡，赋体物而浏亮。"

6　《庄子·大宗师》："堕肢体，黜聪明，离形去智，同于大通，是谓坐忘。"

七律·腾讯"云＋未来"峰会咏

上午，参加腾讯公司主办的"云＋未来"峰会。在休息室见到马化腾、万科总裁郁亮、新东方董事长俞敏洪和美的集团董事长方洪波等商界大佬。下午三点一刻，我在会上做了题为《为互联网的发展注入核动力》的演讲，开头和结尾都是一首诗，现场气氛活跃。结合上午听其他嘉宾的演讲，遂赋诗记怀。

云雾缭绕布满天，飞扬风采尽神仙。

与人分享联腾讯，独自钻研涉险关。

大佬成堆接地气，凡夫率性著衣衫。

从来闲散归幽梦，总是梅香出苦寒[1]。

2016 年 7 月 5 日

七律·广船国际咏

前天，去广船国际拜访韩广德董事长，遂赋诗相赠。

宏业奠基龙穴岛[2]，深藏择日跃龙门。

鼎新先顾维新策，消浪全凭斩浪人。

三广同心尊广德[3]，群船恋海祭船神。

东风有信[4]不欺客，注入核能驱巨轮。

2016 年 7 月 8 日

---

1 《警世贤文·勤奋篇》："宝剑锋从磨砺出，梅花香自苦寒来。"
2 龙穴岛位于珠江口的蕉门、虎门水道出口交界处，距广州 86 公里。广船国际的船坞就建在该岛。
3 同行的校友翟亚军说，广船、广核、广德，成为"三广"，合起来很有力量。
4 宋代苏轼《一丛花·初春病起》词："东风有信无人见，露微意、柳际花边。"

七律·立章公司咏（二首）

一

　　下午，去佛山拜会立章公司总经理麦子良先生，上次见到的麦舜章原来是他儿子，怪不得他很有把握地说可以与我签合同。晚上，麦总在今天下午参加活动的张总的汇丰饭店吃饭，他们的家属都来了，我说，这是最高礼遇了。麦总说："你是有文化的人，而且会给我们带来优惠的电量，这是好事情。"饭后，在回深圳的路上赋诗记怀。

白手起家日夜忙，肉身百炼即成钢。

当时创业须交友[1]，永续经营要立章。

塑料[2]增值生产旺，核能发电竞争强。

长江后浪推前浪，儿子继承老子良。

2016 年 8 月 10 日

二

　　下午来到佛山立章公司，与麦舜章签售电合同。晚上在紫金城嘉诚酒楼吃饭，各种猪肉，一条鲩鱼。当地人有一种说法："芫茜豆腐鱼头汤，外带几片姜。"这顿饭确实原汁原味，很有特色。饭后，在回深圳的路上，次旧韵赋诗相赠。

流水线长何用忙，提升效益即为纲。

澄明心地无虚友，纯净眼神出彩章[3]。

运势气足如火旺，引擎力大比人强。

慈祥遣子经风浪，家教严格结果良[4]。

2016 年 8 月 25 日

1　今天下午，麦总说了一句话，创业当初总要交几个当地的朋友，否则，没法办事。

2　立章公司的主业是生产塑料包装桶。

3　今天下午，麦舜章小伙子那双眼睛给我留下了深刻印象，很纯净，天真无邪。

4　上次听麦舜章的父亲讲，他对儿子的家教极严，而且从小就让他尝试处理一些事情。

七律·通用电气公司咏

今天上午，参观通用电气公司上海总部，遂赋诗记怀。

开山鼻祖爱迪生，通用基因勤转型。

历史功劳成数字[1]，未来理念聚精英。

独家文化需传导，普世情怀要继承。

实践开通足下路，雄心不已再登峰。

2016 年 9 月 22 日

七律·库珀公司咏

前天与师兄韩培刚一起去库珀公司，答应毛延发博士和库珀公司的股东徐铭先生为他们写一首诗。库珀公司是制造医疗器材的，今天为他们写了一首"库珀品质、关爱健康"的藏头诗。

库门不闭早开张，珀末凝结日月光。

品助医生能济世，质当博士定流芳。

关怀患者挑材料，爱护员工设讲堂。

健笔难书弘远志，康庄大道寿无疆。

2016 年 12 月 24 日

---

1 接待我们的负责人用一组数字介绍通用电气的历史发展状况。

七律·天福寺太岁殿咏

前天，陪姐姐去内蒙古凉城县天福寺游览，应乡人之请，赋诗留念。

阴山古道已无痕，千载沃阳通雁门[1]。

背后青峰钟丽日，眼前溪水净风尘。

年中天子至尊殿，座上神祇余烈身。

福寺安详佛保佑，黎民永享太平恩。

2017年2月6日

七律·南华禅寺咏（二首）

今天去韶关游南华禅寺，遂赋诗记怀。

一

万事皆缘信不空，南华禅寺供真容[2]。

五宗一脉袈裟久，六祖同根道场隆[3]。

香不点燃持戒律[4]，身常膜拜向苍穹。

灵魂安放心安定，便是慈悲济世功。

1　凉城县历史悠久，西汉始置县，名为沃阳，因流经过城的沃水（今弓坝河）而得名，北魏设凉城郡，辖参合、旋鸿二县，始有"凉城"之名。从山西雁门关通到塞外，曾经有一条阴山古道途经此地。

2　南华寺内的灵照塔中供奉着禅宗六祖慧能的肉身坐像。

3　佛教传入中国后，禅宗以达摩为祖，称为"一花"；佛教禅宗发展演变的五个流派沩仰、临济、曹洞、法眼、云门，称为"五叶"。禅宗六祖慧能在此弘法，也称六祖道场。

4　寺院为了安全，规定一律不准在里面上香，游客只能在门口规定的场所上香。

273

二

曹溪掬水奠基禅，智药当年见不凡[1]。

梵刹通天天籁曲，宝林接地地心泉。

观音肯助常人事，佛祖才传贤圣篇。

登上慈航能上岸，西归堂里抱儿还。

2017 年 2 月 9 日

七律·丹霞山游锦江

今天在丹霞山坐船游锦江，遂赋诗记怀。

暮色行船眺远峰，观音菩萨雾中迎[2]。

水波荡漾描江绿，燕子呢喃[3]唤客声。

风景牵人观峭壁，心情由己亮明灯。

秋天红豆编成串[4]，粒粒相思粒粒情[5]。

2017 年 2 月 10 日

1　史载，南朝梁武帝天监元年（502 年），梵僧智药三藏率徒来中国五台山礼拜文殊菩萨，路过曹溪口时，掬水饮之，觉此水甘美异常，于是溯源至曹溪。四顾山川奇秀，流水潺潺，于是对徒弟曰："此山可建梵刹，吾去后一百七十年，将有无上法宝于此弘化。"

2　游船在某处停下来，船老大给游客指远处的一座恰似观音送子的山峰。他说，一年只有一百零几天可以看到，雾天看不到，阴雨天看不到，当然你们不来也看不到。

3　我们在丹霞山景区内住的旅馆叫"燕子呢喃"。

4　船老大兜售红豆手镯和项链，手镯每只卖 10 元，项链每条卖 20 元。

5　唐代王维《红豆》诗："红豆生南国，春来发几枝。愿君多采撷，此物最相思。"

七律·海云天公司咏

昨天下午，陪韩晓光参观深圳海云天公司，遂赋诗相赠。

琴瑟和鸣情意浓[1]，投身教育气恢宏。

高端创业风格异，低调相人理念同[2]。

梵净山幽能论剑[3]，海云天阔可翔空。

梧桐栽好引来凤，振兴中华第一功。

2017 年 2 月 19 日

七律·三苏祠感怀

赴四川荣县出差，返成都时途经眉山，去三苏祠参观，遂赋诗记怀。将诗发周振兴，他和作一首《七律·次韵殷公〈三苏祠感怀〉》[4]。

秋晚无风雨未稠，星星点点落眉州[5]。

他乡游客沾文气，此处荷塘截水流。

父子三人求进士[6]，北南两宋傲王侯。

大江日夜东归去，唯剩砚边一笔头。

2017 年 10 月 22 日

---

1 海云天董事长游忠惠与其丈夫共同创办了海云天公司，从事教育培训方面的工作。

2 海云天公司高薪从美国请来留美博士王湘波先生出任高级总裁。晚上吃饭时，大家谈起特朗普的当选，王博士认为他可能干不长。

3 海云天公司在贵州铜仁的梵净山搞了一个教育培训基地。

4 周振兴和诗："秋雨微凉色彩稠，风云悄渡遍神州。三苏词赋轩昂气，万众虔音浊欲流。自古高才堪洁士，从来大慧避王侯。东坡百悟追鸿去，笑看浮华浪转头。"

5 参观过程中，天下微雨。祠内虽无淅沥之景，胸中实有唏嘘之慨。

6 苏轼与其父苏洵、其弟苏辙并称"三苏"，均名列"唐宋八大家"。嘉祐二年（1057 年），苏轼、苏辙兄弟二人同科进士及第。

祭悼篇

七律·杨绛先生仙逝致悼

钱锺书夫人杨绛今天逝世，网上有许多报道和评论。遂赋诗致悼。

百味人生遍苦甘，期颐过五[1]永长眠。

贤妻才女[2]春秋伴，《洗澡》《围城》[3]姊妹篇。

干校新闻成六记[4]，书斋香气润孤颜。

一家三口常追忆[5]，泉下相逢难再还。

2016 年 5 月 25 日

七律·祭悼陈能宽院士

前天，"两弹一星"功勋科学家陈能宽逝世。我当年在中核总做共青团工作时，与陈老见过两次面，他是一个很友善的人，对青年人十分爱护。遂赋诗祭悼。

投身两弹苦攻关，力克前锋第一难。

核子裂开凭炸药[6]，国防保障献侠肝。

基金分享何梁利[7]，精力全交八六三[8]。

不与青年争座次，虚名能让更能宽。

2016 年 5 月 29 日

---

1 古时称百岁为"期颐之年"。杨绛先生享年 105 岁，因此为"期颐过五"。

2 钱锺书先生称杨绛先生为"最才的女、最贤的妻"。

3 《洗澡》是杨绛先生所著的小说，《围城》是钱锺书先生所著的小说。

4 杨绛先生于 1981 年出版散文集《干校六记》。

5 杨绛先生于 93 岁出版散文随笔《我们仨》，风靡海内外，再版达 100 多万册。

6 陈院士在中国第一颗原子弹研制中的主要贡献，就是研制出了高爆炸药。

7 陈院士于 1996 年获何梁何利基金科学进步奖。

8 八六三，指国家高技术研究发展计划（863 计划）。

七律·祭悼吴建民大使

获悉原驻法国大使、外交学院院长吴建民先生今天在武汉出车祸去世，深感震惊。我于 2010 年 2 月 25 日（星期四）的日记中记载了他当天参观访问大亚湾核电站的情景。遂赋诗祭悼。

先生职业外交官，三寸金舌视野宽。

开放国门身在列，申明观点胆为先。

舆情混乱才迷惑，大势分剖便简单。

发展和平成主线，军民协力共担肩。

2016 年 6 月 18 日

七律·高智先生去世感怀

从网上得知，毛泽东机要秘书高智先生于 9 月 9 日在西安去世，享年 88 岁。毛泽东于 40 年前的 1976 年 9 月 9 日去世，如此巧合，令人不胜唏嘘。遂赋诗记怀。

四十年前同日悲，抛开生死紧相随。

床前拉手谈闲话，车上留心记细微[1]。

不是位卑才蹈矩，本来权重却循规。

防川最险开言路[2]，市井通天树口碑。

2016 年 9 月 12 日

1　高智自述，他在坐火车从西安去北京的路上，仔细察看铁路两边农田和农民干活的情况，去北京向毛泽东汇报。毛泽东坐在床上，拉着他的手谈话。

2　《国语·周语上》："防民之口，甚于防川，川壅而溃，伤人必多，民亦如之。是故为川者，决之使导；为民者，宣之使言。……民之有口也，犹土之有山川也……夫民虑之于心，而宣之于口，成而行之，胡可壅也？若壅其口，其与能几何？"

七律·痛悼朱家松

好友朱家松前不久生病入住中医院，我去医院看望，只见到了他的弟弟，医生已经不允许探访。今天晚饭时，得知家松在医院去世，给他弟弟打电话问候。回家后赋诗悼念。

拷问天公何不公，忍心折我好家松。

英年早逝孤儿痛，白首先悲双眼红[1]。

昔日有缘同走路，从今无伴再端盅[2]。

人间难遇回春术，下到黄泉做潜龙。

2016 年 10 月 18 日

七律·祭悼邬克信先生

在高中同学微信群中获悉，高中数学老师邬克信先生逝世，终年78岁，深感悲痛。给高中同班同学张利平发微信，请他代为致祭和送花圈，并赋诗致悼。

微信群中报噩音，含悲洒泪忆师恩。

满头白发微驼背，一缕香烟常会心[3]。

代数几何能冶性，板擦粉笔最劳神[4]。

先生驾鹤西游去，身后葱葱桃李林。

2016 年 12 月 11 日

1　朱家松有一个上高中的儿子，父母也俱在，真是白发人送黑发人。

2　朱家松在世时，我们经常在周末去徒步锻炼，然后三五好友小酌一场，感觉很快乐。

3　邬先生的个子较高，微微驼背，喜欢抽烟。

4　邬先生有时候批评同学在上课前不擦黑板："如果老师擦得多了，吃的粉笔末多，就会得职业病。"

七律·悼念段一士先生

惊闻母校兰州大学原物理系主任、理论物理学家段一士教授逝世，十分悲痛。我于1986年读研究生时，段先生给我们讲授量子场论课程，后来也多次聆听过他的专题讲座，受益终身。遂赋诗祭悼。

奇才少有寸心丹，奉献金城[1]六十年。

亦理亦工钻引信[2]，半洋半土立前沿[3]。

科研教学双肩挎，超越创新众志攀。

黄土多情能养士，先生遗教润皋兰[4]。

2016 年 12 月 22 日

七律·悼数学大师吴文俊先生

今天从网上得知，著名数学家吴文俊先生仙逝。我上初中时，以华罗庚、陈景润、杨乐、张广厚和吴文俊为代表的数学家，是我们那一代人的精神偶像。遂赋诗祭悼。

铅笔撑开一片天，平生嗜好只钻研。

几何定理含新意，机械功能革故篇[5]。

1　金城，兰州的别称。据记载，因初次在这里筑城时挖出金子，故取名金城。还有一种说法是依据兰州城群山环抱，固若金汤，因此取"金城汤池"的典故，命名为金城，喻其坚固。

2　段先生的专业是理论物理，但也涉足工科领域，曾经为部队研制过一种反坦克火箭弹的非接触引信。

3　段先生在 20 世纪 50 年代条件艰苦的大西北，做出了重要的创新性科学成就。在广义相对论、粒子物理、规范场理论、拓扑流理论等方面取得了许多重要科研成果。

4　皋兰山是兰州城区的屏障，自从 2000 多年前匈奴人在黄河边叫响"皋兰"后，这座大山就成了兰州沧桑岁月的见证。

5　吴文俊先生的重大贡献之一，就是开创了几何定理的机械证明这个新的研究领域。

泰斗寂寥身后事，明星闹热眼前鲜。

魂虽驾鹤西游去，留下精神即永年。

2017 年 5 月 8 日

七律·祭悼母校刘冰老校长

　　兰州大学老校长刘冰昨天逝世。可以说，没有刘冰，就没有母校的今天。遂赋诗祭悼。

风雨如晦[1]盼启蒙，一封书信破天惊。

身轻似雁飘鸿羽，事大如山耸岳峰。

西北路艰驱骏马[2]，中枢任重挽长缨。

严寒冻住黄河水，滚滚春潮可化冰。

2017 年 7 月 25 日

七律·悼物理大师霍金

　　中午惊悉，英国物理学家霍金去世，享年 76 岁。有人查过，300 年前，伽利略去世的日子是霍金出生的日子；今天是爱因斯坦的生日。三位物理学大师的机缘巧合，冥冥之中真是有某种命运的安排。遂赋诗悼念。

物理皇冠不镀金，爱翁去后便归君。

1　《诗经·郑风·风雨》："风雨如晦，鸡鸣不已。既见君子，云胡不喜。"

2　粉碎"四人帮"以后，刘冰担任兰州大学党委书记兼校长，兰大有了新的发展。

时间简史[1]成经典，黑洞[2]超能骇紫宸。

无语用心钻果壳[3]，残身坐椅望牛津[4]。

奇才定是天堂客，上帝关严地狱门。

2018 年 3 月 14 日

五律·台湾诗人洛夫之死

林田生发来一首悼念今晨去世的台湾与余光中齐名的诗人洛夫的诗[5]，依林君诗意赋诗悼念。

浪迹海东头，从容作楚囚。

乡愁[6]才缓解，石室[7]又添忧。

漂木江牵挂，残荷池挽留。

苍天情不老，骚客总工愁[8]。

2018 年 3 月 20 日

1　《时间简史》是霍金的代表作，在全世界拥有 3000 万读者。

2　霍金提出了黑洞理论，发现黑洞会像天体一样发出辐射。黑洞辐射或霍金辐射的发现具有极其基本的意义，它将广义相对论、量子场论和热力学统一在一起，是弯曲时空中的量子场论。

3　霍金的另一部重要著作《果壳中的宇宙》是《时间简史》的姐妹篇，以相对简化的手法及大量图解，讲述宇宙起源。

4　霍金出生于英国牛津，毕业于牛津大学。

5　林田生原诗："用星星点亮'石室'/邀李白同饮/把意象盛满酒杯/醉写诗的世纪/弯腰的芦苇/因风的缘故/把思念铺满长空/孤雁也能找到归途/用乡愁/把'漂木'推向江河/因荷的牵挂/'漂木'也长出春天。"

6　《乡愁》是 2017 年 12 月去世的台湾著名诗人余光中的名作。

7　《石室之死亡》和《漂木》均是洛夫的名作。

8　李大钊《青春》："或则幽闺善怨，或则骚客工愁。"

七律·悼周振兴母亲

下午，周振兴发来微信，其母于 2018 年 6 月 23 日驾鹤西去，享年 83 岁。他还发来一篇他撰写的祭文，"以谢公一直以来对我老母亲病情的关心与关注"。我回复："十分震惊！望公节哀顺变！"赋诗悼念，以慰老友。

周母功高懿德长，年轮已入圣贤行。

荣光祖上天波府[1]，英武眼中涿郡郎[2]。

朋辈伤心悲隔世，儿孙绕膝慰同堂。

从今魂魄将归处，应是祥云仙鹤乡。

2018 年 6 月 27 日

七律·悼刘杰前辈

在新疆阿克苏下飞机时，惊悉刘杰部长已经于前天去世，享年 104 岁。到达酒店房间，赋诗悼念刘老。

燕赵豪杰刘氏魁[3]，天公有幸赐灵龟。

争光少壮攻核弹[4]，昭雪元勋捧骨灰[5]。

百岁人生犹恨短，千秋竹简不胜悲。

痴心未改无遗憾，垂裕后昆[6]唯口碑。

2018 年 9 月 25 日

---

1 周母姓杨，借《杨家将》中的"天波杨府"指代。

2 周振兴生长于河北涿郡。

3 刘老是河北威县人。

4 刘老在担任二机部部长期间，我国爆炸了原子弹和氢弹。

5 刘少奇平反后，时任河南省委书记的刘老双手捧着刘少奇的骨灰盒转交其夫人王光美。

6 《尚书·仲虺之诰》："以义制事，以礼制心，垂裕后昆。"

五律·送刘杰前辈

回忆与刘杰老人交往的 20 个春秋,很多细节历历在目。刘老在百岁时送我一幅"奉献"的题词,101 岁时又送我一幅"自强不息"的题词。我把前一幅字挂在书房的墙上,它之于我的意义,就像鲁迅先生的日本老师藤野先生的照片之于鲁迅先生一样,每当夜深人静我想要偷懒的时候,偶尔看见这幅字,眼前就有刘老的身影,耳边会想起他那缓慢、和蔼的问话:"最近写诗了没有?""今年有没有新作品啊?"每当我说"没有"时,自己都觉得惭愧。刘老常常反过来安慰我:"你工作忙嘛,没有太多的空余时间!"其实,很多时候忙不是理由,懒才是实质。现在,刘老已经仙逝,但这幅"奉献"的题词会一直陪伴并警示着我。遂赋诗记怀。

岁月恋晨霜,秋凉国有殇[1]。

题词唯奉献,嘱我辨迷茫。

君子行天健,男儿当自强[2]。

生活无尽处,长路在前方。

2018 年 9 月 29 日

七律·次韵周振兴新年《痛怀》

昨天,周振兴从微信发来一首思念其母的《七律·公元 2018 年岁末迎新之际痛怀》诗[3],遂次韵和作。

新年岁末夜茫茫,此刻凄凄最念娘。

---

1 于右任《望故乡》诗:"天苍苍,野茫茫,山之上,国有殇。"

2 《周易》:"天行健,君子以自强不息。"

3 周振兴原诗:"是岁风云满眼茫,苍天害我失亲娘。孤行从此江湖暗,独步由而野岭凉。一曲悲歌千汩泪,三声痛哭万般惶。跪斟百盏温香酒,敬与萱台话短长。"

天日无晴浓雾暗，人神有路晓霜凉。

枕边多少思亲泪，梦里几回彻骨惶。

蜡烛台前樽满酒，春来萱草¹又长长。

2018 年 12 月 29 日

七律·悼于敏先生

　　"两弹元勋"之一于敏先生，昨天以 93 岁高龄辞世。于敏先生的主要贡献，就是主持研制了我国的氢弹。在我们这些学核物理的学子心目中，于敏先生是泰山北斗级的人物，我们对他非常敬仰。我认识我们国家许多著名的科学家，比如王淦昌先生，被誉为中国的"原子弹之父"，而且与他还比较熟悉，但就是没有见过于敏先生，颇有《史记》中说的"高山仰止，景行行之，虽不能至，然心向往之"的感触。从辈分上说，王先生算是于先生的长辈。我从王先生的道德和学问中，可以推知于先生与王先生也是一样的人物，对他的逝世很感哀伤。遂赋诗悼念。

人造金乌²已放飞，神州回荡一声雷。

祖传白纸堪描画³，国产专家不靠谁⁴。

核盾无形弘志气，苍天有泪洗丰碑。

古来九秩都稀少，立下奇功即永垂。

2019 年 1 月 18 日

　　1　萱草又被称为忘忧草，代表"忘记一切不愉快的事情"，因此它的花语中也有"遗忘的爱"。萱草花是中国的母亲之花。唐代孟郊《游子诗》："萱草生堂阶，游子行天涯。慈母倚堂门，不见萱草花。"元代王冕《偶书》诗："今朝风日好，堂前萱草花。持杯为母寿，所喜无喧哗。"

　　2　"金乌"指太阳，氢弹相当于人造太阳。

　　3　毛泽东曾经说过，中国是一穷二白，"一张白纸，没有负担，好写最新最美的文字，好画最新最美的画图"。我们国家的原子能事业就是在"一穷二白"的基础上，在"最新最美"的蓝图激励下搞成功的。

　　4　于敏先生没有去外国留过学，是名副其实的国产专家，被誉为"土专家一号"。

尾声

少年游·祝贺女儿金榜题名

晚上，女儿发微信："老爸，中传录取结果出来了，我的专业课是第二名。"中国传媒大学作曲专业排名合格的共计80名，只录取前20名。她妈妈说，煎熬了半年，为此差点崩溃，这下可以踏实睡觉了。路就在脚下，张开双臂迎接未来吧！遂填词记怀。

数年勤苦沐春风，

好梦已成真。

双亲牵挂，

孤身焦虑，

鸿雁送佳音。

时光流逝人增寿，

曲谱应常新。

吉他弦中，

钢琴键上，

山水互为邻。

2019年4月2日

后记

我在这部诗集之前出版的三部诗集，都是按照创作的时间顺序收录的。这部诗集的收录也是按此惯例进行的，主要收录了2016—2018年这三年期间的作品。在编辑的过程中，由于特殊的原因，打破时间顺序，收集了2019年的4首和2020年的21首作品，共计480多首。

　　2019年的4首诗词，其中两首是写给我的女儿的，因为她于2019年考上了自己心仪的大学和专业，这对于我们家来说，是最为重大，也是最值得庆贺的大事，因此不能无诗。另外的两首，一首是悼念于2019年1月17日去世的我国"两弹"事业的功勋科学家于敏先生，另一首是祝贺我的母校兰州大学建校110周年。

　　在编辑本诗集的过程中，发生了新型冠状病毒肺炎疫情，我为此写了20首诗词，表达对广大医务工作者的敬意和对因疫情而失去生命的同胞的悼念。在疫情期间，我的老领导、老前辈，我国著名核安全专家，大亚湾核电厂首任中方厂长濮继龙先生于2020年3月10日写了一首五言长诗《木棉》，他在自序中道出了写诗的肇因（见本书《五言排律·木棉咏兼和濮继龙》的脚注）："本年初，宅家做贡献，重拾《全唐诗》以慰寂寥。……近日清晨出阁放风之时，忽见木棉顿开，姹满枝头，神为之振。以十一陌、十三职等入声韵相苟且，得五言二十二韵如题。公诸同好，不敢以求教于大家。"濮公将诗发我之后，还说了两句打趣的话："有病不吃药，无聊才读书。"我以苏东坡的"因病得闲殊不恶，安心是药更无方"的两句诗和陈寅恪的"以无聊之事，遣有涯之生"的调侃语作答，并且次韵奉和，以表达我对老前辈的敬意。

　　我的前三部诗集均以《至乐斋诗抄》冠名，也均由新华出版社出版。那三部诗集的责任编辑贾允河博士建议我下次再出版诗集时不妨更换一个题目，给读者一种新鲜感。我认为贾博士的意见非常中肯，遂以女儿在上高中期间举办的第一场个人音乐会的主题"花开的声音"作为这部诗集的名称，这也是我以这种特殊的方式表达对女儿的一片爱心。本诗集的顺利出版，我首先感谢傅景世和宋纯智两位师兄，正是他们为我联系了出版社。

　　既然书名和出版社都更换了，那么索性彻底一点，作序者也变一变吧。我的前两部诗集的作序者，均是我的诗友兼兄长周振兴先生，读者从这部诗集的内容就可以看出来，其中相当一部分是我们两人的唱和之作。我有了这个想法之后，就多次做另一位诗友兼兄长李一农先生的思想工作，请他惠赐佳序。一农兄起初有点犹豫，他的理由似乎"冠冕堂皇"，认为他主要写自由诗，对讲究平仄格律的中国传统诗词涉足不多，担心说不到点子上。实际上，一农兄的家学渊博，其父兄均为传统诗词大家，我在好长时期内，办公室的茶几上唯一放着的书就是一农兄父亲的诗集《九十吟》，他本人也写过非常标准典雅的格律诗。几次打太极之后，一农兄终于爽快地答应作序，这才有了本诗集前面的那篇《一个静心聆听花开之音的旁观者发出的殷殷低吟》的佳作。正如一农兄的诗才一样，这篇序言也充满了诗一般的语言，对我的作品做出了定评，尽管有些鼓励的话似有拔高之嫌，但一农兄通读和精读了我的诗集，而且读出了特别的味道，这是对我的劳动的最高奖赏。我对一农兄的鼓励和定评表示真诚的感谢。

关于中国传统诗词的生命力和表达方式，历来不乏争论者。我本人作为爱诗之人，一直本着尊重传统的思想意识来阅读诗、欣赏诗和创作诗，从不参与这种争论。因为我知道，正如一农兄在序言中所说的"传统一定裹挟着过往的风云和烟气"。我们的血脉中所蕴含的"基因"，都被这种"风云和烟气"熏染过，它不是谁说否定就可以否定得了的，因此也没有什么好争论的。我在为母校校友会举办的一次诗词讲座中谈过自己对中国传统诗词的感受和体会，那就是具有三种独特的美：形式美、韵律美和意境美。至于要不要遵守传统的一些格律规矩，我的看法是，语言就是要与时俱进，现代人怎么能够被古人的发音所拘束呢？这是不需要争论的现实。格律诗和词牌的基本规则的形成，有一个历史的过程，应当是先有创作实践，后有规矩约束，而绝不是反过来的。假如把过去对于格律诗的发音规矩全部拿来衡量当今的创作，那么现代人真的就无法写诗了，因为张口就错。限制了人们表达思想感情的规矩，又有何意义呢？诗词是否受欢迎，要看写的内容，而不在乎一两个字是否符合古人发音的平仄规矩。我还是主张，既要尊重传统，又不能拘泥于传统，关键在内容和意境上下功夫，还是陆游的观点对，"汝果欲学诗，功夫在诗外"。

在本诗集的编辑过程中，中国的疫情基本控制住了，武汉也解封了，但全球范围内的疫情正在迅猛发展，还没有看到出现拐点的迹象。这是人类共同面对的一场灾难，是对人类智慧与良知的严峻考验。无论如何，再严重的灾难终将过去，春天会如约而来，生活还要继续。我在第一部诗集后记的结尾写过一段话："一本诗集是对过去足迹的记录，正如本诗集中的那首《致行者》的一段所说：'越过远方还是远方，脚下的大地必须每日去丈量。生活本来就是这样，后面的路短，前面的路长。'

现在开始，让我们背起行囊，继续丈量脚下的大地，以期到达心目中的远方。"我觉得这段话挺好，并没有过时，还是将它拿来作为本部诗集的结束语吧。

殷雄

2021 年 6 月 25 日于深圳至乐斋